NE MANQUEZ PAS LES DEUX PREMIERS TOMES DE LA SÉRIE *WILD SEASONS* DE CHRISTINA LAUREN

« Un délicieuse introduction hot et sexy à une série prometteuse. » — *Library Journal*

Par les auteurs du best-seller
*BEAUTIFUL BASTARD*

Cette inoubliable idylle au bureau qui est devenue un classique international de la romance.

*Beautiful Bastard* • *Beautiful Stranger* • *Beautiful Bitch* • *Beautiful Sex Bomb* • *Beautiful Player* • *Beautiful Beginning* • *Beautiful Beloved* • *Beautiful Secret*

« ...délicieusement érotique... » — *EW.com*

« Du sexe torride et une tension brûlante. » — *RT Book Reviews*

« Du sexe merveilleux et torride. Du sexe qui donne envie de ne pas aller travailler. Du sexe ardent, dans le genre : viens par ici, dépêche-toi parce qu'on risque de se faire attraper. »
— *Heroes and Heartbreakers*

« La perfection absolue. »
— *Katy Evans, auteur de best-sellers du* New York Times

## Dark WILD NIGHT

« Des personnages au caractère bien trempé qui vous bouleverseront, un humour qui vous fera glousser, une alchimie aussi renversante qu'exceptionnelle, Dark Wild Night est absolument inoubliable. Une romance contemporaine au meilleur de sa forme ! Magnifiquement écrit et remarquablement convaincant, ce roman m'a rappelé pourquoi Christina Lauren tient une place de choix dans ma bibliothèque. »

– *Sarah J. Maas*

## Sweet FILTHY BOY

**ÉLU LIVRE DE L'ANNÉE 2014 PAR *THE ROMANTIC TIMES***

« Une histoire charmante et sexy. J'en ai aimé chaque page. »

– *Sylvia Day, auteur de la série* Crossfire*, numéro 1 dans la liste des best-sellers du* New York Times

« Une aventure audacieuse, touchante, à mourir de rire et surprenante de réalisme... L'une des romances érotiques les plus fraîches, drôles et pleines de sentiments authentiques. »

– *Romantic Times Book Reviews*

« Personne n'écrit des romances contemporaines comme Christina Lauren. Avec *Sweet Filthy Boy*, émotion garantie ! »

– *Bookalicious*

« Drôle et adorablement charmant... Tendre, sexy, déchirant parfois, et tellement réussi ! »

– *Heroes and Heartbreakers*

« J'ai eu le cœur battant de la première à la dernière page... À lire absolument ! »

– *Fangirlish*

« Une romance délicieusement sexy que vous allez adorer ! »

– *Martini Times Romance*

« *Sweet Filthy Boy* a tout d'une grande romance. L'amour, la passion, les bouleversements, l'humour sont parfaitement dosés. Ajoutez à ça un style extraordinaire. Je ne vois pas quoi demander de plus. »

– *Bookish Temptations*

« Christina Lauren est mon premier choix quand je suis d'humeur à rire et à m'émouvoir, une romance sexy entre les mains. »

– *Flirty and Dirty Book Blog*

## Dirty ROWDY THING

« Lauren parvient à orchestrer la rencontre de héros exquis et d'héroïnes à forte personnalité. Le contraste entre Finn, brut de décoffrage, et la précieuse Harlow débouche sur une romance passionnée. La relation de chacun des personnages avec leurs familles donne à l'intrigue toute sa profondeur et prépare les lecteurs à la prochaine histoire... »

– *RT Book Reviews*

« La plupart du temps, quand je lis des romances, je n'arrive pas à apprécier le personnage féminin. Je ne m'identifie pas avec l'héroïne, je ne peux pas imaginer devenir son amie. Après avoir lu *Dirty Rowdy Thing*, je n'ai pas seulement envie de connaître Harlow, j'ai envie d'être Harlow. Elle n'a pas peur de dire ce qu'elle pense, elle est sensible, intelligente... C'est le personnage littéraire le plus intéressant que j'aie découvert depuis longtemps. »

– *That's Normal*

« Une fois de plus, Christina Lauren a créé un homme de papier qui finira dans le top dix de toutes les bloggeuses. »

– *The Sub Club*

« Une intrigue torride. J'ai particulièrement apprécié... le ton moderne. Dans l'air du temps. »

– *Dear Author*

## LA SÉRIE *BEAUTIFUL BASTARD*

« Torride... Si vous aimez les scènes de sexe décrites dans tous leurs détails. »

– *EW.com à propos de* Beautiful Stranger

« La confrontation diaboliquement dépravée d'un porno hardcore et d'un épisode très spécial de *The Office*... Un bonheur pour les fétichistes ! »

– *PerezHilton.com à propos de* Beautiful Bastard

« Une très belle lecture, une histoire d'amour à couper le souffle, un couple dont la trajectoire m'a émue du début à la fin — c'est un livre que je recommande de tout cœur. »

– *Natasha Is a Book Junkie à propos de* Beautiful Secret

«Ce roman, comme le reste de la série, m'a passionnée. Impossible de le reposer. »

– The Autumn Review *à propos de* Beautiful Player

« Un parfait mélange de sexe, d'audace et de sentiment. *Beautiful Bastard* dépeint un duel érotique qui vous fera vibrer. »

– *S.C. Stephens, auteur de* Thoughtless

Du même auteur

**CHRISTINA LAUREN**

**WILD SEASONS**

*Sweet Filthy Boy*

*Dirty Rowdy Thing*

*Dark Wild Night*

*Wicked Sexy Liar*

**THE *BEAUTIFUL BASTARD* SERIES**

*Beautiful Bastard*

*Beautiful Stranger*

*Beautiful Bitch*

*Beautiful Bombshell*

*Beautiful Player*

*Beautiful Beginning*

*Beautiful Beloved*

*Beautiful Secret*

# Wild SEASONS

## SAISON 3

## Dark WILD NIGHT

Gallery Books
Division de Simon & Schuster, Inc.
1230 Avenue of the Americas
New York, NY 10020


Première édition en poche de Gallery Books commercialisée en septembre 2015.


Photographie de couverture : © Stefano Cavoretto/Shutterstock
Logo de *Razor Fish* par © Heather Carrier

Ouvrage dirigé par Isabelle Solal
Collection New Romance dirigée par Hugues de Saint Vincent

Département de Hugo & Cie
38, rue La Condamine
75017 Paris
wwwhugoetcie.fr

ISBN : 9782755617412
Dépôt légal : octobre 2015
Imprimé en France par Corlet imprimeur, S.A

NEW ROMANCE

CHRISTINA LAUREN

# Wild SEASONS

## SAISON 3

## Dark WILD NIGHT

Roman

Traduit de l'anglais (États-Unis)
par Léna Roméo

Hugo Roman

*Pour Eddie, notre Superman.*

# Chapitre 1

## Lola

J'ESQUISSE MENTALEMENT LA SCÈNE en suivant la réceptionniste dans le couloir au sol de marbre :

*Une femme, juchée sur des talons de quinze centimètres. Ses jambes sont interminables, elle ondule des hanches à chaque pas.*

*Ses hanches balancent à gauche.*

*Ses hanches balancent à droite.*

*Ses hanches balancent à gauche.*

Benny, mon agent, se penche vers moi et murmure :

– Tu n'as aucune raison d'être nerveuse.

– Ça va, je t'assure.

C'est un mensonge. Il se redresse et me répond par un reniflement.

– Le contrat est déjà finalisé, Lola. Tu es ici pour *signer,* pas pour leur en mettre plein la vue. Souris ! C'est le meilleur moment.

J'acquiesce en m'efforçant de me convaincre qu'il a raison.

*Regarde ce bureau ! Regarde ces gens ! Des lumières partout ! Une ville gigantesque !* Peine perdue. Je scénarise et dessine *Razor Fish* depuis mes onze ans, le meilleur moment, pour moi, a été sa création. Déambuler dans un couloir immaculé jalonné de bureaux vitrés et décoré d'affiches de cinéma pour signer le contrat à sept chiffres de l'adaptation cinématographique me *terrifie*.

Mon ventre se serre, je me réconforte en imaginant la vignette.

*Ses hanches balancent à droite.*

*Ses hanches balancent à gauche.*

*Ses longues jambes montent jusqu'au ciel.*

La réceptionniste s'arrête devant une porte et l'ouvre.

– Nous y sommes.

Les bureaux du studio sont sophistiqués à outrance. L'immeuble entier ressemble à un château à l'architecture moderne, avec ses murs recouverts d'aluminium brossé et de marbre, ses portes vitrées, ses meubles de marbre ou de cuir noir. Sûr de lui, Benny entre, traverse la salle de conférence pour serrer la main des producteurs de l'autre côté de la table. Je le suis d'un pas hésitant. La porte vitrée se referme lourdement, le bruit sourd du verre qui claque contre le métal résonne dans la pièce, suscitant plusieurs exclamations de surprise.

*Seigneur.*

Ces derniers mois, j'ai vu assez de photos de moi prises dans des situations stressantes en public pour savoir qu'à cet instant, je n'ai pas l'air décontenancé. Je ne baisse pas la tête avec l'air m'excuser d'être ici, je ne m'avachis pas, je ne grimace même pas quand la porte se ferme si bruyamment. Pourtant, tout mon corps se tend. Apparemment, ma seule qualité consiste à dissimuler mon malaise.

Le *New York Times* a fait une critique dithyrambique de *Razor Fish* mais a estimé que j'étais « timide » lors des interviews où je me considérais charmante et pleine d'entrain. Le *Los Angeles Times* a décrit notre conversation téléphonique comme une « série de longues pauses pensives suivies de réponses monosyllabiques » alors que j'avais raconté à mon ami Oliver que je pensais les avoir submergés d'informations.

Quand je me tourne vers les productrices (des femmes, uniquement), aucune surprise : elles sont aussi raffinées que le bâtiment dans lequel elles travaillent. Personne ne commente mon entrée fracassante, même si je serais prête à jurer que l'écho de la porte qui a claqué s'est répercuté dans toute la pièce, le temps que j'avance jusqu'à la table.

Avec un clin d'œil, Benny me fait signe de m'asseoir. Je tire une chaise rembourrée de cuir, lisse ma robe sur mes cuisses et m'y installe avec précaution.

Mes mains sont moites, mon cœur bat la chamade. Je compte plusieurs fois jusqu'à vingt pour refouler la vague de panique toute prête à me submerger.

*La vignette montre la fille, le menton relevé, la poitrine en feu.*

– Lorelei, quel plaisir de vous rencontrer enfin.

Je lève les yeux vers la femme qui vient de parler et serre sa main tendue. Ses cheveux blonds brillent, son maquillage et ses vêtements sont si parfaits qu'ils lui donnent une apparence presque inhumaine. Je devine, grâce à mon étude du site internet d'IMDb ce matin, qu'il s'agit d'Angela Marshall, la productrice qui, avec son collaborateur Austin Adams, s'est battue pour acquérir les droits de *Razor Fish* dans la guerre des surenchères dont j'ignorais l'existence jusqu'à la semaine dernière.

Sur la photo, ses cheveux étaient rouges. Mon regard se pose sur la femme installée à sa gauche. Peau caramel, chevelure noire, immenses yeux noisette – certainement pas Angela Marshall. La seule personne que je serais capable de reconnaître grâce aux clichés des magazines, c'est Austin, mais en dehors de Benny, il n'y a aucun homme dans la salle.

– Ravie de vous rencontrer...

Mon ton est interrogateur, parce qu'il me semble que c'est d'ordinaire le moment des présentations. La poignée de main s'éternise, je ne sais pas à qui adresser mes effusions de gratitude. Pourquoi les gens ne se présentent-ils pas ? Suis-je censée connaître tout le monde ici ?

Lâchant ma main, la femme finit par dire :

– Angela Marshall.

S'agit-il d'un test déguisé ? Je répète :

– Ravie de vous rencontrer. Je n'arrive pas à croire...

Ma phrase reste en suspens, elles m'observent toutes, attendant la fin. Honnêtement, je pourrais parler des choses incroyables qui me sont arrivées pendant des semaines.

Je n'arrive pas à croire que *Razor Fish* soit finalement publié.

Je n'arrive pas à croire que les gens achètent l'album.

Et je n'arrive *vraiment* pas à croire que des personnes aussi élégantes, travaillant dans cet énorme studio de cinéma, désirent faire un film de ma bande dessinée.

Benny vient à ma rescousse avec un petit rire gêné :

– Nous sommes conscients de la chance incroyable que vous nous offrez. Nous sommes réellement enchantés d'en arriver là. *Enchantés.*

La femme installée à côté d'Angela lui adresse une expression du genre *oh, je n'en doute pas une seule seconde.* Benny s'est taillé la part du lion dans cette signature : vingt pour cent d'une somme énorme. Ce qui me rappelle que j'y gagnerai encore plus que lui : ce contrat va changer ma vie pour toujours. Nous sommes sur le point de signer, de discuter du casting, du calendrier.

*La vignette montre la fille, qui se réveille en sursaut, une barre d'acier lui transperce le dos.*

Je tends la main à l'autre femme.

– Bonjour, désolée, je n'ai pas entendu votre nom. Je suis Lola Castle.

Elle se présente comme Roya Lajani et baisse les yeux vers les documents étalés devant elle. Elle inspire profondément, mais la porte s'ouvre en grand au moment où elle ouvre la bouche. Austin Adams fait irruption dans la salle, précédé par une rumeur de sonneries de téléphone, de talons qui claquent dans le couloir et de voix venant des bureaux adjacents.

– Lola ! s'écrie-t-il de sa voix chaleureuse. (La porte claque derrière lui. Il jette un coup d'œil à Angela.) Maudite porte. Quand est-ce que Julie va enfin se décider à la faire réparer ?

Angela lui fait signe de ne pas s'inquiéter et le dévisage, étonnée. Austin ne prend pas la chaise qu'elle désigne à côté d'elle, il choisit de s'installer à ma droite. Il s'assied avec un large sourire.

– Je suis l'un de vos premiers fans, dit-il sans préambule. Honnêtement. Je suis très impressionné.

– Je... waouh... (Un petit rire nerveux m'échappe.) Merci.

– Dites-moi que vous travaillez sur la suite. Votre style, vos histoires... Je suis conquis.

Je baisse la tête.

– Ma prochaine bande dessinée sortira à l'automne. Elle s'appelle *Junebug*.

Je perçois l'excitation d'Austin avant d'ajouter :

– Je travaille encore dessus.

Je lève les yeux, il secoue la tête, l'air émerveillé.

– Resterez-vous dans le genre fantastique ? (Ses yeux brillent, son sourire s'adoucit.) Vous rendez-vous compte que vous êtes à l'origine de la prochaine grosse production d'Hollywood ?

D'ordinaire, une phrase pareille me rendrait sceptique – recevoir des compliments sans aucun fondement me met mal à l'aise. Mais Austin a beau être un producteur et un réalisateur de premier plan, je n'ai aucun doute sur sa sincérité. C'est un bel homme, à l'apparence totalement négligée : ses cheveux blond vénitien ont l'air d'avoir été coiffés à la main, il n'est pas rasé de près, porte un vieux jean, une chemise mal boutonnée, le col mal mis. Un type totalement débraillé, malgré des vêtements hors de prix.

– Merci.

Je croise mes doigts pour me retenir de tripoter mon oreille ou mes cheveux.

– Je le pense vraiment. (Concentré sur mon visage, il appuie ses coudes sur ses cuisses. Je ne sais même pas s'il a remarqué Benny. Mes phalanges virent au blanc.) Certes, on est censés le dire de toute manière, mais dans votre cas, c'est *vérité* la plus pure. Je n'arrivais pas à lâcher votre BD. J'ai tout de suite dit à Angela et à Roya que nous devions en acquérir les droits.

– Nous étions d'accord, s'immisce Roya.

Je réfléchis intensément à une autre réponse qu'un remerciement supplémentaire.

– Eh bien. C'est génial. Je suis ravie d'être parvenue à intéresser mes lecteurs.

– Intéresser ? (Il glousse en jetant un coup d'œil à sa chemise avant de marquer une pause.) Bordel de merde. Je ne suis même plus capable de boutonner correctement ma chemise.

Je me mords les lèvres pour m'empêcher d'éclater de rire. Avant son irruption dans la pièce, j'étais à deux doigts de sombrer dans un silence angoissé. J'ai grandi en achetant mes vêtements dans des magasins discount, nous avons vécu grâce aux allocations de mon père pendant des années, je conduis toujours une Chevy de 1989. Je ne réalise pas encore à quel point ma vie va changer, et les « dames de fer » de l'autre côté de la table n'ont fait qu'ajouter à l'atmosphère hautaine de la salle. En revanche, j'ai la sensation que je pourrais travailler avec Austin.

– J'imagine qu'on vous a déjà posé la question, parce que j'ai lu vos interviews. Mais j'ai envie de l'entendre de votre bouche, comme un scoop. Qu'est-ce qui vous a poussée à écrire cette bande dessinée ? D'où l'inspiration vous est-elle *vraiment* venue ?

En effet, on m'a déjà posé la question – tellement de fois que je donne toujours la même réponse calibrée : *Pour moi, le personnage de la « super-héroïne » est essentiel dans la mesure où il offre l'opportunité d'aborder la question des graves déséquilibres sociaux et politiques liés au genre, dans la culture populaire et dans notre société. J'ai créé Quinn Stone pour qu'elle ressemble à une fille lambda, dans l'esprit de Clarisse Starling ou de Sarah Connor : elle devient une héroïne par sa propre volonté. Quinn rencontre un homme étrange, à moitié poisson, venant d'une autre dimension temporelle. Cette créature, Razor, aide Quinn à trouver le courage de se battre pour elle-même et pour sa communauté. Ensuite, il s'attache à elle et réalise qu'il ne veut pas la laisser partir. L'idée m'est venue après un rêve que j'ai fait. Un homme très musclé recouvert d'écailles se trouvait dans ma chambre et m'ordonnait de ranger mon armoire. Pendant le reste de la journée, je me suis demandé ce qui se serait passé s'il m'était réellement apparu. Je l'ai appelé Razor Fish. J'ai imaginé que mon Razor se ficherait pas mal du désordre de mon armoire, qu'il m'inciterait plutôt à me battre pour mes idéaux.*

Mais ce n'est pas la réponse qui me vient aujourd'hui.

– J'étais en colère. J'avais l'impression que les adultes entraient dans deux catégories : les cons et les ratés. (Les yeux verts d'Austin s'écarquillent, il soupire, hoche la tête avec l'air de comprendre.) J'étais en colère contre mon père parce qu'il se laissait aller, contre ma mère parce que c'était une poule mouillée. C'est pour cette raison que j'ai rêvé de

Razor Fish : il est impitoyable et ne comprend pas toujours Quinn mais, au fond, il l'aime et veut prendre soin d'elle. Au départ, il ne cerne pas les spécificités de son existence humaine, mais il l'entraîne à se battre puis finit par se reposer sur elle… Cette histoire était la récompense que je m'octroyais après avoir fini la vaisselle et mes devoirs, seule le soir.

Le silence envahit la pièce. Je ressens le besoin inhabituel de continuer à parler.

– L'idée que Razor commence à apprécier les faiblesses qui font la force de Quinn me plaisait. Quinn est maigrichonne, timide. Elle n'est pas bâtie comme une Amazone. Ses pouvoirs sont plus subtils : ils reposent sur ses capacités d'observation. Elle sait ce qu'elle veut. Je voulais faire en sorte qu'on le ressente à la lecture. Il y a beaucoup de violence et d'action dans l'album, mais Razor n'est pas bluffé quand elle arrive enfin à donner un coup de poing correct. Elle l'impressionne en se confrontant à lui.

Je jette un coup d'œil à Benny. Je n'ai jamais tenu des propos aussi sincères en parlant de ma vie et de mon livre. La surprise se peint sur son visage.

– Quel âge aviez-vous quand votre mère est partie ? demande Austin, perspicace.

Il me parle comme si nous étions seuls, il m'est facile d'imaginer que c'est le cas. Les autres restent silencieux.

– Douze ans. Juste après le retour d'Afghanistan de mon père.

Le silence semble s'alourdir encore après cette dernière déclaration. Austin finit par soupirer.

– Eh bien, ça craint vraiment.

Finalement, j'éclate de rire.

L'air captivé, il se penche vers moi.

– J'ai adoré cette histoire, Lola. J'ai adoré vos personnages. Nous avons dégoté un scénariste qui va en faire un film du tonnerre. Vous connaissez Langdon McAfee ?

Je secoue la tête, embarrassée parce que je devine à son ton de voix qu'il est célèbre. Austin fait un geste de la main.

– Il est génial. Ouvert d'esprit, malin, organisé. Il veut écrire le scénario en collaboration avec vous.

Cette révélation inattendue me prend de court – *moi,* coécrire un *scénario pour le cinéma !* Je laisse échapper un petit halètement d'étonnement.

Austin continue à parler :

– J'ai envie d'instaurer une véritable communication, d'accord ? (Il hoche la tête, comme si j'avais répondu.) J'ai envie que le film corresponde à vos attentes. (Il sourit encore.) J'ai envie de vous aider à transformer votre rêve en réalité.

---

– RACONTE-MOI ENCORE LA CONVERSATION en détail, demande Oliver. Je ne suis pas tout à fait sûr que tu aies parlé anglais la première fois.

Il a raison. J'ai à peine repris mon souffle depuis mon arrivée dans sa librairie de comics, Downton Graffick, alors pour ce qui est d'articuler... Je n'ai pas cessé de bafouiller. Quand je suis entrée, Oliver a levé les yeux et m'a souri avec douceur. Ensuite, je me suis mise à débiter un millier de mots incohérents, des émotions au kilo, et son sourire s'est lentement décomposé. J'ai passé les deux heures de route qui séparent Los Angeles de San Diego au téléphone avec mon père, à tenter de prendre de la distance. Mais je n'ai manifestement pas réussi : tout expliquer à mon meilleur ami rend la chose encore plus surréaliste.

Depuis le début de notre amitié, il y a six mois, Oliver ne m'a jamais vue dans un état pareil : bégayant, le souffle court, au bord des larmes tant je suis bouleversée. D'ordinaire, je me flatte d'être calme, imperturbable, même avec mes amis. Quand j'ai appris que *Razor Fish* serait publié par

Dark Horse, je n'ai pas eu la même réaction. Malgré tous mes efforts, je ne m'en remets pas.

*Ils*

*vont transformer*

*les rêves de mon enfance*

*en film.*

– D'accord. (Je prends une grande inspiration et répète plus lentement.) La semaine dernière, Benny m'a appelée et m'a parlé d'une proposition d'adaptation cinématographique.

– Je croyais qu'il n'avait obtenu aucune réponse...

Je le coupe.

– Il n'avait aucune nouvelle depuis un mois. Mais c'est toujours le calme avant la tempête, tu comprends ? Ce matin, il m'a raconté que l'acquisition des droits avait été mouvementée... (Je plaque une main contre mon front.) Je transpire. Regarde-moi, je transpire.

Il me lance un regard bienveillant et rit, avant de secouer la tête et de se concentrer sur le carton qu'il ouvre au cutter.

– C'est incroyable, Lola. Continue, je t'écoute.

– Columbia et Touchstone ont gagné. Nous y sommes allés ce matin et nous avons rencontré des gens là-bas.

– Et ? (Il lève les yeux vers moi en sortant une pile de livres du carton.) Ils t'en ont mis plein la vue ?

– Hum...

Je me rappelle le moment où Austin s'est intéressé aux autres. Soudain, la réunion s'est transformée en une succession d'acronymes et d'instructions incompréhensibles. *Déterminer les disponibilités de Langdon pour commencer le script, voir s'il est possible de transmettre le P&L à Mitchell à midi.*

– Oui. Certains n'ont pas beaucoup parlé, ils avaient l'air coincés. Mais le producteur exécutif, Austin Adams, est tellement sympathique. J'étais si bouleversée que je ne suis pas sûre d'avoir tout compris. (Je passe une main dans mes cheveux et lève les yeux vers le plafond.) C'est beaucoup trop d'un coup. *Un film.*

– Un film, répète Olivier.

Je le regarde, il me détaille de ses yeux bleus chaleureux et pleins de mystère.

Il humecte ses lèvres, je détourne le regard. Oliver est mon ex-mari et mon coup de cœur actuel, qui restera à sens unique. Il n'a jamais été question d'un vrai mariage entre nous. C'était le-truc-à-faire-à-Vegas.

Bien sûr, les deux autres couples qui se sont formés là-bas – nos amis Mia et Ansel ainsi qu'Harlow et Finn – filent le parfait amour. Mais Oliver et moi (surtout après quelques verres) aimons souligner le fait que nous sommes les seuls à avoir joué la carte du mariage d'un soir à Vegas comme des gens raisonnables. Seulement des regrets, une annulation et une gueule de bois. Étant donnée la distance émotionnelle qu'il a toujours instaurée entre nous, il doit réellement le penser. Quant à moi...

– Et ce n'était pas juste « on adore l'idée, mettons une option dessus, on verra ». Ils ont acheté les droits, ils ont déjà le nom d'un réalisateur en tête. Nous avons parlé de *possibilités de casting* aujourd'hui. Un spécialiste des effets spéciaux a demandé à être mis sur le projet.

– Hallucinant.

Il me scrute avec attention. Si je ne connaissais pas aussi bien Oliver, je pourrais penser qu'il fixe ma bouche. Mais je lis en lui comme dans un livre ouvert : il me regarde simplement pendant que je parle. Il possède un don pour écouter les gens.

– *Et*... je vais coécrire le scénario !

J'exulte. Il écarquille les yeux.

– Lola. Lola. Bordel de *merde* !

Je me lance dans un récit exhaustif de la réunion de ce matin, Oliver continue d'ouvrir les cartons de la dernière livraison de comics en me jetant un coup d'œil de temps à autre, assorti d'un petit sourire. Je pensais qu'avec le temps, je parviendrais à déchiffrer ses pensées, à prévoir ses réactions. Mais il est toujours aussi énigmatique. L'appartement que je partage avec mon amie London est situé à seulement deux rues de la librairie d'Oliver, je le vois presque tous les jours mais je suis toujours en train de tenter de déchiffrer ce qu'il a pu vouloir dire par telle expression, une réponse évasive, un sourire persistant. Si j'étais Harlow, je *demanderais*, tout simplement.

– Et tu as hâte de voir l'adaptation sur grand écran ? C'est tellement soudain que je ne t'ai même pas posé la question. Certains artistes refusent d'adapter leurs œuvres.

– Tu plaisantes ? (Comment peut-il sérieusement me poser la question ? La seule chose que j'aime plus que les comics, ce sont les films de super-héros adaptés de comics.) La pression est énorme, mais c'est merveilleux.

Je me souviens de l'existence d'un mail avec dix-sept scénarios joints à parcourir pour « me donner des idées ». Une vague de malaise m'envahit.

– C'est un peu comme construire une maison. J'ai envie d'arriver tout de suite au moment où je vais y vivre, et faire l'impasse sur la phase où je choisis tous les meubles.

– J'espère juste qu'ils ne prendront pas George Clooney pour jouer ton Batman.

Je hausse les sourcils.

– Ils ont le droit de faire intervenir George Clooney à n'importe quel moment dans mon film, Monsieur.

Not-Joe, l'unique employé de Oliver, un toxicomane à crête que nous apprécions tous, émerge de derrière les étagères.

– Clooney est gay. Tu es courant, n'est-ce pas ?

Oliver et moi l'ignorons volontairement.

– Je pense que fréquenter George Clooney devrait faire partie de la liste des cent choses à faire avant de mourir.

– Tu veux dire, coucher avec George Clooney ? demande Oliver.

– Exactement.

Oliver acquiesce, range des stylos dans un tiroir.

– Moi aussi, fais-moi penser à l'ajouter à la liste des cent choses à faire avant de mourir.

– On est sur la même longueur d'onde, voilà pourquoi je suis ton amie. (Parler à Oliver revient à prendre une dose de Xanax. Il est tellement apaisant.) Gay ou hétéro, se taper George Clooney est un must.

– *Il est tellement gay*, répète Not-Joe, plus fort cette fois.

Oliver laisse échapper une expression sceptique en lui jetant un coup d'œil.

– Je ne crois pas que ce soit le cas. Il est marié.

– Vraiment ? Mais s'il était gay, tu te le ferais ? insiste Not-Joe.

Je lève une main.

– Oui, absolument.

– Je ne te posais pas la question à toi, réplique Not-Joe en me désignant du doigt.

– Qui est l'actif et qui est le passif ? demande Oliver. Je prends George Clooney ou je me fais prendre par lui ?

– Oliver. C'est George Clooney, putain. Il ne se fait pas *prendre* !

Je marmonne :

– Cette blague est nulle.

Ils m'ignorent tous les deux. Oliver hausse les épaules.

– Ouais d'accord. Pourquoi pas ?

Je m'immisce encore :

– On perd des points de QI.

Not-Joe fait mine de saisir un homme imaginaire par les hanches et balance son corps d'avant en arrière.

– Ça. Tu le laisserais faire ?

Oliver hausse les épaules.

– Joe, je vois parfaitement la scène. Je sais à quoi ça ressemble, le sexe entre mecs. Mais, à coucher avec un mec, je crois que je choisirais Batman.

Je claque des doigts devant son visage.

– Pourrait-on revenir à la conversation sur l'adaptation cinématographique de ma bande dessinée ?

Oliver se tourne vers moi et sourit avec une telle douceur que je fonds littéralement.

– Tout à fait. C'est génial, Lola. (Il hoche la tête, son regard bleu plongé dans le mien.) Je suis tellement fier de toi, putain.

Je souris en me mordillant la lèvre inférieure. Quand Oliver me contemple, je suis toute chose. Mais il s'affolerait s'il me voyait rougir en lui parlant. Ce n'est pas notre genre.

– Comment comptes-tu fêter ça ?

Je regarde les alentours en soulignant l'évidence d'un mouvement de tête.

– Organiser une soirée ici ? Je ne sais pas. Je devrais peut-être commencer par travailler sur le scénario.

– Non, en ce moment, tu es toujours en déplacement. Et quand tu es ici, tu travailles sans arrêt.

Je siffle.

– Dixit le mec qui ouvre sa librairie jusqu'à l'aube...

Oliver me dévisage.

– Ils produisent ton *film*, Lola love. Tu dois célébrer ça ce soir.

– Par exemple chez Fred's ? (Notre bar habituel.) Pourquoi faire semblant d'être cool ?

Oliver secoue la tête.

– Allons en centre-ville, comme ça tu ne te préoccuperas pas de prendre le volant ensuite.

– Mais *tu* seras obligé de rentrer à Pacific Beach.

Not-Joe fait semblant de jouer du violon entre nous.

– Ça ne fait rien. Je ne pense pas que Finn et Ansel soient là, mais je vais appeler les filles. (Il se gratte la joue.) J'aimerais t'inviter à dîner quelque part, mais je...

– Oh Seigneur, ne t'en fais pas pour ça.

L'idée qu'Oliver quitte sa librairie pour dîner avec moi me donne le tournis et me panique totalement. Ce n'est pas comme si la boutique allait prendre feu s'il partait un peu plus tôt, mais je n'arrive pas à rationnaliser l'information.

– Je vais rentrer chez moi et hurler aux quatre coins de ma chambre puis me préparer à boire avec excès.

Son sourire me réchauffe de l'intérieur.

– C'est un bon programme.

– Je pensais que tu sortais avec une fille ce soir, lance Not-Joe à Oliver.

Il soulève une énorme pile de livres. Oliver pâlit.

– Non. Ce n'est pas... je veux dire... non. Non.

– Une fille ?

Je lève les sourcils en essayant d'ignorer la brûlure douloureuse au creux de mon ventre.

– Ce n'est rien du tout. Juste la fille qui travaille de l'autre côté de la rue...

– Allison le Canon, chantonne Not-Joe.

Mon cœur se serre. Ce n'est pas « juste la fille qui travaille de l'autre côté de la rue » mais une fille dont l'intérêt pour Oliver est manifeste depuis un moment. Je m'efforce d'avoir l'air ravie pour lui.

– Arrête !

Je lui donne une tape sur l'épaule et ajoute avec un accent français théâtral :

– Une fille *très* mignonne.

Oliver grogne en frottant là où je l'ai frappé, comme si je lui avais fait mal.

– Elle voulait m'apporter à dîner ici.

– Ouais, et te sauter dessus, le coupe Not-Joe.

– Elle est juste *sympa*. (Je remarque l'effort dans sa voix.) De toute façon, je préfère fêter la sortie du film de Lola. J'enverrai un texto à Allison pour lui demander de reporter.

Je suis certaine qu'Allison le Canon est une fille sympathique, mais depuis que je sais qu'Oliver a son numéro de téléphone, qu'il peut lui envoyer un message pour reporter, je souhaite secrètement qu'elle se fasse renverser par un train. Je lui souhaite toutes les malédictions classiques. Allison est jolie, pleine d'entrain, si petite qu'elle pourrait tenir dans mon sac de voyage. C'est la première fois que je réalise qu'Oliver pourrait avoir une petite copine, la première fois que j'envisage cette possibilité depuis que nous sommes amis. Nous nous sommes mariés et nous avons divorcé en vingt-quatre heures, il est certain que je ne lui plais pas, mais jusque-là, il n'avait jamais parlé d'une autre fille.

Comment suis-je censée réagir ?

Je décide à l'issue d'une réflexion intense. *Avoir l'air détendue... Heureuse pour lui.*

– Demande-lui de reporter, je lance avec le sourire le plus authentique possible. Elle est jolie. La prochaine fois, emmène-la chez Bali Hai, c'est tellement chouette.

Il lève les yeux.

– J'ai envie d'y aller depuis des mois, tu adores cet endroit. Tu devrais venir avec nous.

– Oliver, tu n'as pas le droit de m'inviter quand tu vois *une fille.*

Il écarquille les yeux derrière ses lunettes.

– Mais non. Je ne... je n'ai jamais *pensé*... Lola, je n'ai aucune envie de la *draguer.*

Bon, Allison ne lui plaît pas. Je me décontracte soudain et fixe un point sur le comptoir pour m'empêcher de sourire.

Après avoir respiré profondément, je parviens à ravaler un rictus de satisfaction.

Je lève les yeux, il me scrute, l'expression aussi calme que la surface d'un lac.

J'aimerais lui demander : *à quoi penses-tu ?*

Mais je n'en fais rien.

– Lola... commence-t-il.

Je déglutis, incapable de m'empêcher de cligner des yeux – juste quelques secondes – pour m'arracher à la contemplation de sa bouche charnue. Sa lèvre inférieure est aussi rebondie que sa lèvre supérieure. Des lèvres pleines mais pas féminines. J'ai dessiné sa bouche de mémoire une centaine de fois : les lèvres à peine ouvertes, les lèvres fermées. Les lèvres étirées dans un petit sourire ou une grimace pensive. Ses dents plantées dans ses lèvres ou la bouche ouverte dans un halètement obscène.

Je compte jusqu'à deux et plante mon regard dans le sien.

– Ouais ?

Il met une éternité à répondre, j'ai le temps d'envisager un million de possibilités.

*As-tu déjà envisagé de m'embrasser ?*

*Et si on baisait dans l'arrière-boutique ?*

*Et si on jouait à Batman et Catwoman ?*

Mais il demande simplement :

– Quelle a été la réaction d'Harlow quand tu lui as parlé du film ?

J'inspire profondément, l'image de sa bouche sur la mienne se dissipe.

– J'étais sur le point de l'appeler.

Je me rends compte soudain de ce que je viens de dire.

Oliver lève les sourcils si haut qu'ils disparaissent dans ses cheveux. À côté de lui, Not-Joe laisse échapper un petit cri de surprise. Comme si la police était là ou plutôt comme si Harlow venait d'entrer, prête à nous massacrer par ma faute.

– Oh *meeeeeerde,* comment ai-je pu oublier ? (Je plaque une main sur ma bouche. J'appelle toujours Harlow après mon père. Elle me tuerait si elle savait que j'ai annoncé la nouvelle à Oliver avant de la mettre au courant.) À quoi pensais-je en t'en parlant en premier ? (Terrifiée, j'avance d'un pas.) Vous n'avez pas *intérêt* à lui dire que vous avez su avant elle et que je suis ici depuis...

– Une demi-heure, ajoute Not-Joe, serviable.

– Une demi-heure ! Elle nous découpera en petits morceaux et nous enterrera dans le désert !

– Alors appelle-la tout de suite, bordel, réplique Oliver en me désignant du doigt. Je n'ai aucune envie de voir Harlow débarquer ici avec une hache.

# Chapitre 2

## Oliver

– QUAND AS-TU APPRIS la nouvelle, Oliver ?

Je regarde de l'autre côté de la table et souris :

– Apprendre quoi, Harlow ?

– Ne joue pas les imbéciles. (Elle jette un coup d'œil au bar pour s'assurer que Lola s'y trouve toujours.) Quand as-tu appris que *Razor Fish* allait être adapté au cinéma ?

Elle nous dévisage l'un après l'autre, Joe et moi. Joe se penche pour prendre une énorme bouchée de son burger, me laissant le soin de répondre.

– Aujourd'hui.

C'est bien essayé, mais dans la mesure où Lola n'est au courant que depuis ce matin, Harlow veut connaître l'heure exacte.

Elle plisse les yeux mais retient une réplique cinglante – Lola revient avec un plateau de shots. Cette dernière me jette un petit regard et sourit avec malice. Je ne sais pas si elle s'en rend compte. Les coins de sa bouche se relèvent légèrement, elle baisse les yeux puis bat lentement des paupières, comme si elle me prenait en photo. Et si c'était le cas, on verrait un homme profondément, désespérément amoureux, sur le cliché.

Dans *The Amazing Spiderman*, quand on parle de Mary Jane Watson pour la première fois, ni le lecteur ni Peter Parker ne distinguent son visage. Tout ce que Peter sait, c'est que « cette jeune fille tellement charmante » plaît à sa tante.

Peter n'est pas intéressé. Si sa tante la trouve jolie, ce ne sera pas son cas. Il en est persuadé.

Sur la vignette où son visage est enfin révélé, Peter réalise à quel point elle est belle. Il se prend une grande claque : jusque-là, Peter s'est comporté comme un idiot.

C'est une bonne analogie pour décrire ma relation avec Lorelei Castle. J'ai été marié à Lola pendant exactement treize heures et demie. Si j'avais été un peu plus malin, j'en aurais profité au lieu d'estimer, parce qu'elle portait une robe courte et buvait des cocktails à Vegas, que ce n'était pas une fille pour moi.

Ce soir-là, nous étions *tous* ivres... et nous nous sommes tous mariés sur un coup de tête. Pendant que nos amis profanaient nos chambres d'hôtel – et s'épuisaient mutuellement –, Lola et moi nous sommes promenés en parlant de tout et de rien.

Il est facile de se confier à un parfait étranger, encore davantage quand on a bu. Au milieu de la nuit, je me suis senti soudain très proche d'elle. Les lumières du Strip s'atténuaient, dévoilant les dessous moins glorieux de la ville. Lola s'est arrêtée pour me dévisager. La lumière faisait briller le petit diamant qui orne le dessus de sa lèvre supérieure. Sa bouche rose dénuée de toute trace de rouge à lèvres m'obsédait, mais j'étais revenu sur Terre, déjà concentré sur les annulations du lendemain. Elle m'a demandé calmement si je voulais prendre une chambre quelque part. Tous les deux.

Mais... ce n'était pas ce que je voulais. Au moment où elle m'a fait cette suggestion, je savais déjà que Lola était le genre de fille en mesure de me bouleverser.

À son retour à San Diego, tout s'est accéléré. D'abord, sa bande dessinée, *Razor Fish*, a été publiée et s'est très rapidement hissée dans les dix meilleures ventes de comics. Puis l'album est devenu grand public, il a fait son apparition dans les librairies non spécialisées. Le *New York Times* a parlé de « futur blockbuster », avant même que les droits de sa bande dessinée soient achetés par un prestigieux studio de cinéma. Aujourd'hui, elle a rencontré les producteurs prêts à investir des millions dans le projet.

Je suis à peu près sûr qu'elle ne dispose pas de la moindre seconde à accorder à ses histoires de cœur et je le comprends. J'y pense assez pour deux.

Lola glisse un verre rempli d'un alcool verdâtre devant moi et lance :

– Je ne sais pas qui a inventé la tradition obligeant la fille qui fête son anniversaire à découper le gâteau... Ou cette nouvelle version selon laquelle la fille dont le film va sortir paie les shots. Je ne suis pas d'accord.

– Non, objecte Mia. Ce serait plutôt : la fille qui s'apprête à déménager à Hollywood qui achète les shots.

– Histoire de faire pénitence. À l'avance, ajoute Harlow.

Nous lui jetons tous un regard sceptique. Toute l'existence d'Harlow est liée à Hollywood. Issue d'une mère actrice et d'un père réalisateur ayant raflé plusieurs Oscars, mariée à un type qui s'apprête à devenir la star de la Chaîne Aventure, nous devons penser la même chose. Si l'ancrage à Hollywood est déterminant pour savoir qui paiera l'addition, Harlow n'y coupera pas.

Comme si elle lisait dans nos pensées, elle s'écrie :

– Ne dites rien ! Je paie la prochaine tournée.

Nous levons tous nos verres, Harlow porte un toast :

– À la personne la plus impressionnante du monde : Lorelei Louise Castle. Écrase-les tous !

Je m'écrie :

– Hourra, hourra !

Lola croise mon regard, me souriant une fois de plus comme si nous étions seuls au monde.

Nos verres s'entrechoquent – Harlow, Mia, Joe, Lola et moi avalons nos shots. Nous frissonnons d'horreur.

La colocataire de Lola, London, halète :

– Chartreuse verte. (Elle tousse en ramenant ses cheveux blonds dans un chignon flou au sommet de son crâne. Il remue quand elle secoue la tête.) Ça devrait être interdit.

J'acquiesce :

– Seigneur, c'est *horrible*.

– J'ai demandé à Fred de créer un cocktail appelé « Célébration », explique Lola avec une grimace, en s'essuyant la bouche du dos de la main. Désolée. J'ai envie de prendre une douche maintenant.

Mia tousse.

– Fred doit associer célébration et douleur.

Elle attrape ma bière et en boit une gorgée avant de se tourner vers Lola. J'ai rarement l'occasion de voir Mia sans qu'Ansel soit accroché à elle comme un noyé, j'apprécie de pouvoir lui parler. C'est une fille très douce et délicate, le genre de petite sœur rêvée que l'on aurait envie de prendre sous son aile.

Elle continue :

– Alors, Madame Hollywood, raconte-nous ce matin !

Lola soupire, boit une gorgée d'eau et hausse les épaules.

– Honnêtement, je n'arrive pas à y croire.

Je me laisse aller sur la banquette et l'écoute avec tendresse répéter les détails que je connais déjà. Même si je les avais entendus cent fois, j'aurais encore du mal à y croire. Je ne peux pas imaginer ce qu'elle ressent.

Lola, qui, de son propre aveu, passe plus de temps à parler aux personnages qui peuplent son imagination qu'aux individus qui l'entourent, a tout d'une fille brillante. Chaque fois que nous discutons de ses bandes dessinées, je tente de me maîtriser. Je suis influencé par l'affection que je lui porte et je ne peux pas passer ma vie à gloser sur son génie créatif. Pour couronner le tout, c'est la fille la plus intelligente et la plus sexy que je connaisse. Je ne rate jamais une occasion d'expliquer à mes clients à quel point sa bande dessinée est rafraîchissante, totalement avant-gardiste. Faire son éloge se révèle jubilatoire.

Avec *Razor Fish,* j'ai retrouvé le frisson que j'ai ressenti en ouvrant ma première bande dessinée, enfant.

Lola n'est toujours pas descendue de son petit nuage, étourdie par les bureaux hallucinants, plaisantant à propos du début tendu de la réunion avant l'arrivée providentielle d'Austin. J'ai besoin de prendre un peu de recul. J'avale une gorgée de bière en réfléchissant aux conséquences de ces événements pour elle. La vie de Lola est sur le point de changer. Ce qui était resté jusque-là une passion pour elle devient un travail à part entière – qui suscitera des tensions et des problèmes que je connais plus qu'elle ne s'en doute. Lola est pleine de talents, mais elle n'est pas encore entrée dans l'arène : à Hollywood, les rêves se réalisent ou se brisent pour toujours. J'aimerais parvenir à refouler le réflexe qui me pousse à m'inquiéter pour elle, à imaginer que les choses puissent mal tourner. Cela pourrait l'anéantir ou du moins bloquer sa créativité, si nécessaire à son existence. Et tout ça pour quoi ? Une maison de rêve et quelques voitures ?

J'aimerais la protéger, lui conseiller d'écouter les voix de son esprit, parce que les créatures imaginaires de Lola ont plus de profondeur que la plupart des personnes qui l'ont entourée, surtout pendant son enfance. J'ai vécu une expérience similaire, en grandissant sans frères et sœurs, avec des parents absents. Mes grands-parents m'ont récupéré quand j'étais enfant, mais à huit ans, je m'intéressais davantage à Superman ou à Batman qu'à ce que ma grand-mère regardait à la télévision ou aux gens qui venaient à la boutique de mon grand-père.

Elle arrive à la fin de ses explications – les détails logistiques pleuvent, les faits sont moins précis, le jargon prend le dessus – quand son téléphone s'illumine sur la table. Elle baisse les yeux et sursaute sur la banquette avant de me regarder longuement.

– C'est *Austin* !

Elle *me* dévisage. Moi, pas Harlow, London ou Mia. Mon cœur bat plus fort, ma poitrine se réchauffe.

Je désigne le téléphone du menton :

– Réponds !

Les mains tremblantes, elle l'attrape, manquant le faire tomber de la table, avant de répondre à la dernière minute.

– Allô ?

Je n'entends pas la réponse à l'autre bout du fil, je ne peux donc pas deviner ce qui la fait rougir et sourire avant de répliquer :

– Salut Austin. Désolée, non. J'ai failli rater ton appel.

Elle écoute attentivement, nous la *scrutons* tous en nous concentrant pour deviner le reste de la conversation.

– Je suis toujours un peu sous le choc, mais ça va. (Elle lève les yeux vers nous.) Oui, je suis dans un bar avec des amis... un petit bar de quartier... à San Diego ! (Elle rit.) Ce n'est vraiment pas à côté, Austin !

*Quoi ?*

Je fixe Harlow qui se tourne vers moi au même instant. Nous n'avons pas besoin de parler pour savoir que nous pensons la même chose. Il ne va quand même pas venir jusqu'ici ? Je jette un coup d'œil à ma montre : il est presque dix heures, c'est au moins à deux heures de route.

– Je suis ravie, moi aussi. (Elle joue avec sa boucle d'oreille.) Pour tout dire, je n'ai jamais écrit le moindre scénario, donc j'écouterai toutes tes suggestions.

Elle glousse.

*Glousse.*

À nouveau, mon regard croise celui d'Harlow.

Lola glousse avec *nous*. Elle ne glousse pas avec des gens qu'elle vient de rencontrer. À moins que cette personne ne soit moi, à Vegas – et je préfère penser que cette situation était unique, putain.

– Je suis impatiente de les entendre... Non, pas du tout, tous les avis sont importants... Je sais, désolée. Il y a du bruit ici... D'accord, je n'oublierai pas. (Elle hoche la tête.) Oui ! Promis ! (Elle glousse encore, putain.) D'accord... d'accord... Salut.

Elle raccroche et soupire en me regardant.

– C'était Austin.

Je ricane :

– J'avais cru comprendre.

Même si ça me rend malade, je comprends son enthousiasme. Il lui est agréable de ressentir une complicité pareille avec la personne qui contribuera à donner une ampleur internationale à son album.

– Il ne va pas venir de Los Angeles en voiture, si ? demande London d'une voix suspicieuse (si je ne m'abuse).

J'ai toujours apprécié London.

– Non, non ! répond Lola en souriant. C'était une plaisanterie.

Pendant quelques secondes, nous la fixons sans rien dire.

Harlow brise le silence :

– Alors, pourquoi t'a-t-il appelée, bordel ?

Lola lève des yeux étonnés.

– Euh... Il voulait prendre de mes nouvelles après notre entrevue... Il m'a parlé de ses idées pour le premier volet.

Je répète :

– Le premier volet ?

Émue, elle hoche la tête rapidement. Une mèche de ses longs cheveux effleure ses lèvres. Je ne peux pas me retenir de la replacer. Lola a le même réflexe, ses doigts se posent sur ses lèvres avant les miens.

Je retire ma main, les yeux d'Harlow lancent des éclairs. Je reste concentré sur Lola dont l'expression est indéchiffrable.

– Bordel, Oliver.

À côté de nous, London attrape son téléphone.

– Je vais faire une recherche sur cet Austin Adams.

J'ai toujours *vraiment* apprécié London. Je murmure, plus doucement :

– Le premier volet ?

– Il m'a dit qu'il envisageait une adaptation en trois volets, s'écrie-t-elle d'une voix aiguë. Et il veut partager ses idées avec moi.

Harlow jure, Mia pousse un cri perçant, Joe lui sourit, mais Lola se cache le visage dans les mains avec un frisson de panique.

– Bordel de merde ! s'écrie London. Ce type est *sexy* !

Elle tourne son téléphone vers nous.

Finalement, je n'apprécie peut-être pas London autant que je le pensais.

L'ignorant, je saisis les mains de Lola et lui rappelle d'une voix apaisante :

– C'est une excellente nouvelle. (Mais je ne peux pas m'empêcher de continuer.) Il veut en parler maintenant ? Tu vas retourner à Los Angeles demain ?

Elle secoue la tête.

– En discuter au téléphone suffira certainement. J'ai du

mal à me figurer comment coécrire un scénario, alors trois... Je vais avoir besoin d'aide.

Elle plaque la main contre sa bouche.

– Pour celui-là, la collaboration est essentielle. N'est-ce pas ce qu'Austin t'a dit aujourd'hui ? (La voir aussi inquiète m'oblige à brider mes propres appréhensions.) Au deuxième ou au troisième film, tu seras sûrement bien plus en confiance. Mais c'est génial !

Elle hoche la tête avec l'air de boire mes paroles, puis ses épaules s'affaissent. Elle laisse échapper un petit rire sans indulgence pour elle-même.

– Je ne sais pas par où commencer.

Sa main moite et tremblante se pose sur la mienne.

– Tu vas commencer par boire un verre supplémentaire, lance Harlow, imperturbable.

Elle s'éloigne pour commander de nouveaux shots. Joe effleure le cou de Lola :

– Lola, tu es une rose sur un tas de fumier. Tu vas réussir.

J'acquiesce et renchéris :

– Bien sûr. Personne ne connaît cette histoire mieux que toi. Tu es là pour les guider. Les autres ne sont rien que des experts en cinéma.

Elle soupire et me regarde comme si sa survie en dépendait.

– D'accord. D'accord, répète-t-elle.

Finalement, nous ingurgitons cinq shots chacun. La conversation dérive des grandes nouvelles de Lola à un débat sans queue ni tête à propos de la fin du monde. Comme toujours, ça vient de Joe. L'adorable Lola rebondit, à grand renfort d'éclats de rire, sur chaque suggestion passionnée – zombies, champ électromagnétique, invasion d'extraterrestres. À la fin de la soirée, j'ai l'impression qu'elle a oublié toutes ses préoccupations.

– Je vous le dis, ça sera le bétail, putain. (Joe manque renverser le verre de vin d'Harlow en esquissant un geste de destruction totale.) Une maladie liée aux vaches ou aux porcs. Peut-être à la volaille.

– La rage, propose Mia d'une voix traînante.

– Non, non, pas la *rage*. Une maladie inconnue !

– Tu es un véritable rayon de soleil, réplique London en lui donnant une tape sur l'épaule.

– C'est couru d'avance. Ces putains de poulets vont causer notre perte.

Lola fait mine de se tirer une balle dans la tête et s'effondre dans mes bras en simulant des convulsions. Ses cheveux effleurent ma peau nue. Pour la première fois, je ne résiste pas au désir de les toucher, je plonge les doigts dans sa chevelure brune.

Soudain, elle me regarde.

– Oliver a trop bu, marmonne-t-elle.

Je dois être le seul à l'entendre. Sans réfléchir, je me mets à sourire, comme chaque fois qu'elle est près de moi.

– Pourquoi dis-tu ça ?

– Parce que tu me touches, murmure-t-elle.

– Je te touche tout le temps.

Elle secoue la tête lentement contre mon bras avant de se redresser sur la banquette.

– Comme un copain. Là, c'était différent.

Mon sang se met à bouillir dans mes veines.

– Vraiment ?

– Hum, hum, acquiesce-t-elle.

Ses paupières lourdes lui donnent l'air de somnoler.

– Désolé, Lola love.

Je repousse sa frange de la main. Théâtrale, elle secoue la tête.

– Ne le sois pas. Tu es mon héros.

J'éclate de rire, mais elle sursaute et se rassied tout à coup.

– Je suis sérieuse. Que ferais-je sans toi ? (Elle désigne Harlow.) Elle est *mariée*. (Elle désigne Mia.) Elle aussi est mariée.

Apparemment, London nous a entendus puisqu'elle glisse :

– Je *ne suis pas* mariée.

– Non, réplique Lola avec un large sourire de fille ivre. Mais tu passes ton temps à surfer. À servir au bar. À repousser les hommes.

Joe hoche la tête, London lui donne une petite tape sur la poitrine.

– Donc, Oliver est mon héros. (Elle se tourne vers moi.) Mon roc. Mon roc inébranlable. (Elle fronce les sourcils.) Mon exutoire ?

– Ta conscience.

– C'est vrai, *ça* ! (Lola chuchote et approche la bouche de mon oreille. Si près que mon cœur bat à toute vitesse dans ma poitrine.) Ne me quitte jamais.

– Jamais.

Seigneur, j'en suis incapable. Je voudrais la prendre dans mes bras pour la protéger de tous les gens hypocrites et avides qu'elle rencontrera forcément.

– *Ne me quitte pas*, m'avertit-elle en me pointant du doigt.

Je me penche pour embrasser son doigt inquisiteur. Ses yeux s'ouvrent très grands.

– *Jamais.*

# Chapitre 3

## Lola

AVANT MON CAFÉ DU MATIN, je suis un zombie. Surtout après avoir fait la fête très tard et bu des quantités de shots. Je n'ai aucun souvenir de la fin de la soirée, j'ai donc beaucoup de mal à en croire mes yeux quand je distingue la silhouette d'Oliver endormi sur mon canapé à sept heures du matin.

Il dort dans une position étrange, comme un pantin désarticulé. L'un de ses pieds est posé par terre, l'autre pend à l'extrémité du canapé. Sa chemise, relevée sur son abdomen, dévoile son ventre plat, sur lequel se dessine une ligne de poils noirs. Les jambes relâchées, les bras de travers ; vu l'angle, il risque d'avoir mal au cou en se réveillant…

Il est là, en chair et en os. Beau à en couper le souffle.

Ce n'est pas la première fois qu'il dort ici. Mon loft se trouve à quelques rues de la librairie, nous lui avons donné une clé au cas où nous serions enfermées dehors, si un robinet se mettait à fuir ou s'il voulait grignoter un sandwich pendant sa pause. Ces six derniers mois, il a dormi ici deux fois : une nuit, quelques jours avant le vernissage d'ouverture, il avait travaillé si tard qu'il ne tenait plus debout. Hors de question de conduire dans cet état-là. Mais il était parti avant mon réveil. Une autre fois, nous avions passé une soirée chez Fred's et beaucoup trop bu pour que quiconque soit en état de conduire. Mais, cette nuit-là, tout le groupe s'était installé ici, s'assoupissant un peu n'importe où.

London a dû se réveiller tôt, elle est déjà partie – sûrement surfer. Je n'ai jamais eu le plaisir de me réveiller et d'être seule avec lui. Il faut le reconnaître, je me comporte comme une gamine amoureuse. Quelle idée de le regarder pendant qu'il dort... Je ferai un effort pour culpabiliser plus tard. Pour l'instant, j'apprécie sa présence. À sa juste valeur.

C'est une question de temps. Bientôt, le stress de l'ouverture de la librairie se dissipera et Oliver aura l'occasion de se concentrer sur d'autres aspects de sa vie... par exemple, la recherche de l'amour. Ou Allison le Canon. Les filles qui rôdent dans la boutique en espérant que son séduisant propriétaire les remarquera font légion. Je n'apprécie pas l'idée, mais je dois admettre, surtout en regardant son corps parfait, que c'est justifié. Le lancement de ma carrière a largement contribué à me distraire, tous mes voyages m'ont donné l'occasion de ne pas me confronter à mes sentiments. Ils m'ont aussi appris à me satisfaire des instants grappillés au hasard.

Je ne peux plus me mentir. J'ai fini par m'avouer que je le désirais. Et hier soir, nous avons flirté comme jamais. Au souvenir de nos paroles, mon cœur bat plus vite.

Quand nous nous sommes rencontrés à Vegas, Oliver m'a tout de suite charmée. Il me semblait intéressant et son accent me rendait folle. Je ne le *connaissais* pas. Son absence de désir pour moi ne me faisait ni chaud ni froid.

Mais plus je passe de temps avec lui – presque tout mon temps libre, en réalité –, plus il devient un élément essentiel de mon existence. Le moindre mouvement de désir devient une douleur lancinante. Maintenant, je le connais, mais ses sentiments à mon égard restent énigmatiques. Je ne sais rien de lui dans ce domaine. Et depuis quelque temps... j'ai envie de percer ce mystère. J'ai envie de lui dire : *Donne-moi une semaine. Une semaine avec toi, tes lèvres, ton rire dans mon lit. Je serai capable de me contenter d'une semaine.*

Bien sûr, il s'agit d'un mensonge. Je ne l'ai jamais embrassé – en dehors du baiser rapide de notre faux mariage. Je souffrirais le martyre s'il me quittait après une semaine dans ses bras. Mon cœur serait brisé, ou deviendrait difforme, comme un pull en laine prêté à quelqu'un qui porterait la taille au-dessus, jusqu'à ce qu'il n'aille plus à personne. Qui sait, peut-être suis-je naturellement difforme. Mais contrairement à mes précédentes relations – quelques semaines par-ci, un mois par-là –, Oliver n'a jamais été inquisiteur, il a résisté au désir compulsif de connaître tous les détails de ma vie. Au contraire, il recueille mes confidences au fur et à mesure, sans impatience.

C'est peut-être la raison pour laquelle nous sommes si proches. Je n'ai pas encore été obligée de me refermer comme une huître et de tout gâcher au moment où il le faudrait le moins.

La nuit où nous nous sommes rencontrés, tandis que nos meilleurs amis éprouvaient la résistance des lits de nos chambres d'hôtel en déchaînant leur libido, Oliver et moi nous sommes promenés sur le Boulevard de Las Vegas en parlant travail. D'écriture et d'illustration, de la représentation des femmes dans les comics, de nos lectures. Nous avons un peu discuté de *Razor Fish* et de sa librairie. Je ne savais même pas qu'il comptait l'ouvrir à San Diego.

J'apprécie sa compagnie plus que je ne saurais l'exprimer.

Le temps passé avec Oliver me fait l'effet d'une friandise que je voudrais savourer pour toujours. À mi-chemin sur le Strip, j'avais rassemblé assez de courage pour poser une main hésitante sur son bras et lui faire face.

– Nos chambres doivent être occupées.

Je fixai un temps son menton avant d'oser le regarder dans les yeux.

Il a souri, j'ai réalisé à ce moment à quel point ses dents étaient parfaites – blanches et régulières avec des canines qui lui donnent un air de loup –, ses lèvres rebondies, ses yeux bleus, derrière ses lunettes.

– Probablement.

– Mais on pourrait...

J'ai regardé ailleurs. Il a attendu en me détaillant, l'expression indéchiffrable, comme s'il ne se doutait pas de ce que j'allais lui proposer.

Mes yeux sont revenus sur son visage, j'ai pris mon courage à deux mains.

– On pourrait prendre une chambre pour la soirée, si ça te dit. Tous les deux.

Son expression est restée la même – Oliver bluffe en permanence, avec son sourire et son regard doux, sans jugement. Il a décliné très poliment.

J'étais mortifiée, mais je m'en suis remise. Nous n'avons plus jamais abordé le sujet.

Plus tard, quand j'ai appris qu'il s'installait ici et que nous avions des amis en commun, une passion à partager, nous avons commencé à nous voir tout le temps et le souvenir humiliant de ce rejet s'est dissipé. À sa place s'est installée une sorte d'amitié parfaite. Oliver ne juge pas, ne se moque pas, n'insiste jamais. Ma timidité ne le dérange pas, même si je passe des heures penchée sur une feuille de papier sans prononcer un mot. Il ne s'énerve pas quand je suis tellement focalisée sur quelque chose qu'au contraire, j'en parle sans arrêt. Il est toujours honnête quand j'introduis une nouvelle idée d'intrigue. Il joue de la musique très étrange et m'oblige parfois à l'écouter parce que, même si je ne l'apprécie pas, il veut que je fasse l'effort de comprendre ses goûts. Il peut parler de tout, de *Gen13 à Veronica Mars*[1] de la radio nationale à la réparation de voitures, ou ne pas parler du tout, une qualité que j'apprécie énormément. Il sait écouter, il est drôle, gentil. Sa personnalité est unique, sa confiance en lui le rend presque irrésistible. Sa haute taille, son charme, son sourire radieux ne gâchent pas le tableau.

Deux mois après l'annulation de notre mariage, je l'ai présenté à mon père, Greg. Ce soir-là, entre les chips trempées dans du guacamole et le poulet cuit au barbecue, Oliver a appris le reste de mon histoire.

Mon père est revenu de son troisième service en Afghanistan quand j'avais douze ans. C'était une véritable épave : il est passé du statut respectable d'infirmier de triage à celui de vétéran déchargé de ses fonctions, incapable de dormir et dissimulant sa ration d'analgésiques dans la cuisine. Ma mère ne l'a pas supporté plus d'un mois. Sans un mot, elle a fait ses valises et nous a quittés au milieu de la nuit. Elle n'a dit au revoir à personne.

Je me suis efforcée de ramasser les morceaux de l'existence de mon père, et il a fait de même avec moi. Nous nous sommes épaulés les premières années avant de réaliser que nous devions nous en sortir seuls. Tout n'était pas rose, mais la situation s'arrangeait peu à peu. Ma relation avec mon père était l'une des choses que je chérissais le plus. Je lui racontais tous mes secrets, même les plus minuscules. Le reste du temps, je gardais tout pour moi. Mais il passait avant tout le monde.

---

1. *Veronica Mars* est une série télévisée américaine créée par Rob Thomas en 2004. *Gen13* est une série de comics américains créée par Jim Lee, Brandon Choi et J. Scott Cambell en 1994. (NdT)

Je ne sais pas ce que mon père lui a confié, mais cette soirée a dissuadé Oliver de me poser la moindre question. Il a compris le fonctionnement typique « Lola » et n'a jamais plus cherché à me faire la moindre suggestion. Parfois, un détail émerge dans une conversation – comme souvent avec Mia et Harlow – et je me rends compte qu'il en sait plus long que je ne l'imagine. Mais c'est tout.

Je connaissais Mia et Harlow depuis toujours, je n'ai donc jamais eu à faire ce récit. Pourtant, j'ai envie qu'il connaisse, lui aussi, les détails de mon histoire personnelle. Après quelques bières, il y a un mois, j'ai fini par lui demander :

– Que t'a raconté mon père sur mon enfance ?

Il s'est figé, sa bouteille au bord des lèvres, et l'a reposée.

– Il m'a donné sa version. De ta naissance jusqu'à aujourd'hui.

– Veux-tu entendre la mienne ?

Oliver s'est tourné vers moi et a hoché la tête.

– Bien sûr. Un jour. Quand tu seras prête à me la raconter.

Ce soir-là, j'ai failli l'embrasser. Je n'étais pas loin d'avoir la force nécessaire. Au moment où je lui ai dit que je voulais également connaître les détails de son passé, il a eu l'air si reconnaissant, si heureux, que j'ai été touchée en plein cœur. Sa joie soudaine m'a même conduite à me demander s'il n'était pas aussi épris que moi. Mais j'ai tout gâché en gardant les yeux rivés sur la table.

Quelques secondes plus tard, son expression était redevenue indéchiffrable. Il avait changé de sujet.

Le regarder dormir fait remonter tous ces souvenirs pêle-mêle. En espérant le réveiller, je sors le sachet de grains de café pour les moudre. Mais mon téléphone devance mes intentions en sonnant à plein volume sur le comptoir : la sonnerie de Benny.

– Allô ?

Je réponds aussi vite que je peux, manquant le faire tomber.

Oliver sursaute, regarde autour de lui, l'air affolé. Je lui fais signe de la cuisine, il semble se décontracter en me voyant. Il se frotte le visage et me contemple avec tendresse.

Le même regard qu'il y a un mois, dans le bar. Les lèvres entrouvertes, les yeux plissés pour tenter de distinguer mes traits sans ses lunettes. Quand il sourit comme ça, j'ai l'impression que le soleil perce à travers les nuages.

– Salut, murmure-t-il d'une voix rauque, encore pleine de sommeil.

– Lola, c'est Benny, crie Benny au téléphone. Je suis avec Angela.

– Quoi ?

Je suis hypnotisée par l'expression d'Oliver. Il passe du soulagement, du bonheur tranquille à la confusion quand il réalise où il se trouve.

Il se redresse, appuie ses coudes contre ses cuisses, prend sa tête entre ses mains en grognant :

– *Putain.* Ma tête !

Harlow dit toujours qu'on peut lire les sentiments d'une personne dans ses yeux, au réveil. Je me concentre sur le comptoir et griffe le carrelage en tentant d'interpréter l'expression du visage d'Oliver au petit jour.

– Il est encore tôt, désolée, s'excuse Angela. Vous allez bien ?

– Je n'ai pas encore bu mon café. Je suis toujours dans le brouillard.

Oliver me fixe et éclate de rire. Le gloussement d'Angela, à l'autre bout du fil, est moins authentique. J'active le haut-parleur pour qu'il ne perde rien de la conversation.

– Eh bien, continue Angela. Hier, c'était une grande journée. Le communiqué de presse est prévu pour aujourd'hui.

– Avez-vous besoin de moi ?

– Non, mais il faut vous préparer. Vous n'aurez pas d'interview aujourd'hui. C'est à nous de répondre aux questions.

Nous vous enverrons un exemplaire compilant nos publications sur les réseaux sociaux. Nous organiserons des interviews. Je veux seulement vous prévenir.

Les yeux écarquillés, Oliver me dévisage de l'autre côté du salon.

– D'accord...

Je souris, reconnaissante qu'il soit là et qu'il participe, même passivement, à la conversation. Angela a l'air très sévère, Oliver en sera témoin.

– Cela signifie donc, que les gens vous reconnaîtront dans la rue.

Oliver plaque une main sur sa bouche dans un geste parodiant Marilyn Monroe, et j'étouffe un gloussement. L'album est dans le Top trois des bandes dessinées de la liste du *New York Times* depuis plus de deux mois, pourtant ma vie n'a pas vraiment changé, en dehors des voyages pour les signatures et de quelques conférences. L'idée que notre quartier pourrait devenir un repaire de paparazzis nous laisse sceptiques.

– Vous serez peut-être photographiée, suivie, continue Angela. On vous posera la même question à l'infini et vous devrez y répondre de la même manière à chaque fois. Vous ne pourrez pas contrôler ce qui sera écrit à votre propos. Est-ce bien clair ?

Je hoche la tête en soutenant le regard amusé d'Oliver. Comme ils ne peuvent pas me voir, je lâche un « oui ».

– Tu seras parfaite, me rassure Benny. C'est fantastique, Lola.

– Oui.

Ma voix ressemble à un gémissement. Harlow est incapable de le comprendre, mais je rêve que les gens me laissent tranquille jusqu'à ce que tout soit terminé avant d'aller voir le film avec une perruque et des lunettes de soleil.

*Tout va bien. Je vais bien.*

– Parfait, ajoute Angela. Le communiqué paraîtra dans *Variety* dans une heure. Profitez, Lola. C'est votre moment.

C'est le moment de raccrocher, pourtant j'entends le bruit familier de la porte de verre dans le fond, et une voix masculine jurer.

– *Putain !*

Angela s'éclaircit la gorge.

– Il semblerait qu'Austin ait envie d'ajouter quelque chose.

– D'accord.

Oliver s'est levé, il avance vers moi.

– Lola ! s'écrie Austin.

Je suis heureuse que mon téléphone soit en mode haut-parleur. Sinon, son exclamation m'aurait percé le tympan.

– Bonjour...

Je donne une petite tape sur le nez d'Oliver pour le distraire de sa contemplation obsessionnelle de mon téléphone.

– Écoute, j'ai un rendez-vous dans cinq minutes, commence Austin. Je voulais juste te faire coucou. Sinon, j'ai beaucoup réfléchi hier soir : et si Razor ne venait pas d'un espace temps parallèle mais d'une autre planète ?

Je cligne des yeux, toute pensée cohérente fuit mon cerveau. Oliver ouvre de grands yeux, il articule :

– C'est quoi ce bordel ?

– Désolée, je réponds en secouant la tête pour m'éclaircir les idées. (Je pensais qu'Austin comprenait vraiment mon livre.) Un extraterrestre ? Venant de Mars par exemple ?

– On verra les détails plus tard, lance Austin. Je pense que le public américain aurait plus de facilité à entrer dans une histoire d'extraterrestres plutôt que dans une intrigue impliquant des dimensions parallèles.

– Mais tout le monde comprend *Doctor Who*.

À mon grand dam, je suis incapable de trouver un meilleur argument.

– C'est une série BBC.

– Et les Britanniques sont censés être plus intelligents que les Américains ?

Il éclate de rire en estimant probablement qu'il s'agit d'une question purement théorique.

– N'est-ce pas ? Bref, tu peux y réfléchir à loisir. Je me suis dit qu'il s'agissait d'un tout petit changement pour nous, qui rendrait l'histoire bien plus accessible sans bouleversement d'envergure.

J'acquiesce, avant de me souvenir qu'il ne peut pas me voir.

– D'accord, j'y penserai.

– Super ! s'écrie-t-il. On en discute plus tard, Lol's.

Trois bips retentissent, indiquant que l'appel est terminé. Je pose mon téléphone sur le comptoir avec précaution.

Oliver croise les bras sur sa poitrine.

– Lol's ?

Je lève les sourcils.

– Tu estimes vraiment que c'est ce qu'il faut retenir de cet appel ?

Il rit en secouant la tête.

– Je ne sais pas si nous aurons le courage de discuter de la question des extraterrestres de bon matin.

Je marche jusqu'au réfrigérateur pour sortir le sac de grains de café.

– Je...

Je verse les grains dans le moulin à café et le fixe, l'air désemparé. Mon cerveau est en bouillie, mon cœur palpite, mes poumons se sont vidés de leur oxygène.

J'éteins le moulin à café.

– Je ne sais pas quoi dire. Un Martien. Un Martien, rien que ça. Ce n'est pas une suggestion sérieuse, n'est-ce pas ? Razor et tous les autres Bichir évoluent dans une autre dimension temporelle, sur la Terre, comme nous. Dans un espace temps différent, avec des conditions différentes. (J'agrippe mes cheveux, en m'efforçant de ne pas paniquer.)

C'est ce qu'*il* est. Une évolution alternative. (Je me plonge dans le regard bleu océan d'Oliver.) Ici. Sur la *Terre*. S'il s'attache à Quinn et à ce qu'elle représente, c'est parce que la Terre est sa planète, à lui aussi.

Je sais qu'Oliver n'ignore rien de tout cela, mais en parler me fera du bien.

Ou m'enfermera dans une spirale infernale.

– Tu peux encore revenir en arrière, Lola, dit-il. Je ne suis pas d'accord avec Austin. Pour moi, ce n'est pas *trop* compliqué.

– Je pensais que les changements seraient plus nuancés. Par exemple, faire en sorte que Quinn n'affronte qu'une seule personne pendant son premier combat, ou envoyer Razor à se rescousse un peu plus tôt lors de l'épisode des Andemys.

Oliver hausse les épaules en faisant tourner une petite cuillère sur le comptoir.

– Ouais, moi aussi.

– Et le communiqué de presse ? (Je secoue la tête en versant le café moulu dans la cafetière.) Je vais me cacher dans la librairie aujourd'hui, si ça te convient.

– Je doute que la librairie soit la meilleure planque pour toi, Lola love.

J'acquiesce. J'aime la façon dont il prononce mon prénom. Il s'attarde sur le « o ». Rien ne me remonte autant le moral que le son de sa voix.

– Tu as faim ?

Il se gratte le ventre, mon cœur bat la chamade.

– Un peu.

Il hausse les épaules. Je désigne une pile de fruits sur un plateau et attrape les céréales sur le réfrigérateur. Je saisis les Rice Krispies, ses préférées. Il a déjà récupéré le lait au frais.

– J'évolue dans un univers dans lequel quelqu'un compte m'envoyer *un exemplaire compilant les publications sur les réseaux sociaux.* Il est peut-être temps de me mettre aux réseaux sociaux, tu ne crois pas ?

Il glousse en épluchant une banane.

– Laisse à Joe le soin de gérer ton compte Twitter. Je suis sûr qu'il serait très doué.

Je le dévisage, bouche bée.

– Il posterait des photos de bite.

Oliver hausse les épaules comme pour dire, *c'est bien ce que je disais.* Il me scrute à nouveau. Je lance :

– Quoi ?

– Rien. (Il désigne le fruit d'un signe de tête.) Je ne sais pas quelle tête je suis censé faire quand je mange une banane. Cet échange de regards était gênant. Je ne veux pas avoir l'air déplacé.

– Surtout après avoir parlé des photos de bite de Not-Joe.

Oliver repose la banane avec une grimace et se verse un bol de céréales.

– Tu me donnes un couteau ?

Je glousse en lui en tendant un. Il lève les yeux au ciel. Je ne peux pas m'en empêcher chaque fois qu'il prononce le mot « couteau ». J'ai l'impression d'entendre Paul Hogan dans *Crocodile Dundee.*

– Tu penses vraiment que des gens me reconnaîtront ?

Je me ronge un ongle. Je n'ai pas le courage d'imaginer Razor sous les traits d'un extraterrestre venant de Mars. En revanche, il m'est beaucoup plus facile de me concentrer sur la question de ma célébrité.

Oliver me dévisage. Ses yeux s'arrêtent sur mon piercing en diamant au-dessus de ma lèvre, à l'endroit où Marilyn Monroe portait son fameux grain de beauté. Nous pensons exactement la même chose. Je ne suis pas très incognito.

– Ça t'est déjà arrivé, non ?

– Seulement des passionnés, et seulement *deux fois.* À la librairie.

– Ça risque de continuer.

Il prononce ces mots avec un calme olympien. Parfois, j'aimerais le mettre dans une cage aux lions pour mesurer sa pression artérielle.

– Ça me donne envie de vomir, Oliver. Je devrais peut-être garder un seau avec moi.

Il secoue la tête en riant.

– Voyons, Lola ! Tu dramatises. Tu es toujours enjouée, pourquoi penses-tu que ça pourrait te poser un problème ?

– Tu sais très bien que c'est faux.

Il me regarde à nouveau et secoue légèrement la tête.

– Parfois, je regrette de ne pas avoir la possibilité de te rencontrer à nouveau pour la première fois. (Il découpe sa banane au-dessus de son bol.) Et de prendre le temps de te regarder.

Ma gorge se serre.

– Qu'est-ce que tu veux dire ?

– Ce que je viens de t'expliquer. (Il mélange les céréales.) Tu es merveilleuse. J'aimerais te rencontrer pour la première fois. Et faire les choses différemment. Passer un moment comme celui-là, par exemple.

– Manger des Rice Krispies et boire un café plutôt que se promener sur le Strip ?

Nos yeux se croisent et je sais – je *sais* – qu'il repense à ma proposition hésitante. Il cherche ses mots.

– Je veux dire, être ensemble, sans aucune pression...

– Je ne t'en veux pas pour cette nuit-là, tu sais. (Je dois me débarrasser de ce souvenir une bonne fois pour toutes.) C'était la bonne décision.

Il me regarde longuement avant de sourire et de commencer à manger.

Je m'appuie contre le comptoir et sirote le nectar des dieux en l'observant. À première vue, il est noueux comme un bâton : grand, fin, des jambes souples et des bras élancés. Mais on sent très vite sa force. Les muscles se dessinent sur ses biceps et ses épaules. Son large torse s'affine au niveau de la taille. *Je pourrais le dessiner. Si je le dessinais, que ressentirais-je ?*

– À quoi penses-tu ? demande-t-il, la bouche pleine de céréales. Tu me dévisages comme si tu t'étonnais que j'aie des bras.

– Je m'imaginais en train de te dessiner.

J'écarquille les yeux. Je ne voulais pas le dire à haute voix, il doit le savoir, lui aussi. Oliver s'est figé, mon sang se glace dans mes veines. Il me regarde avec l'air d'attendre que je développe, mais c'est impossible. Quand je suis nerveuse, je perds mes moyens. Je me referme comme une huître.

Les minutes s'égrainent, les battements de mon cœur redoublent. Oliver mâche tranquillement. Nous sommes habitués aux silences, mais là celui-ci est particulièrement pesant.

– Tu en as envie ?

Je bats des paupières.

– Envie de quoi ?

Il plonge sa cuillère dans son bol, mâche et avale.

– De me dessiner.

Mon cœur gonfle<br>
gonfle<br>
gonfle<br>
explose.

– Ça n'a rien d'extraordinaire, Lola. Tu es une artiste. Et je suis beau comme un dieu, c'est de notoriété publique.

Il m'adresse un clin d'œil avant d'avaler une nouvelle cuillerée.

Ai-je envie de le dessiner ? Oh oui ! À vrai dire : je le fais tout le temps. Mais de mémoire, ou assez discrètement pour qu'il ne s'en doute pas. La possibilité d'avoir un accès illimité à son visage, ses mains, ses bras noueux et ses larges épaules...

– C'est vrai.

Il me fixe en levant les sourcils, avec l'air d'attendre une réponse formelle. Sans me laisser le temps de réfléchir une demi-seconde supplémentaire, je cours dans ma chambre pour récupérer mon carnet d'esquisses et mes crayons. Je l'entends poser son bol dans l'évier, faire couler l'eau pour le nettoyer.

Mon esprit est embrumé, aucune pensée cohérente ne parvient à émerger. Je n'ai aucune idée de ce que je suis en train de faire, mais si Oliver désire que je le dessine... *eh bien, putain,* je vais remplir ce carnet de croquis.

Je reviens au pas de course dans le salon et manque glisser sur le parquet à cause de mes chaussettes. Je me rattrape de justesse. Oliver est de dos, il regarde par la fenêtre. Il retire lentement sa chemise.

Oh.

*Oh.*

– Oh...

Il se tourne vers moi, l'air soudain embarrassé.

– Ce n'est pas ce que tu voulais ? Oh Seigneur, ce n'est pas ce que tu voulais. Tu avais seulement l'intention de faire mon portrait, c'est ça ? (Il tient sa chemise devant son torse.) Je n'aurais pas dû.

– Mais si. (J'inspecte la mine du crayon dans ma main. Je le fixe avec tant d'intensité que je pourrais le briser avec le seul pouvoir de mes yeux. Oliver est torse nu. Dans mon salon.) C'est parfait, je veux dire, c'est bien plus pratique de te dessiner sans ta chemise parce que je pourrai me focaliser sur les détails de tes muscles, de tes poils et tét... (Je m'éclaircis la gorge.) *Du reste.*

Il laisse tomber la chemise et continue à me dévisager pour s'assurer que je pense ce que je dis.

– D'accord.

Je m'assieds sur le canapé en l'observant, installé devant la fenêtre. Il contemple l'horizon, visiblement à l'aise. Au contraire, mon cœur bat si fort qu'il semble sur le point de remonter dans ma gorge. Je m'attarde plus que je ne le devrais sur sa poitrine à la forme parfaite : arrondie, avec de petits tétons. Une géométrie musculaire constituée de carrés, de rectangles. Des triangles au niveau des hanches. Son regard pèse sur moi quand j'esquisse la ligne noire de ses poils qui descend de son nombril à son pubis.

– Tu veux que j'enlève mon pantalon ?

– Oui. (Je réponds sans réfléchir, avant de m'écrier.) Non ! Non. Seigneur. Seigneur, c'est parfait.

Mon cœur ne pourrait pas battre plus fort.

Mal à l'aise, il me sourit. Je pourrais passer une année entière à tenter de capturer cette expression.

– Ça ne me dérange pas, ajoute-t-il calmement.

Le petit diable installé sur mon épaule chuchote : *Fais-le. Fais-le. Avec ton style géométrique, tu n'as jamais été douée pour dessiner les jambes. Ça t'aiderait probablement.*

L'ange hausse les épaules et détourne les yeux.

– Si c'est le cas... (Je tousse.) Tu sais que je n'ai jamais été douée pour dessiner les jambes et...

Il déboutonne lentement son pantalon.

Dans la mesure où nous sommes amis, je devrais détourner le regard. Mais c'est impossible.

– Lola ?

Au prix d'un effort herculéen, je fixe mon attention sur son visage.

– Ouais ?

Il n'ajoute rien mais soutient mon regard en descendant son pantalon sur ses hanches et en le jetant par terre. Je répète :

– Ouais ?

Ma respiration est bien trop courte. Il doit l'avoir remarqué.

C'est totalement différent. Ce début de matinée ne ressemble pas du tout à une journée typique Oliver + Lola. J'ai l'impression d'avoir trouvé la porte du pays des merveilles.

– Où veux-tu... ?

– Où est-ce que je *veux*... ?

– ... que je m'installe.

– Oh. (Je racle ma gorge.) Ici, c'est très bien.

– Je ne suis pas à contre-jour ?

C'est le cas, mais je suis trop troublée pour lui donner les bonnes directives.

– Je peux m'asseoir, si c'est mieux pour toi.

– Allonge-toi ou... (Je m'arrête en réalisant ce qu'il vient de dire. *Bordel.*) Ou assieds-toi. Tu seras très bien assis. Enfin, comme tu préfères.

Il m'adresse son sourire mystérieux et s'allonge sur le tapis au milieu du salon, dans un rayon de soleil.

*La vignette montre la fille, les yeux fixés sur le garçon, le corps léché par d'immenses flammes bleues.*

Oliver place les mains derrière la tête, croise les jambes et ferme les yeux.

*Bite.*

*BITE.*

C'est tout ce que je vois.

Elle est là, sous son boxer, presque en érection, ostensiblement non circoncise, descendant sur sa cuisse. Seigneur, elle semble énorme. Grossit-elle encore quand il bande pour de bon ? Seigneur, il pourrait arracher les dents d'une femme pendant qu'elle le suce.

Embarrassée, je me concentre sur la feuille de papier. Pourquoi a-t-il une demi-érection ? Est-ce normal quand un garçon joue au modèle ? Sûrement. Est-ce génial ou totalement gênant ?

Oliver a l'air de trouver ça génial. Il suffit de le regarder. Le regarder, lui. *Lui.*

– Lola ? Ça va ?

Tiens, j'ai oublié de continuer à dessiner. Il l'a remarqué. Je me rassieds sur le canapé et commence à reproduire chaque détail de son corps : les poils noirs de ses jambes, les muscles de ses cuisses, le creux de ses hanches et oui, la silhouette de sa virilité sous son boxer.

Je gribouille sur une douzaine de pages, pour m'approprier le moindre détail. Je colorierai plus tard. Mes mains sont pleines de traces de fusain, j'ai une crampe à force de crayonner sans arrêt.

– Allonge-toi sur le ventre.

Il s'exécute, je regarde ses hanches se soulever, s'enfoncer dans le tapis comme s'il le pénétrait inconsciemment.

En réponse, tous les muscles de mon corps se tendent douloureusement, adressant une supplication à l'univers.

J'aperçois une longue cicatrice sur son côté gauche, serpentant entre ses côtes.

– C'est quoi, cette cicatrice ?

– Une chute pendant notre voyage à vélo.

Il fait référence à son implication dans le projet Bike and Build, grâce auquel il a rencontré Ansel et Finn. Ils ont traversé les États-Unis à vélo, en construisant des logements pour les plus défavorisés sur le chemin.

La cicatrice est *énorme*, deux centimètres de large, peut-être dix de long. Combien de temps a-t-il fallu à Oliver pour se remettre de l'accident ?

– Je ne savais pas que tu avais été blessé pendant le voyage. Comment as-tu fait ensuite ?

Il hausse les épaules, replace confortablement sa tête entre ses bras. Son aisance naturelle m'émerveille.

– Je me suis fait recoudre. Il m'a fallu deux jours pour récupérer. Ce n'était pas grave, ça a juste laissé une vilaine cicatrice.

Je soupire en esquissant la courbe musclée de son mollet, son coup de pied, l'os saillant de sa cheville. Je compte les vertèbres de sa colonne vertébrale, me concentre sur les boucles de ses cheveux au niveau de l'oreille, l'ombre foncée de sa barbe mal rasée sur ses joues. C'est une chose de le regarder, une autre d'imaginer le toucher, le connaître aussi bien avec les mains qu'avec les yeux.

Dans ce carnet, j'ai de quoi alimenter une vie de fantasmes. Oliver vient de contribuer à la création des vignettes les plus sexy de toutes les bandes dessinées du monde.

Je m'essuie le front d'une main en soupirant.

– Je pense que c'est bon.

Oliver roule sur le côté et s'appuie sur un coude. C'est ridicule. Sur le tapis blanc, dans son boxer bleu, on dirait qu'il pose pour *Playgirl.*

– Quelle heure est-il ?

Je jette un coup d'œil à l'horloge sur le décodeur de la télévision.

– 8h19.

– Je dois y aller.

Il s'étire, contracte ses biceps, serre les poings et rejette la tête en arrière, soulagé. Avec un grognement satisfait, il demande :

– Tu vas me montrer tes esquisses ?

– Hors de question.

– Alors, c'est pornographique ?

Je glousse.

– Tu es en *boxer.*

– Ça veut dire oui ? Maintenant, j'ai encore plus envie de voir tes dessins.

– Je te les montrerai. Plus tard. Mon nouveau projet sera plus osé. (Je penche la tête, replace une mèche de cheveux derrière l'oreille.) Tu m'as inspirée. Merci.

Est-ce gênant, maintenant ? Le moment ne me semble pas embarrassant, mais je suis très mauvaise pour interpréter les sentiments des autres. Tout s'est très bien passé. Tout se *passe* très bien.

Il se lève, attrape son jean, le remet. Je salue le sexe à moitié en érection le plus parfait de ma vie.

– Toujours là pour une amie. Je suis un type sympa.

– Merci.

– J'espère que ça t'a un peu changé les idées.

Son visage émerge de la chemise qu'il enfile, je croise son regard.

– Changé les idées ?

Oliver rit, esquisse le geste de me toucher les cheveux puis se ravise.

– À plus tard, Lola love.

Il est sorti de l'appartement et se dirige vers sa librairie avant que je me souvienne du Razor martien et de l'article de *Variety* qui a dû être posté il y a environ une heure.

---

HARLOW LAISSE TOMBER SON SAC sur le banc et s'assied en face de moi.

– Désolée pour le retard.

– Pas de problème. J'ai commandé une salade César au saumon pour toi. (Je jette un coup d'œil vers l'entrée du restaurant.) Finn n'est pas là ? Je croyais qu'il arrivait tard hier soir.

– Il a dû rester au Canada pour la semaine. Un problème entre la boîte de fusibles, le panneau de contrôles et...

Harlow fait mine de s'endormir sur la table.

– Je n'arrive jamais à savoir quand il est là.

Je bois un peu d'eau.

– Voilà un indice. Si je ressemble à ça... (Elle désigne sa chevelure parfaitement ondulée et son maquillage sans défaut.) Il n'est pas là. S'il avait été avec moi ce matin, j'aurais été trop crevée pour...

– J'ai compris.

J'adore cette fille, mais elle mérite son titre d'Impératrice des confidences non désirées.

– Que s'est-il passé avec Oliver après votre retour de chez

Hennessey ? Vous étiez tellement ivres tous les deux que je n'ai pas réussi à déterminer qui soutenait qui.

Je m'écarte de la table quand la serveuse dépose nos plats et je la remercie. J'attends qu'elle s'éloigne pour continuer.

– Je suis incapable de dire comment on a retrouvé notre chemin, mais Oliver a fini par dormir chez moi.

J'ai regardé ailleurs en prononçant cette phrase. Harlow frappe la table du poing et se redresse brusquement sur son siège. Je sursaute.

– *Il quoi ?*

Quelques clients nous jettent un coup d'œil, je siffle :

– Il a dormi sur le *canapé,* putain. Tu peux reposer ton cul sur la banquette maintenant ?

Son visage se décompose, elle se rassied.

– *Seigneur.* Ne me fais pas de telles frayeurs.

– Faire quoi ? C'est *Oliver.*

Elle siffle.

– Justement.

Je tente de déchiffrer son expression mais depuis l'arrivée de Finn dans sa vie, elle devient de plus en plus douée pour dissimuler ses émotions. Même si je suis persuadée qu'elle a une idée bien précise en tête, ce n'est pas écrit sur son front.

– Certes. À propos de ça...

Harlow se penche, les mains en prière, les coudes sur la table. Ses deux sourcils auburn parfaitement épilés se lèvent avec intérêt.

Devrais-je tout lui raconter ? Je ne sais rien de la vie sentimentale d'Oliver, il est peut-être très occupé quand je ne suis pas là. Nous nous voyons presque tous les jours, mais pas tous les soirs. Si j'en juge au nombre d'anecdotes que racontent Finn et Ansel sur le Oliver *de la bonne époque* – et son expression indéchiffrable –, je me doute qu'elle est bien plus fournie que la mienne, même s'il n'en parle jamais. Clairement, avec la sortie de l'album, les voyages et les récents événements, les hommes n'ont pas été ma préoccupation principale ces derniers mois. Le nouveau mariage d'Harlow et l'arrivée imminente d'Ansel ont été les principaux sujets de nos conversations entre filles.

Donc... je n'ai encore jamais raconté à Harlow et Mia mon coup de cœur pour Oliver. Oliver est mon roc, je pense à lui chaque fois que j'angoisse – je me souviens que je peux lui parler, partager avec lui mes craintes et mes espoirs quand mon existence se complique. Harlow, Mia et moi nous connaissons depuis l'école primaire, et j'ai appris avec les années à quel point Harlow *s'investit* dans la vie des autres. Oliver a eu une occasion de me séduire à Vegas, il ne l'a pas saisie. Et maintenant, pourquoi mettre en danger notre amitié alors que nous sommes si heureux tous les deux ? Je ne pense pas qu'il soit du genre à changer d'avis. Et je ne veux pas qu'Harlow ait une dent contre lui parce qu'il ne partage pas mes sentiments. La force d'Harlow est aussi sa faiblesse : elle est la personne la plus loyale que je connaisse.

Seigneur, les choses se compliquent dès lors que l'on évolue dans un groupe d'amis.

Mais après quelques mois frénétiques, je voyage moins pour les signatures. En ce qui concerne le film, nous en sommes aux prémices. J'ai plus de temps libre... ce qui signifie qu'Oliver, mon ami sexy, hante de plus en plus mon esprit

et ce matin, je l'ai vu presque nu

et il est musclé *partout*

et il n'est pas circoncis

j'adore les sexes non circoncis

et j'ai entendu des histoires sur les dons d'Oliver pour les cunnilingus, entre deux plaisanteries d'Ansel et Finn

et *bordel je perds la tête.*

Harlow s'éclaircit la gorge. Elle pose lourdement sa fourchette. Je lève les yeux – sans m'en rendre compte, je suis en train de déchiqueter ma serviette.

– Tu sais que la patience n'est pas mon fort, chérie.

J'ai besoin d'en parler... et Harlow peut comprendre mon hésitation. N'est-ce pas ? Elle a toujours été là pour me ramasser à la petite cuillère après chaque rupture.

– Je t'ai dit qu'Oliver a dormi chez moi hier. Parce que... en réalité... je crois qu'il me plaît un peu.

Harlow grimace, je la connais assez pour savoir qu'elle contrôle son expression.

– Oliver Lore *plairait un peu* à un tatou, putain, Lola.

Je hausse les épaules, elle me regarde comme si elle regrettait de ne pas pouvoir m'ouvrir le crâne pour accéder directement à mes pensées. Elle me lance souvent ce regard. Elle n'a pas besoin de chercher bien loin. J'ai l'impression d'être transparente, mais l'expérience m'a appris que ce n'était pas le cas.

– Penses-tu que *tu* plaises un peu à Oliver ? demande-t-elle calmement en piochant une feuille de laitue.

Je hausse les épaules.

– Je ne crois pas. Après tout, il a eu sa chance à Vegas.

Elle marmonne quelque chose dans le genre *ne pas se mêler de ce qui ne nous regarde pas* et enfourne sa fourchette dans sa bouche.

– Tu n'as pas à t'en mêler. (Elle regarde le plafond en évitant mon regard.) Harlow, que t'arrive-t-il ? (Je lui donne une tape sur le front.) J'ai seulement besoin d'en parler. Tu es mariée, Mia est mariée, Oliver est mon meilleur ami, mais tu connais l'étendue de la catastrophe qui se déclenche avec les hommes chaque fois qu'ils deviennent...

Harlow me fixe en déglutissant :

– Qu'ils deviennent plus que des amis ?

– Oui. (Je grignote une asperge.) Je vois Oliver presque tous les jours, mais nous ne parlons jamais de nos vies sentimentales. C'est un énorme vide dans notre amitié, nous évitons tous les deux volontairement ce sujet. Ce n'est peut-être pas innocent.

– Devrais-je appeler Finn ? se demande-t-elle. Je devrais appeler Finn. Il me dirait de la fermer.

– Mais je ne veux pas que tu la fermes ! Mon amitié avec Oliver est probablement la chose à laquelle je tiens le plus. (Ses yeux lancent des éclairs, j'éclate de rire.) À part Mia et toi... je... (Je repose ma fourchette.) Brody m'a détestée toute l'année qui a suivi notre rupture. Tu t'en souviens ?

Elle acquiesce.

– Et vous êtes restés ensemble, quoi, deux mois ? Seigneur, quelle abomination !

Je secoue la tête.

– Je ne sais pas... C'était un type bien et nous avons été amis pendant si longtemps. Je ne me souviens plus de ce qui est arrivé, la passion s'est juste... tarie.

Je sens le regard d'Harlow sur moi avant qu'elle ne se concentre à nouveau sur son déjeuner.

– Et Jack. J'ai tout foutu en l'air.

Harlow ricane.

– Harlow. Tu te moques de moi ?

– Autant rétablir la vérité. Dis-moi, t'es-tu au moins *envoyée* en l'air avec lui ?

– J'ai tout fait foirer. (Je grogne quand elle glousse.) C'était ma faute. (Harlow fait mine de s'étouffer.) Seigneur. Tout ce que je veux dire, c'est que je gâche toujours tout. Je dis ce qu'il ne faut pas ou j'omets de dire ce qu'il faut, je suis trop occupée ou trop libre – il y a toujours quelque chose. (Sa tête est posée entre ses bras, ses épaules sont secouées par un fou rire. Je soupire et mange un morceau de poulet.) Tu ne m'aides pas.

Elle se redresse et s'essuie les yeux de ses doigts parfaitement manucurés.

– Mais tu n'es plus la même. Tu n'as plus dix-huit, dix-neuf ou vingt ans. Oliver et toi êtes de très bons amis, vous êtes aussi très beaux et brillants. C'est tout. Je la ferme maintenant.

– Je l'ai dessiné ce matin. Harlow, il a retiré *sa chemise.* (Ses yeux sont pleins de défi.) Il a enlevé son jean, aussi.

– Il s'est *déshabillé* ? s'écrie Harlow, incrédule. Oliver ? Dans ton appartement ?

– Oui ! Je l'ai vu *presque nu.* (Il n'est pas utile de lui dire qu'il l'a fait pour me changer les idées, parce qu'elle voudrait savoir pourquoi et Harlow ne comprend rien à mes bandes dessinées, même si elle apprécie les muscles de Razor sous ses écailles.) Ç'aurait dû être gênant mais finalement, pas tellement. Il est... Ouais. Il est bien foutu. C'est tout ce que je peux dire.

Harlow plaque une main sur sa bouche dans un geste théâtral.

Je murmure en me penchant vers elle :

– Puis-je te confier un secret ?

Ma meilleure amie me regarde, son expression s'adoucit. Harlow se comporte comme si elle possédait une carapace d'acier, mais c'est faux. Elle est faite de marshmallow.

– Tu peux me dire n'importe quoi, mon cœur.

J'inspire profondément, en me préparant à ce que je vais dire.

– Je crois qu'Oliver me plaît vraiment.

Elle rit, pose son front entre ses mains.

– Lola. Parfois, tu es tellement paumée que j'en ai mal pour toi.

# Chapitre 4

## Oliver

JE QUITTE L'APPARTEMENT DE LOLA après le petit déjeuner et notre *séance de pose* privée. Je referme la porte derrière moi, soupire et sens ma queue gonfler dans mon pantalon. Le souvenir de Lola en pyjama, chaussettes, le front et les joues noircies par le fusain à force de replacer ses mèches d'un air absent... Cette heure de concentration pour ne pas bander m'a épuisé, corps et âme.

Je ne sais pas ce qui m'a pris. Lola ne se sentait pas bien après l'appel d'Austin Adams, elle s'efforçait de garder son calme. Elle est ambitieuse, mais comploter pour gouverner le monde ne sera jamais son objectif : elle préférera toujours se réfugier dans son espace créatif plutôt que d'affronter la vie réelle. L'histoire de *Razor Fish*, c'est toute sa vie. Des années de réflexion, d'esquisses. La possibilité de modifier un point aussi important de l'intrigue l'a totalement déstabilisée.

Alors je me suis allongé par terre, seulement vêtu de mon boxer. Ses yeux ont parcouru mon corps comme des petites flammes brûlantes. Je me concentrais sur les choses les moins excitantes possibles – rouler à vélo, recompter la monnaie de la caisse –pour ne pas imaginer que Lola pourrait se lever du canapé, écarter ses longues jambes sveltes et s'asseoir sur moi.

Son appartement se trouve à deux pas de la librairie, c'est aussi merveilleux que pervers. Quand j'ai commencé à travailler, je partais avant l'aube, je ne rentrais chez moi que longtemps après la tombée de la nuit. Le soir de l'ouverture, Lola m'a donné un jeu de clés et a insisté pour que je l'utilise. Des centaines de fois, j'aurais préféré dormir chez elle plutôt que de conduire jusqu'à Pacific Beach. Mais je suis sur une pente glissante avec elle, depuis le début. Je lui souris quand elle entre dans la librairie. Elle me donne rendez-vous au Regal Beagle, mon sourire s'élargit encore. Mes regards se font langoureux en contemplant sa peau laiteuse, ses cheveux noirs brillants, ses courbes parfaites. Si je ne me retiens pas, dormir chez elle trop régulièrement deviendra une habitude et je ne parviendrai plus à prendre de repos sans l'enlacer, passer chaque nuit entre ses draps, entre ses cuisses.

Je descends l'escalier de métal qui mène jusqu'à E Street en courant et fais irruption dans la rue illuminée par le soleil de janvier. Je lève le visage vers le ciel. Oxygène. J'en ai besoin. Je m'étire le dos, prends plusieurs grandes inspirations.

Je passe la majeure partie de la journée à me tenir occupé pour ne pas revivre le moment où je me suis réveillé chez elle. Son visage doux, sans maquillage, avec ce petit diamant qui scintille juste au-dessus de ses lèvres rouges et pleines, m'obsède. Lola a une peau parfaite, sans aucun grain de beauté ni la moindre cicatrice. Habituellement brossés avec soin, ses longs cheveux noirs étaient emmêlés sur le côté où elle doit dormir. Ses paupières lourdes de sommeil lui donnaient un air mélancolique. Je donnerais tout pour revenir en arrière, aller dans son lit, embrasser sa bouche chaude avant qu'elle ne se réveille, enfouir mes doigts dans ses cheveux épais et soyeux, me glisser sur elle.

J'ai rêvé d'elle un million de fois, avec des centaines de variantes, mais à chaque fois, nous nous endormons toujours nus. Parfois, je m'endors sur elle, très souvent encore en elle. Parfois, nous recommençons à nous mouvoir dans un demi-sommeil. Ses petits gémissements dans mon oreille, son souffle chaud dans mon cou me tirent de ma torpeur. Parfois, nous faisons l'amour au lever du soleil, parce que j'adore baiser lentement, tranquillement, pour me réveiller.

Je me laisse porter par ma rêverie, sors une pile de bandes dessinées d'un carton avant de le découper pour le mettre au recyclage. C'est le moment de la journée le plus calme à la librairie – Joe n'est pas encore arrivé, la plupart des gens travaillent –, la vision envahit mon esprit : les hanches de Lola ondulent, je la pénètre, elle est brûlante. Ses yeux plongent dans les miens, pleins de reconnaissance parce qu'elle se sent bien, arrogants parce qu'elle devine que je dois me retenir de jouir. Quand je fais l'amour avec Lola en pensée, elle n'est jamais timide ou réservée. Elle est aussi déchaînée que moi.

Mes fantasmes sont tous les mêmes. Je crois même que je l'ai baisée plus de fois dans ma tête que je n'ai imaginé lui parler. Je l'ai avoué, ivre, à Ansel. Il m'a assuré que c'était parfaitement naturel.

– Pour tout dire, au début, j'étais très content de passer toute ma vie maritale au lit avec Mia. Je n'ai aucun scrupule à l'admettre.

– Je comprends.

– Mais toi, tu *parles* tout le temps à Lola. Vous êtes tellement proches que vous possédez un langage secret. Coucher ensemble serait une expérience spirituelle. Tout ce qu'elle veut te dire, elle l'exprimera sans mots quand tu finiras par coucher avec elle.

*Quand.*

Sa certitude qu'il s'agit seulement d'une question de temps me rassure et me rend fou. J'aimerais le croire, pourtant, malgré les infimes évolutions de notre amitié, ce matin en particulier, je ne suis sûr de rien.

Je dois avouer que la laisser me dessiner était un fantasme que je n'avais pas encore identifié...

C'était plus intime que le plus tendre des baisers ou l'étreinte la plus fougueuse. Il suffisait de rester allongé et de la laisser me regarder. Je n'avais qu'une envie, saisir son carnet d'esquisses pour voir la manière dont elle a isolé chaque morceau de moi, pour savoir ce qu'elle a dessiné, encore et encore.

Son fusain crissait contre la page quand elle esquissait la forme de mes jambes. Il glissait sur le papier avec plus de légèreté quand elle ébauchait les détails de mon visage. Sa respiration devenait progressivement plus saccadée. En dessinant ma semi-érection, elle a arrêté de respirer, fébrile. Mais elle n'a pas lâché son crayon pour autant.

Était-ce seulement de la nervosité ? Avec Lola, je ne sais jamais. Elle me regarde avec une tendresse spéciale, peut-être parce que je suis son meilleur ami et que je me suis efforcé de gagner sa confiance. La confiance, c'est la clé avec Lola. Elle se referme si elle se sent observée, elle sort les griffes si on insiste.

Avec elle, il faut être délicat et patient. Malheureusement, je désire du *sexe* et – peut-être encore davantage – l'intimité qui va avec. Si je ne peux pas obtenir ces choses de Lola, je ne vois pas comment je pourrais les trouver avec quelqu'un d'autre. À certains moments, les conseils de Finn et d'Ansel me reviennent à l'esprit. Devrais-je suivre leurs injonctions et conserver les numéros des filles – des *fans* comme Lola les appelle – qui viennent à la librairie ? Accepter leur invitation à boire un café... ou à tirer un coup rapide dans l'arrière-boutique ?

Mon téléphone vibre, la sonnerie de Lola retentit. Je l'attrape sur le comptoir.

Un message. **Dîner ce soir ?**

Rien d'extraordinaire, pourtant mon cœur bat plus fort.

**Avec plaisir. Où ?**

**Ma journée est très chargée, on peut aller chez toi ?**

Je m'apprête à répondre un simple : **Bien sûr.** Soudain, une réponse supplémentaire apparaît : **J'ai envie d'un moment Oliver.**

L'appartement de Lola est souvent bruyant. London écoute de la musique très fort, la tornade Harlow est toujours là quand Finn se trouve au Canada. Il suffit d'ajouter Ansel et Mia à ce mélange explosif. Je suis étonné que la police ne soit jamais venue frapper à leur porte. Comme moi, Lola apprécie les moments de calme. Pas seulement pour travailler, pour *respirer.* C'est l'une des raisons pour lesquelles nous nous sommes toujours si bien entendus, et pour lesquelles nous passons tant de temps ensemble en dehors du groupe.

Mais en général, nous évitons de rester chez moi, seuls. Je n'ai ni voisin ni colocataire. Ça nous est déjà arrivé, bien sûr, mais pas après lui avoir caressé les cheveux au bar et passé la nuit sur son canapé. Pas après m'avoir dessiné, *ma bite* et moi.

Je suis angoissé et excité au moment où j'appuie sur « envoyer ». **Bien sûr.**

---

AU MOMENT OÙ JE METS LES CÔTES DE PORC sur la grille du barbecue, j'entends la voix de Lola dans le couloir.

– Je suis là !

La porte d'entrée se ferme. Suit le bruit de ses chaussures avant qu'elle ne les retire dans l'entrée. Elle traverse la pièce principale pieds nus et accroche ses clés à côté des miennes sur le crochet.

C'est tellement naturel que j'en suis bouleversé. Je jette un coup d'œil nerveux à l'intérieur et remue les braises en tentant de me rappeler que je suis *l'ami* de Lola. Rien n'a changé. Pas vraiment.

J'entre, elle lève les yeux et me sourit.

– J'ai apporté des friandises, dit-elle en désignant un sac de courses sur le comptoir.

– J'avais tout prévu. (Je ferme la porte coulissante derrière moi.) Les côtes sont presque prêtes, j'allais les sortir du barbecue.

Elle sort deux pots de glace.

– Nous avons un dessert, maintenant.

Chocolat et fraise, nos parfums préférés.

Ma poitrine se contracte, je me sens mal à l'aise en sortant un plat du placard. La distance entre nous s'effiloche, l'explosion semble imminente. Que se passera-t-il quand nous arriverons au point de non-retour ?

Lola s'occupe dans la cuisine, elle avance vers le réfrigérateur pour tout ranger. Je ne n'en profite pas du tout pour regarder ses fesses.

---

CE DÎNER EST UNE TORTURE. Je n'aurais jamais pu penser que servir des côtes de porc à Lola pourrait être une mauvaise idée. Pourtant, depuis que je la regarde les manger, je me dis que j'aurais tout aussi bien pu lui tendre une banane ou lui donner mon doigt à sucer.

Je passe donc une grande partie du repas à bander à moitié – encore –, à gigoter sur mon siège en fixant Lola assise en face de moi. Elle me parle de son nouveau projet sans se rendre compte de mon état de nerfs. Elle n'aborde pas les suggestions d'Austin pour *Razor Fish* – je voudrais lui renvoyer la balle comme toujours mais je dois déployer une force surhumaine pour quitter sa bouche des yeux quand elle lèche la sauce sur ses doigts.

Finalement, j'abandonne, prétextant le besoin d'aller aux toilettes pour me calmer. Je m'asperge le visage avant de me regarder longuement dans le miroir.

*Voilà* pourquoi je n'ai pas voulu aller plus loin à Vegas. Pourquoi – même si je m'en veux à mort aujourd'hui –, j'ai refusé de prendre une chambre d'hôtel avec elle. Lola est belle et intelligente. Je m'apprêtais à vivre dans la même ville qu'elle et je voulais vraiment, *vraiment* être son ami. Je n'avais aucune envie d'instaurer un malaise en la baisant.

Et je suis forcée d'admettre que le malaise existe aujourd'hui.

Nous débarrassons la table en silence, remplissons le lave-vaisselle, nettoyons le comptoir ensemble. Même si elle ne prononce pas un mot, sa manière de serrer les mâchoires avec détermination indique qu'elle a une idée derrière la tête. Cette expression m'est familière. Pourtant, tout semble légèrement différent ce soir. Je ne saurais dire pourquoi mon estomac se noue plus nous approchons du moment où nous passerons dans mon salon plongé dans l'obscurité.

Qu'a-t-elle prévu ?

C'est à son tour de choisir un film ce soir, je la regarde faire défiler les titres sur mon iPad. Son visage s'éclaire, elle trouve exactement ce qu'elle veut.

– *Point Break* ? propose-t-elle.

– C'est parti.

Braquage de banque, explosions, coups de feu et testostérone ? Exactement ce dont j'ai besoin pour garder mes yeux et mes mains pour moi.

Je lance le lave-vaisselle, Lola sort de la cuisine. Je récupère le pop-corn et les bières dans le frigo, éteins la lumière du coude.

Les bandes-annonces ont déjà commencé au moment où j'arrive dans le salon. L'intensité des lampes est réglée au minimum. Le canapé est énorme, assez large pour quatre adultes. Lola est assise au milieu.

*D'accord...*

– Tu es bien installée ?

Elle tapote la place à côté d'elle.

– On peut mieux faire.

La gorge serrée, je prends place après un instant d'hésitation. Elle se rapproche imperceptiblement, se collant presque à moi.

Je me fige, retenant mon souffle avant de soupirer longuement et de m'habituer à la sensation de son corps contre le mien.

Lola et moi entretenons ce qu'Ansel et Finn appellent une relation *épineuse* – beaucoup de tapes joueuses sur l'épaule, de paris, de tope-là – mais les câlins sur le canapé ? C'est nouveau.

– Tu veux que j'aille chercher la glace ? demande Lola en levant le menton vers moi.

Je l'imagine manger la crème glacée, presque sur mes genoux, lécher sa cuillère et sentir la fraise.

La catastrophe à coup sûr.

– Pas tout de suite.

Elle hoche la tête, prend une poignée de pop-corn et étire ses jambes devant elle. Je crois l'entendre soupirer.

Elle porte un T-shirt gris, à la matière douce, qui dévoile une épaule parfaite. Son jean slim noir épouse ses jambes, ses pieds nus sont posés à côté des miens sur la table basse. Lola a une ossature fine, mais elle est grande et les courbes de son corps me font saliver. Je ne la décrirais pas comme gracile ; avec sa volonté de fer, elle en impose. Pourtant, je suis beaucoup plus large qu'elle, plus grand aussi, je ne l'ai jamais autant ressenti que maintenant.

Je prends sa main.

– Tu es tellement frêle.

Lola rit en baissant les yeux vers nos mains.

– Pas du tout, c'est toi le géant. Vous êtes tous comme ça en Australie ? (Elle tourne la tête pour me faire face.) Je commence à me dire que je devrais prévoir un voyage là-bas pour chasser un peu.

– Tu es bien impertinente ce soir.

Je saisis le saladier de pop-corn sur ses genoux et me concentre sur le film.

Mais je sens son regard s'attarder sur moi, et je ne résiste pas à lui jeter un coup d'œil. Nous sommes proches, épaule contre épaule. Du coin de l'œil, je repère l'ondulation de sa poitrine, le rythme de sa respiration.

– Tu m'imagines encore en boxer ?

– Est-ce tellement évident ?

Ses lèvres s'étirent dans un rictus moqueur, mais ses joues rosissent soudain. Elle s'éclaircit la gorge.

– Concentre-toi sur le film, je la taquine en sentant ma queue durcir dans mon jean. À cause toi, j'ai raté les dix premières minutes. Tu sais, le moment où l'on découvre le personnage de Keanu.

– Je sens que ça te perturbe.

Elle rit brièvement et se redresse. Les points de contact de nos corps se rafraîchissent soudain, j'utilise toutes mes aptitudes de Jedi pour l'obliger à se rasseoir tout contre moi.

Mes pouvoirs sont beaucoup plus puissants que je ne l'imagine : elle boit une grande gorgée de bière, pose la bouteille sur la table et installe ses jambes sur le canapé pour s'allonger.

La tête sur mes genoux.

Je respire un bon coup et fixe l'écran en la laissant s'installer confortablement. Mes veines sont en feu.

Après un long moment, elle me regarde, les yeux brillants.

– Tu es tellement moelleux. Je... (Elle déglutit.) Je peux ?

– Tu es plutôt moelleuse, toi aussi.

Je fais mine de déposer le saladier sur son visage, dans une tentative désespérée pour oublier que sa tête est presque contre ma queue. Son oreille, pour être précis.

Elle *a conscience* de l'effet qu'elle a sur moi.

– Attention ! (Elle me prend le saladier.) Sois sage ou je le dirai à Harlow.

Lola saisit une poignée de pop-corn et regarde à nouveau le film. Patrick Swayze apparaît, avec sa bande de braqueurs de banques (les « Anciens Présidents »). Elle rit.

– Je ne sais pas pourquoi, mais j'imagine très bien Not-Joe dans une équipée pareille.

Ma main erre dans ses cheveux, innocemment pour commencer – je fais mine d'écarter une mèche de son front – puis avec plus de détermination. Je caresse sa chevelure. Si elle veut jouer à ça, alors moi aussi.

– Si on lui demandait de nous attendre dans un van pendant que nous braquons une banque, la seule question qu'il poserait serait : je peux changer la station de radio ?

Lola acquiesce et me regarde. Je prie pour qu'elle ne bouge pas trop la tête.

– Ou nous demander de lui acheter une sucette.

– Exactement.

Nous restons silencieux pendant quelques minutes, j'enroule une mèche de cheveux autour de mon doigt, en regardant la lumière illuminer cette mèche.

– Donc tout va bien à la librairie ?

Elle pose la main à côté de sa tête, sur ma cuisse.

– Comme si tu ne le savais pas. Tu es presque devenue l'employée du mois.

– C'est parce que je suis amoureuse de Not-Joe.

Elle me jette un coup d'œil. Je m'écarte – ou je me rapproche, je ne sais pas vraiment.

– Ne lui fais jamais cette plaisanterie ou il commencera à planifier votre mariage.

– Non, je ne crois pas ! Not-Joe m'a expliqué qu'il ne pourrait jamais épouser une femme divorcée. Même s'il a probablement déjà oublié que nous avons été mariés.

– J'ai gâché ta chance avec lui. Je ne peux pas dire que je sois désolé. (Cette conversation devient un peu trop honnête. Avant de lui laisser l'occasion de dire autre chose, je reviens à sa question.) La librairie va très bien, vraiment. C'est un peu plus de boulot que je ne le pensais, je songe à engager quelqu'un pour m'aider le week-end.

– Waouh, vraiment ? C'est génial !

Ma poitrine se réchauffe.

– Tu cherches un travail ?

– Très drôle ! (Elle se tourne pour se mettre sur le dos. Je peux voir son visage, ce qui est agréable, mais si elle remue la tête, ma queue sera à seulement quelques centimètres d'elle. C'est ce que je désire le plus au monde. Mais je ne sais pas si c'est une bonne chose.) Ma compagnie sera plus stimulante que celle de Not-Joe, je peux te l'assurer.

– Il n'est pas si mal. Mais tu es beaucoup plus sexy dans un jean.

– Not-Joe porte autre chose que des shorts larges ?

Je lui masse le crâne, elle ferme les yeux et gémit. Je dois me maîtriser pour ne pas bégayer.

– Si le monde des paillettes te lasse, tu pourras toujours vendre des bandes dessinées chez Downtown Graffick.

Elle se tait, j'en profite pour demander :

– Tu veux discuter de l'idée d'Austin ? Ou tu penses que tu vas agiter ton pouvoir de veto ?

Plus je considère la suggestion d'Austin – faire de Razor

un Martien – et plus elle m'irrite. Pour quelqu'un qui crie sa passion pour l'œuvre de Lola sur tous les toits, Austin semble ne rien y comprendre. Il y a une semaine, cette idée nous aurait fait hurler de rire. Mais maintenant qu'il s'agit de l'adaptation cinéma, la considère-t-elle sérieusement ?

Elle hausse les épaules, des coups de feu retentissent dans la télévision. Lola roule pour regarder l'écran, me prenant la main.

– J'adore ce passage.

Éviter les questions gênantes. Le super-pouvoir de Lola.

– Ça ne m'étonne pas. On va voir Patrick Swayze torse nu. Seigneur, *j'adore* ce moment.

– Keanu Reeves ferait un super-héros génial.

Je la regarde, choqué.

– As-tu oublié Néo ?

Elle secoue la tête.

– Non. Ce que je veux dire, c'est qu'il possède cette froideur qui serait géniale chez un méchant. Dans le genre de Saber Tooth, Ra's Al Ghul ou encore le général Zod.

– Euh, Zod ? Je dis *non.*

Lola glousse.

– J'adore ta manière de le dire.

– Dire quoi ? Non ?

– Ouais. C'est comme... Tu accentues toujours les « o » d'une certaine manière. On dirait quatre voyelles en une.

– Tu racontes n'importe quoi.

– C'est le « o », je pense. Chaque fois que j'essaie de t'imiter, je n'y arrive jamais. Par exemple *autant sucer le tuyau d'arrosage.*

– Je ne dis jamais ça, Lola love.

– Tu vois ! C'est ça. *Luuuuooooarrrrla,* dit-elle en parodiant mon accent. Je ne saurais même pas dire quelles lettres tu utilises.

– Les bonnes lettres.

Elle se frotte le cou. Je demande, en lui malaxant les épaules :

– Ça va ?

– Je suis dans une mauvaise position.

– Tu veux que je bouge ou...

Lola se rassied puis se lève d'un coup.

– Peut-être... hum. Mets-toi comme ça. (Elle attrape mes pieds sur la table basse et les place sur le canapé.) Oui, comme ça.

Je pose le pop-corn et m'exécute, en m'étendant sur le canapé. Est-elle nerveuse ? Suis-je en train de me faire des idées ?

Elle s'installe avec précaution dans le petit espace devant moi, son dos pressé contre mon corps. Eh bien... Ça aussi, c'est tout nouveau.

– Je suis la grande cuillère, c'est ça ?

J'espère alléger la tension entre nous. Elle me pince la hanche et j'attrape sa main pour l'arrêter, mais mon bras se retrouve autour de sa taille. Nous restons dans cette position pendant un moment. Le film continue, je me décale légèrement, elle entrelace ses jambes avec les miennes.

*Oh bordel.*

Le film ne m'intéresse plus. Je ferme les yeux, en me laissant aller sur le canapé. Elle effleure mon poignet, me griffe légèrement du bout des ongles, doucement au début puis lentement, encore plus lentement, jusqu'à ce que ce soient des caresses.

Je passe mon temps à dissimuler mes sentiments avec la plus grande précaution. Je ne veux pas lui faire sentir de pression. Je ne veux pas gâcher notre relation. Et pourtant nous voilà au sommet d'une montagne : si nous avançons trop, nous pourrons obtenir ce dont je rêve depuis ce qui me semble être des années. Mais si c'est seulement de l'amitié pour elle, si je fais un faux pas, je risque de tomber dans un gouffre. Sans son amitié *ni* son amour.

Suis-je prêt à prendre le risque ? Je la laisse décider.

– Lola ?

Il y a, dans ces deux syllabes, l'intensité de toutes mes peurs et tous mes doutes.

Mon corps se tend, je fixe ses épaules qui ondulent comme une vague, jusqu'à ce qu'elle se rasseye.

– Seigneur, je n'ai pas vu passer l'heure. Je dois finir des vignettes. Et appeler Austin ce soir.

Il me faut quelques instants pour mesurer à quel point l'ambiance vient de changer.

– Tu peux l'appeler ici. (Je la regarde nouer ses cheveux en chignon. Aucune envie qu'elle s'en aille.) Je ne t'embêterai pas.

Elle s'éloigne vers la cuisine, je distingue sa silhouette contre le mur. Lola récupère ses affaires.

– Ça va, répond-elle avec légèreté. Je dois réfléchir à ce que je vais lui dire, de toute façon.

Je me lève, attendant qu'elle récupère ses clés et remette ses chaussures.

– Tu m'envoies un message en arrivant ?

Elle acquiesce en souriant.

– Bien sûr. Et merci pour le dîner.

– Je t'en prie.

Elle fait danser ses clés autour de son index et contemple le salon.

– Merci pour un peu plus que le dîner, ajoute-t-elle en fixant le canapé. (Il y a un amas de tension sexuelle sur le canapé, je me demande si elle voit la même chose que moi.) Merci d'être aussi viril. Ma vie est très compliquée en ce moment, tu vis des choses très fortes, toi aussi. J'apprécie le fait que tu sois ma grande cuillère.

Je souris sans répondre. Que dire ? Que je pourrais tout supporter venant d'elle ?

Finalement, elle se tourne et se dirige vers la porte.

– Tu es mon armure de coton.

– Je prends ça pour un compliment.

Avec un petit sourire, Lola monte sur la pointe des pieds pour déposer un baiser sur ma joue.

– Bonne nuit, Olls.

– Bonne nuit, Lola love.

Et elle s'éloigne.

# Chapitre 5

## Lola

QUE FAIRE APRÈS UNE SOIRÉE CÂLINS sur le canapé d'un *ami* quand on rentre seule dans un appartement très froid et très vide ?

Dans un premier temps, on récupère son vibromasseur dans le tiroir de sa table de nuit. Le *lendemain,* on se rue dans la boutique de l'ami en question et on passe sa journée à faire semblant de ne pas le regarder.

Qu'est-ce qui ne tourne pas rond chez moi ? J'hésite entre l'envie de conserver mon *bon copain* et la pulsion qui me pousse à *lui sauter dessus immédiatement.* Je ne sais plus où j'en suis. Pour couronner le tout, et à mon grand étonnement, Oliver ne semble pas opposé à l'idée de se câliner et de flirter. Quelles conclusions en tirer ? Le pire, c'est que la personne avec qui j'ai le plus envie d'en parler – Oliver lui-même – est précisément l'objet de la conversation. J'aimerais pousser mon petit jeu un peu plus loin pour voir si les choses ont changé, s'il est prêt à faire un pas vers moi.

Mais impossible de savoir ce qu'il pense.

Not-Joe m'apostrophe au moment où je passe devant le comptoir derrière lequel il est installé.

– Tu as décidé de prendre racine ici, Lola ? Si c'est le cas, je peux te montrer comment fonctionne la caisse enregistreuse et aller fumer un joint.

– Je t'ai entendu, marmonne Oliver.

Il lève les yeux vers moi et sourit.

Ce sourire discret contient des milliers de mots que je suis incapable de déchiffrer.

Je m'étire sur le nouveau canapé du fond. (Ces derniers temps, le coin lecture en vitrine est assailli par les fans d'Oliver et les lycéens qui dévorent *Sex Criminals* en cachette.) Mon carnet d'esquisses à la main, je riposte :

– Vous observer est un luxe pour un auteur de bandes dessinées. Je pourrais presque passer toute la journée en considérant que je suis en pleine phase de recherche.

– Elle se cache des paparazzis. (Oliver désigne d'un signe de tête un homme installé à côté des horodateurs, un café à la main.) Il attend déjà depuis deux heures. Il doit espérer obtenir une interview pour le journal gratuit de Chula Vista tiré à cinq mille exemplaires.

Je remercie mentalement Starbucks – s'il n'avait pas fait de pause café, je n'aurais pas pu l'éviter.

Le communiqué de presse a été diffusé, les Tumblr débordent d'informations, mais je ne suis pas encore sous le feu des projecteurs. On parle du casting, pas encore de l'œuvre d'origine. Les écrivains et les dessinateurs sont des gens ennuyeux, des artistes introvertis qui ne cherchent pas à attirer l'attention, bien au contraire. Jusqu'ici, j'ai pu déléguer toutes les interviews à Benny, ou répondre à des questions par mail. Heureusement, Angela Marshall avait tort à propos de la révolution qui devait bouleverser ma vie quotidienne.

– Qu'as-tu fait hier soir ? me demande Not-Joe en tendant son sac à un client.

– Dîné chez Oliver.

Ce dernier ne lève pas les yeux. À quoi pense-t-il ? Revit-il notre soirée, enlacés sur le canapé ? A-t-il mangé toute la glace que j'ai laissée après mon départ ? Se demande-t-il ce qui m'a pris ? Moi oui.

Mais je ne peux pas dire que je regrette quoi que ce soit.

– *Dî-ner*, répète Not-Joe.

– Joe ! l'avertit Oliver d'une voix grave.

– Ce type fait des barbecues à tomber.

Pendant une brève seconde, les yeux d'Oliver rencontrent les miens. Il détourne le regard pour retenir un sourire.

– Donc, vous avez rongé des os, c'est ça ? demande Not-Joe en me souriant. En suçant la moelle ?

J'aime le rire chaleureux d'Oliver, le mouvement subtil de ses sourcils. Malgré ma présence, son rythme de travail n'est pas perturbé, ses gestes restent calmes et efficaces. Il sort une pile de livres d'un carton et la pose sur le comptoir. Il en saisit une autre et recommence inlassablement.

– Tu es un danger public.

Je jette un coup d'œil à Not-Joe, mais je pourrais tout aussi bien adresser ces mots à Oliver.

Parce que c'est un danger public. Un danger public d'une sérénité olympienne, toujours imperturbable, sexy en diable.

Not-Joe hausse les épaules et se penche pour inspecter un album.

– Dans cette nouvelle version de *Red Sonja*, on voit beaucoup de paires de seins. J'adore.

Oliver le fusille du regard.

– Les mains en l'air, Joe.

Not-Joe s'exécute en riant.

– C'est toi qui te branles sur des comics, pas moi.

– C'est à toi qu'on demande toujours : « Tu y es ? »

– C'est toi qui demandes toujours : « Est-ce que c'est bon, bébé ? »

– Je n'en ai pas besoin, mec. (Il se concentre sur son inventaire.) Je *sais* que c'est le cas.

Not-Joe éclate de rire et mes yeux s'écarquillent : la voix d'Oliver gronde, il renvoie la balle à Not-Joe avec un tel naturel... La jalousie et le désir m'étreignent à l'imaginer faire l'amour. Peut-être un reste du désir d'hier soir.

Hier, nous avons passé une drôle de soirée.

Je cligne des yeux en tentant de fixer mon regard sur l'étagère des nouveautés. Je dois me reprendre.

– Ce n'est pas parce que c'est bon pour toi que c'est forcément bon pour elles, renchérit Not-Joe.

Je lance d'un air absent :

– Pourtant, ses colocataires lesbiennes l'ont obligé à pratiquer, pratiquer, pratiquer...

Le silence envahit la librairie.

Échec total. Je n'en crois pas mes oreilles : j'ai osé.

J'ai appris l'histoire d'Oliver et de ses colocataires un soir de beuverie. Ansel y a fait allusion avec son expression adorable de fauteur de trouble, mais Oliver ne m'en a jamais rien dit. Aussi étonnant que cela puisse paraître.

Il me dévisage, je jette un coup d'œil à l'une des filles qui le déshabille des yeux de l'autre côté de la boutique.

– Comment sais-tu... balbutie-t-il.

– Attends, l'arrête Not-Joe. *Des colocataires lesbiennes ?* Pourquoi n'en ai-je jamais encore entendu parler ? Je me sens trahi.

Oliver continue à me scruter, il lève les sourcils comme pour dire : *pardon, où en étions-nous ?*

Je reprends avec l'air le plus naturel possible – comme si cette information ne me donnait pas des frissons partout :

– D'après Ansel, pendant ses études, Oliver a vécu à Canberra avec deux filles. Elles étaient toutes les deux lesbiennes, mais tu connais l'ambiance à l'université... Elles ont fini par enseigner quelques trucs à Oliver. Ansel a ajouté qu'il a entendu énormément de filles s'extasier sur les aptitudes d'Oliver...

– Évidemment, personne ne s'est jamais extasié *devant Ansel,* me coupe Oliver, agacé. C'est n'importe quoi.

– Pourtant, c'est ce qu'il m'a dit.

Je lui souris d'un air joueur. Son visage reste fermé.

Il a l'air tendu, comme s'il n'appréciait pas cette conversation. Bien sûr, ce n'est pas le cas. Nous nous trouvons sur son lieu de travail. Mais... c'est lui qui a lancé le sujet de ses prouesses sexuelles, n'est-ce pas ?

Gênée, je baisse les yeux vers mon livre, relis la même bulle de discussion encore et encore.

– Ça alors... (Not-Joe donne une tape sur l'épaule d'Oliver.) Tu es une *légende.* Rappelle-le moi la prochaine fois que je me moquerai de toi.

Oliver ne répond rien, il grimace, concentré sur sa feuille d'inventaire.

Maintenant, l'atmosphère est devenue pesante. Par ma faute – mais quand j'y pense, c'est le cas depuis ce matin. Hier soir, j'ai transgressé une ligne invisible. J'ai exposé au grand jour l'impossibilité de l'amitié fille-garçon, enfin, de mon point de vue. *Être juste amis,* ça fonctionne tant que tout le monde souhaite la même chose. Dès lors que les besoins de l'un changent, le château de cartes s'effondre. Il y a quelques jours, j'ai pris Oliver comme modèle... Puis hier soir, nous nous sommes câlinés et tenu la main. Voilà que je parle de sa vie sexuelle alors que nous n'avons *jamais* abordé ce sujet ensemble... Après avoir démoli la forteresse tout entière, je viens de verser de l'essence dessus.

J'avance pour lui toucher l'épaule. Je murmure :

– Désolée. J'ai tout ruiné avec mes plaisanteries mal placées.

Il m'évite du regard.

– Pas grave. Mais je ne voudrais pas que tu penses...

– Ouais, je sais.

Il ne veut pas que je le voie ainsi.

*La vignette montre la fille, les yeux fixés sur le cœur battant dans sa main.*

Nous nous taisons, d'autres clients entrent, je me dirige vers le canapé. Je range mon carnet dans mon sac et me glisse discrètement entre plusieurs étagères de comics pour m'échapper.

– Où vas-tu, Lola ? s'écrie Not-Joe.

– Dehors.

Je pousse la porte d'entrée. Sur le trottoir, j'évite le journaliste et sors mon téléphone de mon sac, en composant le numéro de mon père pour avoir l'air occupée.

Il répond à la deuxième sonnerie.

– Ça va, ma chérie ?

Je chuchote dans le combiné :

– Coucou.

– Coucou.

Il attend que je lui donne la raison de cet appel. J'ai composé son numéro pour éviter le journaliste, mais depuis le moment où j'ai entendu sa voix dans le téléphone, j'ai réalisé à quel point je suis bouleversée. Écrire, dessiner, le film, Oliver. Mes tentatives hésitantes pour flirter, l'impossibilité de le déchiffrer, de me faire confiance quand il s'agit d'un garçon. C'est beaucoup trop d'un coup.

J'aurais pu appeler l'une des filles, mais j'ai presque regretté d'en avoir parlé à Harlow la dernière fois, et aujourd'hui je n'ai pas envie d'entendre ses plaisanteries sur Oliver. London travaille, Mia est incapable de cacher quoi que ce soit à Ansel.

– Qu'est-ce qui ne va pas ? demande-t-il.

Je grimace en fermant les yeux.

– Je craque.

– Raconte-moi tout.

– Qui m'a donné le droit d'être adulte ? Qui pourrait penser qu'il s'agit d'une bonne idée ?

Mon père éclate de rire.

– Ils donnent le droit d'être adulte maintenant ? Tiens donc ! Ils ont dû m'oublier. (Il soupire et continue d'une voix tendue.) Allez, crache ton venin.

Par où commencer ? Mon père réagirait violemment si je parlais d'Austin – *il a l'air hypocrite, penses-tu vraiment que c'est la bonne personne pour ce projet ?* – ou de sa suggestion de changer Razor en extraterrestre venant de Mars – *il déconne ? A-t-il au moins* lu *l'histoire ?* Chaque fois je parle de mon travail, son instinct protecteur prend le dessus. Même si j'apprécie qu'il soit aussi fier de moi, il ne connaît rien à Hollywood. Ses avis seraient en trop, ils ne m'aideraient pas.

Mais le plus étrange, c'est que je ne ressens pas le besoin d'en parler pour l'instant. Mon travail a toujours été le seul domaine dans lequel je me sente en confiance. De plus, je ne sais pas encore quoi penser du Razor-Martien. *Oliver* est le sujet qui me perturbe le plus, dont j'ai besoin de parler avec la personne qui me poussera à réfléchir de tout mon cœur.

Je me ronge un ongle et finis par répondre :

– C'est à cause d'Oliver.

– Ah... (Il inspire profondément, je l'imagine plisser les yeux en tirant sur la cigarette fichée entre ses lèvres. Il soupire.) Tu te décides enfin à en parler ?

– Il faut croire.

Après le départ de ma mère, mon père a dû gérer tous les aspects de l'éducation d'une fille – me rassurer quand je n'allais pas bien, parler de mes béguins, de mes chagrins d'amour, de mes règles. Il l'a fait avec beaucoup de calme, sa plus grande qualité selon moi. Il adore taquiner les gens, utiliser le sarcasme comme arme de défense, mais je sais que sous des apparences caustiques, il n'est que douceur.

Parfois, il a même le cœur trop grand.

Il rit puis soupire.

– Alors, parle.

– Donc... (Je lève les yeux au ciel.) Notre amitié ne me satisfait plus vraiment.

Mon père fait claquer sa langue.

– Je ne saurais quoi dire, chef. Je n'arrive pas à savoir ce que ce gars pense. Il a l'air de t'adorer, mais est-ce juste de l'amitié pour *lui ?*

C'est le genre de réponse sincère que je cherchais. Mon père aime beaucoup Oliver, mais il n'est pas prêt à nous imaginer en couple aussi facilement qu'Harlow. Je fronce les sourcils.

– Je n'en ai aucune idée. À Vegas, il n'avait pas l'air intéressé.

– L'amitié d'Oliver est très importante pour toi. Tout pourrait partir en fumée si tu lui en demandes davantage.

Je hausse les épaules, écarte quelques feuilles mortes du pied. Mon père pense la même chose que moi.

– Ouais.

Je l'entends inspirer, souffler la fumée.

– Mais je sais que nous avons tous des besoins.

– *Papa !*

Il éclate de rire.

– Toi aussi. Ne dis pas le contraire. Avoir une relation légère, amusante. Ta vie est délirante en ce moment. D'abord *Razor Fish,* puis un autre album ? Et une adaptation cinématographique ?

Je regarde les nuages défiler dans le ciel. Toutes ces années de travail... Je préfère changer de sujet.

– Que fais-tu ce soir ?

Je l'entends l'écraser sa cigarette sur le porche en béton, la porte claque derrière lui.

– Je dîne sûrement avec Ellen.

*Ellen.* La nouvelle copine de mon père, que j'apprécie

autant que la mauvaise herbe. Mon père est un homme intelligent, formidable, il mérite quelqu'un à sa hauteur. Ellen passe son temps à mâcher du chewing-gum, elle a des faux seins et sert des cocktails chez T.G.I. Friday's.

– Super.

– Je sais que tu ne l'apprécies pas.

Je ricane.

– Je t'ai *dit* que je ne l'appréciais pas.

– Elle est marrante, chef. Et elle a un casier judiciaire de folie.

– Seigneur. Je raccroche. Tu ne m'as absolument pas aidée.

Il glousse.

– Je t'aime.

– Je t'aime aussi.

Je glisse mon téléphone dans mon sac et monte l'escalier de mon loft. Parfois, l'honnêteté de mon père est tout ce dont j'ai besoin. Pour Oliver, nous ne sommes sans doute que des amis. Il est peut-être temps de lui ouvrir les yeux.

À l'instant où je ferme la porte du loft, quelqu'un tape de l'autre côté. Deux petits coups secs : Oliver.

Je lui ouvre tout de suite.

– Salut.

Le souffle court, il passe une main dans ses cheveux pour les discipliner.

– Salut. Je peux entrer une minute ?

Je m'écarte.

– Bien sûr.

Il avance dans le salon, se dirige vers les grandes fenêtres pendant quelques secondes, le temps de retrouver son souffle. Il n'a pas l'air d'être venu pour manger un sandwich ou pour aller aux toilettes parce que celles de la boutique sont bouchées. Plus il tarde à parler, plus je deviens nerveuse.

Il finit par m'adresser la parole :

– Ça va ?

Je le dévisage. Une série d'images de ces dernières heures défilent devant mes yeux. Pourquoi penserait-il que *je* ne vais pas bien ?

– Ouais, pourquoi ?

– Tu es partie très vite. Comme si quelque chose ne tournait pas rond.

Je grogne intérieurement en me tournant vers la fenêtre.

– Je ne suis pas fière d'avoir raconté à Not-Joe une anecdote d'université qui ne me regardait pas et...

– Bordel, Lola, je me fiche de ce que Joe peut en penser.

Je hausse les épaules.

– Tu avais l'air gêné.

Il se gratte le cou.

– Je n'ai pas envie que tu me voies comme le genre de mec qui couche avec ses colocataires juste pour améliorer sa technique. (Il me dévisage longuement.) Ça craint.

Je lui souris.

– Je n'ai jamais pensé ça. C'est la fac. Les gens font toutes sortes de choses à la fac.

– C'est arrivé seulement une fois, il y a plus de dix ans, on était *très très ivres*. Ce n'est pas comme si... (il grimace en cherchant les bons mots)... ça s'était répété.

– Pas de problème. (Je voudrais qu'il comprenne qu'il n'a pas besoin de s'expliquer, que je ne me sens pas blessée.) Je n'ai pas besoin que tu...

– Et le fait que ce soit quelqu'un d'autre qui t'ait raconté cette histoire... ça me déplaît encore plus.

– À vrai dire, nous n'avons jamais abordé ce genre de sujet ensemble.

Il ne répond pas, j'ajoute rapidement :

– Ce n'est pas grave. Nous ne sommes pas obligés. Je... c'est pour ça que je suis partie. J'ai eu l'impression de faire intrusion dans ta vie privée. Je n'ai aucune envie d'envahir ton jardin intime, Oliver. Je respecte tes silences.

Il me dévisage d'un air désorienté.

– Je crois... (Il secoue la tête.) Putain. Je crois qu'il faut qu'on parle tous les deux.

Mon ventre se noue. Cette phrase n'augure rien de bon.

– Nous sommes déjà en train de parler, non ?

Il marche de long en large.

– Hier soir, c'était... différent. Si je ne me trompe pas.

Je fixe mes pieds et effleure le tapis du bout de l'orteil. Ma gêne se reflète dans mon attitude.

– Non, je vois ce que tu veux dire. Je suis désolée.

Il fait un pas vers moi.

– Non. (Sa voix devient plus douce.) Ne sois pas désolée. Ce n'est pas ce que je veux.

D'une main hésitante, il me caresse la joue. Je sens l'un de ses doigts dans mon cou, comme s'il prenait mon pouls. Il regarde sa main, les lèvres ouvertes, l'air désarçonné par sa propre audace.

Un brouillard épais m'empêche de réfléchir clairement. Pourquoi pensais-je qu'embrasser Oliver ne serait pas une bonne idée ? À cet instant, je suis persuadée qu'il se fait la même réflexion.

Mon téléphone se met à sonner dans la poche de mon jean, si fort que nous sursautons tous les deux.

– Désolée, j'ai oublié de le mettre en silencieux.

Je le sors, nous regardons l'écran en même temps. Le nom d'*Austin Adams* y apparaît.

– Seigneur, il t'appelle tous les jours ? murmure Oliver.

– Désolée... Donne-moi une seconde... (Je lève un doigt vers lui en répondant.) Salut Austin.

– Loles ! crie-t-il. (Oliver fait quelques pas vers la fenêtre, mais je suis sûre qu'il entend tout ce que dit Austin. Je suis obligée d'éloigner le téléphone de mon oreille à cause du bruit. Il y a du vent en fond sonore, comme s'il conduisait un cabriolet sur les collines d'Hollywood.) Je voulais savoir si tu venais à L.A. cette semaine. Langdon aurait besoin de tes lumières. J'aimerais que tu le rencontres au plus vite.

– Je peux venir n'importe quand.

Oliver se retourne vers moi, je lui souris, mais il est trop distrait pour y faire attention.

– Super, répond Austin. Demain, il y a une petite soirée au Soho Penthouse Bar. Il y sera, j'adorerais te compter parmi nous. Nous pourrions aborder les grandes lignes de l'intrigue : D'où vient Razor ? Quel âge a Quinn ? Si elle a dix-huit ans au début...

– Attends. Quinn a quinze ans. Que veux-tu dire ?

Je l'imagine esquisser un geste vague de la main.

– Ne t'en préoccupe pas pour l'instant. Nous devons envisager plusieurs angles pour l'adaptation cinématographique. Des questions de force, de sexualité, d'équilibre entre vie quotidienne et désir de continuer son travail de justicière.

*Sexualité ?*

Je jette un coup d'œil à Oliver qui a froncé les sourcils.

– Donc, continue Austin. (Le bruit alentour diminue, comme s'il venait d'entrer dans un garage.) Je te mettrai sur la liste. Huit heures. Demain. C'est bon pour toi ?

– Oui. Je pense.

– *Génial,* lance-t-il. (Une porte claque, l'alarme d'une voiture se déclenche.) Je tenterai de ne pas trop t'accaparer.

– Super.

– À demain !

Il raccroche.

Je fais glisser mon téléphone sur la table basse et lève les yeux vers Oliver, bouche bée. Il sourit faiblement mais, très vite, ce sourire disparaît et il m'étudie en silence.

– Ça va ? demande-t-il calmement.

La panique m'envahit, mon cou se hérisse de chair de poule, la nausée monte dans mon ventre. Les deux conversations simultanées, avec Oliver et avec Austin, sont comme de l'huile et du vinaigre qui se mélangent dans mon esprit.

Je cligne des yeux. À laquelle donner la priorité ? L'idée que Quinn ait dix-huit ans au début de l'histoire me déplaît totalement. Ça ne fonctionnera pas : elle est jeune pour son âge, même à quinze ans. Elle est immature et innocente. La vieillir changerait totalement la dimension de son parcours.

Je lève les yeux au ciel, en pensant à Oliver. Au lieu d'apprécier la possibilité de le toucher, de le sentir contre moi, d'être *sienne,* je crève de peur en imaginant que je pourrais gâcher ce que nous avons maintenant et *le* perdre.

– Lola.

Sa voix calme, totalement dépourvue d'émotion, me tire de mes pensées. Je ne sais pas s'il s'inquiète de ma réaction après les remarques d'Austin ou s'il veut reprendre là où nous en étions.

*La vignette montre la fille, penchée sur une page, gribouillant si frénétiquement que la mine du crayon se brise.*

– Peut-on dissocier les deux sujets ? Je me sens submergée. Cette conversation est importante.

– Je ne m'attendais pas à ce que tu sois d'humeur à parler d'hier soir après... *ça.*

Il désigne mon téléphone de la tête en souriant.

– Ce n'est pas une raison pour nous arrêter là mais... je n'ai plus la force maintenant.

Oliver acquiesce. Son visage respire la sérénité, ses yeux chaleureux, attentifs, me scrutent. Il a l'air de comprendre. Même ainsi – et c'est peut-être exclusivement de ma faute – il reste un voile entre nous, comme si j'avais saisi ce parfait moment avec une main tachée de graisse.

– Je comprends.

Il plonge les mains dans ses poches et son pantalon descend, dévoilant le haut de son boxer. Je regarde au loin, par-dessus son épaule. Il ajoute :

– Chaque chose en son temps.

Je me dirige vers le canapé, m'y affale et dissimule mon visage dans mes bras. Parfois, rêver de la vie parfaite est plus facile quand tout reste à l'état d'hypothèse.

– Tu veux qu'on en parle ? De l'âge de Quinn, ajoute-t-il. Ça me dérange. On pourrait penser que Razor et Quinn tombent amoureux.

La panique revient.

– Je sais, je sais. *Putain.* (Je me frotte le visage, beaucoup trop bouleversée pour y réfléchir maintenant.) Nous pourrions peut-être en discuter en allant à L.A. demain ?

Il fronce les sourcils.

– Tu veux que *je* vienne ?

J'hésite un instant. La partie rationnelle de mon cerveau agite des panneaux d'avertissement. La partie émotionnelle insiste pour qu'il soit à mes côtés.

– Bien sûr, j'ai envie que tu sois là. Qui m'aidera à retenir tous les noms et me donnera un coup de coude quand je me mettrai à somnoler sur mon verre, sinon ? À moins que tu n'aies pas envie de ve...

– Si. Tu ne préfères pas y aller avec l'une des filles ?

Je plisse les yeux.

– Non... J'ai envie d'y aller avec toi.

Il avale sa salive, acquiesce en regardant ailleurs.

– Dans ce cas... d'accord.

– Rendez-vous à la librairie à dix-huit heures ?

– Parfait. (Il rougit. Je ne l'avais jamais vu rougir.) Tu veux que je m'habille d'une certaine manière ?

Mon cœur bat beaucoup trop vite, cela me rappelle la fois où Harlow m'a convaincue de faire du saut à l'élastique. Les quelques secondes précédant le saut m'ont terrifiée. Je m'efforce d'avoir l'air naturelle en lançant :

– Sois élégant, c'est tout ce que je te demande.

# Chapitre 6

## Oliver

JE PRENDS RAREMENT DU TEMPS POUR MOI – en réalité, je ne me suis accordé aucun jour de congé en quatre mois, depuis l'ouverture de la librairie. Mais aujourd'hui, c'est un jour spécial.

Je fais la grasse matinée, bois mon café sous le porche, contemple une colombe qui construit un nid sous le toit.

Je cours quelques kilomètres sur la plage, jusqu'à Cove Beach, puis je prends le chemin du retour.

Je fais réviser et laver ma voiture.

Je nettoie la maison, prends une douche. Je mange et je m'habille.

Et je passe toute la journée à réfléchir à ma relation avec Lola.

Je voudrais savoir où nous allons tous les deux. Je n'ai pas envie de lui sauter dessus sans réfléchir. Notre amitié est essentielle dans ma vie et même si nous n'en parlons pas beaucoup, je sais qu'elle a beaucoup souffert en amour par le passé.

Harlow m'a laissé entendre que les quelques relations de Lola n'ont jamais duré. Elle a tendance à garder les hommes à distance, pour se protéger, et elle s'effraie très facilement. Même si je ne l'avais pas vue de mes propres yeux, s'effaroucher deux jours d'affilée – chez moi, puis à la librairie hier –, j'aurais pu le deviner après ma conversation avec son père. Il m'a parlé de la mère de Lola, partie sans dire au revoir quand sa fille avait douze ans. Cette cicatrice se rouvre chaque fois qu'elle laisse quelqu'un s'approcher d'elle.

La librairie est très calme quand je m'y arrête juste avant l'heure de mon rendez-vous avec Lola. J'ai beau ne pas douter des qualités de Joe, le laisser gérer la boutique seul pendant une journée entière n'est toujours pas facile pour moi.

– Tu as raté un type avec une énorme boîte de figurines des Tortured Souls il y a une heure.

Joe me regarde lâcher mes clés sur le comptoir et ajoute :

– Je ne me sens pas bien. J'ai beau être habitué à voir des choses étonnantes, ces figurines m'ont foutu les jetons.

– Dixit le mec qui a percé sa propre bite !

Il rit et s'écarte pour me laisser l'accès à l'ordinateur.

– C'est vrai. Mais as-tu déjà vu ces figurines ? Des bébés dans des flacons de formol, des types torturés et d'affreux meurtriers.

– Et tu lui as dit quoi ?

Une grande partie de notre travail consiste à acheter et à vendre des articles de collection : des figurines, des comics, des tableaux. Joe a un bon œil, mais il ne connaît pas les ficelles de ce milieu comme moi. S'il n'est pas sûr, il doit demander à la personne de revenir quand je suis là – c'est la règle officielle. Les premières semaines, il ne savait pas quoi acheter, refuser, mais il a appris très rapidement. Aujourd'hui, je ne crains plus qu'il laisse un objet incroyable lui filer entre les mains.

– J'ai refusé en expliquant que notre clientèle était jeune. (Il hausse les épaules et se fige.) Pourquoi es-tu habillé comme ça ?

– Je sors.

Il lève les sourcils.

– Tu *sors* ?

Je lui lance un regard noir, m'agenouille pour ouvrir un carton de fournitures de bureau. C'est vrai, je ne *sors* jamais.

Joe se place dans mon champ de vision et se penche pour approcher son visage à quelques centimètres du mien.

– Tu *sors* ? répète-t-il.

– Bordel ! (J'ouvre plusieurs boîtes de stylos.) Je sors à L.A. ce soir avec Lola.

L'incrédulité se peint sur son visage.

– C'est un rencard ?

Je secoue la tête.

– Tu es *sûr* qu'il ne s'agit pas d'un rencard ?

Je me redresse, pose une boîte de cartes de visite sur le comptoir.

– Totalement.

– Parce que, depuis quelque temps, elle te regarde comme si elle voulait...

Je le coupe.

– Ce n'est pas un *rencard*, Joe.

La sonnette de l'entrée tinte, j'entends quelqu'un entrer, des talons claquer sur le sol en linoléum.

– Je vais te poser la question une dernière fois, murmure Joe. Es-tu sûr que ce n'est pas un rencard ?

J'ouvre la bouche pour lancer une réplique cinglante quand Lola demande :

– Où est Oliver ?

– À genoux sous le comptoir, répond Joe.

Il me sourit avec malice. Lola ne répond rien, l'air gêné.

Je décoche un regard ennuyé à Joe tout en récupérant un rouleau de scotch au-dessus de ma tête.

– Je suis là. Je réorganise le comptoir.

– D'accord... (Elle se penche, ce qui me permet de distinguer son visage. Et je sais instantanément que je suis baisé : elle est tellement belle que je n'arriverai jamais à me retenir ce soir.) Salut !

Je range le dernier rouleau de scotch et manque m'étouffer en me redressant. Lola porte un pantalon en cuir – ce qui devrait être interdit. Associé à des chaussures sur lesquelles je m'empalerais avec plaisir et à un top qui laisse tout imaginer sans rien dévoiler. Je vais perdre mes moyens.

– Tu es superbe.

Sans réfléchir, je fais le tour de comptoir et me penche pour l'embrasser sur la joue.

Elle n'a pas l'air surprise par mon geste, elle sourit et me remercie doucement.

Ses yeux glissent vers mon portefeuille et mes clés sur le comptoir, mais je n'ai pas fini de la regarder. Elle a remonté ses cheveux en queue-de-cheval haute, noire et soyeuse. Sa frange barre son front, elle s'est maquillée avec discrétion. Les yeux soulignés de noir, les joues roses, les lèvres d'un rouge qui n'augure rien de bon.

– Oliver ?

Je réponds d'une voix tremblante :

– Tu es vraiment très belle.

Cette fois, elle éclate de rire.

– Merci. *Encore une fois.* London m'a aidée. Me donner du maquillage, c'est aussi dangereux que d'offrir un marteau à un singe.

Je m'éloigne d'un pas pour récupérer mes affaires, elle me détaille ostensiblement, elle aussi. Je suis ses yeux qui s'arrêtent sur mon pantalon ajusté, ma chemise foncée. J'ai même ciré mes bottines pour elle.

– Eh bien !

Dans sa voix, je distingue une sorte de fierté et je réalise que nous avons toujours flirté, lancé des sous-entendus subtils. Pourtant tout semble différent à cet instant.

– Heureux que ma tenue soit à ton goût. Je suis garé juste devant.

Elle me suit en disant au revoir à Joe. Puis elle prend mon bras et me sourit :

– J'approuve totalement.

---

LOLA EST SILENCIEUSE QUAND ELLE PENSE à quelque chose qui la perturbe. J'ai toujours cru que la raison pour laquelle elle ne parle pas de ses problèmes comme Harlow ou Ansel tenait à son besoin de prendre le temps d'y réfléchir seule pour commencer. Elle me surprend en abordant d'emblée les suggestions d'Austin dans la voiture. Je ne suis pas prêt à lister les pour et les contre. Finalement, il lui faut peut-être du temps juste parce qu'elle n'a pas confiance en elle.

– Je ne pense pas pouvoir défendre ces suggestions, dis-je en entrant sur l'autoroute.

– Juste pour l'exercice rhétorique : pourquoi serait-il intéressant que Razor vienne d'une autre planète ?

Je me détends sur mon siège en évoquant cette question. Mais mon esprit refuse cette hypothèse : ces idées sont merdiques. Quinn n'a pas à devenir une créature sexuelle. Razor n'est pas un extraterrestre. Il n'y a aucune raison de modifier ces paramètres.

Les pneus crissent sur la chaussée, Lola regarde par la fenêtre, pensive elle aussi. C'est dans ces moments de silence confortable entre nous que je l'aime le plus.

– Je pourrais accepter qu'ils allègent le visuel, ajoute-t-elle après quelques minutes de silence. Qu'ils cherchent une manière plus créative d'évoquer sa vie passée, sans forcément faire défiler des vignettes.

Je hausse les épaules.

– Probablement. Mais la dimension parallèle de Razor dans l'album est aussi visuellement différente dans les flashbacks qu'une autre planète pourrait l'être. Même si le changement de dimension temporelle n'est pas nouveau, la manière dont tu l'as illustré est unique. Dans *The Multiversity*[2], toutes les lignes de temps parallèles sont fondues dans l'Hypertemps.

– Je sais, mais c'est peut-être un argument pour Austin. *The Multiversity* met toutes les chronologies sur le même plan afin d'expliquer comment elles peuvent coexister. Le principe des dimensions temporelles parallèles est peut-être plus facile à comprendre parce qu'ainsi, toutes les versions des différents personnages sont rassemblées.

– *Ton* idée à toi est plus simple. Et plus élégante. Tout *commence* par l'introduction des dimensions parallèles. Tu n'utilises pas ce concept pour expliquer les choses a posteriori.

Elle acquiesce.

– Je devrais peut-être simplement écouter ce qu'ils ont à dire. Tout est beaucoup plus facile quand il s'agit juste de la BD, de mes idées et de moi. S'adresser à un public beaucoup plus vaste change la donne.

Cette remarque pèse dans l'habitacle. Va-t-elle laisser Austin et le scénariste la convaincre ? Elle devrait peut-être. Mais, à sa place, je refuserais. Un homme, à sa place, refuserait sûrement.

– Est-ce parce qu'il t'intimide ?

Lola tourne brusquement la tête vers moi.

– Ce n'est pas mon domaine de prédilection. Les films.

– Mais *l'histoire, oui*. Razor, oui. *Quinn* aussi.

J'aimerais ajouter : *Quinn, c'est toi. Ne le laisse pas te changer. Ne le laisse pas sexualiser ton évolution jusqu'au triomphe.*

Elle hoche la tête et regarde à nouveau par la fenêtre.

– Je sais. Je réfléchis à la manière dont je vais gérer ces propositions.

---

2. *The Multiversity* est une série de comics ancrée dans l'univers de DC Comics, écrite par Grant Morrison, dont chaque tome est illustré par un artiste différent. Publiée à partir d'août 2014, elle n'est pas encore traduite en français (NdT).

– Et s'il insiste pour que Quinn ait dix-huit ans ? Et s'il argue qu'une romance dans l'histoire est essentielle pour Hollywood ?

Lola me jette un regard enflammé, presque furieux. Je me concentre à nouveau sur la route.

– Le pire, c'est qu'il a sûrement raison. On a peut-être besoin d'une histoire d'amour pour en faire un film commercial. Nous n'avons pas vendu les droits à une maison de production indépendante mais à un énorme studio. Ils cherchent à générer du profit. Je le savais en acceptant.

Je vois ce qu'elle veut dire, mais ça ne me dérange pas moins pour autant.

– Tu ne défendras pas ton point de vue ?

– Bien sûr que si. Et je comprends ce que tu veux dire, mais je veux être sûre de bien faire les choses. Tu aurais dû voir la réunion. Angela et Roya ont prononcé à peine trois mots, mais ce ne sont que les productrices exécutives. Et contractuellement, j'ai mon mot à dire seulement jusqu'à un certain point.

– Vraiment ?

Je connais tous les débats qui courent dans la communauté des comics à propos de la représentation féminine parmi les auteurs et les équipes de production, mais je reste surpris d'apprendre que le *film* de Lola ne lui appartiendra pas forcément, après tout.

Elle acquiesce.

– J'ai vingt-trois ans. Je suis la première auteure de bande dessinée à adapter mon ouvrage en film à gros budget, je suis l'une des seules à écrire *et* à tout illustrer. Si j'étais Stan Lee ou même Geoff Johns – ou juste un mec avec mon âge et mon expérience – je pourrais leur dire quoi faire et ils seraient obligés de m'écouter. Un mec qui a des opinions très prononcées et qui défend son point de vue est perçu comme *détenant un fort sens des affaires*. Si j'arrive en tant que Lola Castle pour m'imposer, j'aurai l'air insistante, pas douée pour le travail d'équipe. On pourrait même me traiter de *garce*.

Je serre les dents. Elle a raison, mais quand même...

– C'est n'importe quoi, putain.

– Ainsi va le monde. On me demande toujours comment je vis ma condition de femme dans l'industrie et l'univers des comics. C'est la première question de chacune des interviews. Après, on me demande si mes amies lisent des comics.

*Bordel.* Je n'avais jamais envisagé ses interviews sous cet angle. Les questions m'ont toujours semblé logiques mais, avec un peu de recul, je comprends que c'est n'importe quoi.

– Tu crois que quelqu'un a déjà demandé à Brian Michael Bendis si ses amis garçons lisaient ses bandes dessinées ?

Je ris jaune.

– Probablement pas.

– À chaque réunion, les mêmes problèmes refont surface. Je ne veux pas gâcher mon énergie en me battant sur tous les fronts. Je dois d'abord me convaincre que ces changements sont vraiment inacceptables parce que je suis certaine que d'autres modifications seront amenées sur le tapis et je ne veux pas être exclue de la conversation avant même qu'elle n'ait commencé.

À cet instant, j'ai juste envie de la demander en mariage. M'arrêter au bord de la route, sortir de la voiture, m'agenouiller sur la bande d'arrêt d'urgence. Parce que Lola sait que tout ça n'a pas d'importance, elle sait qu'elle doit être prudente pour arriver à ses fins. Elle réfléchit au meilleur moyen de se battre pour son avenir.

---

DES MAISONS À UN MILLION DE DOLLARS défilent entre les arbres luxuriants et derrière les portails d'acier. Nous obliquons vers Sunset et nous garons dans un parking souterrain.

Les ascenseurs sont immaculés, le sol de marbre brille. On coche notre nom sur la liste dans l'entrée puis sur celle de l'étage. Lola me prend la main pendant que nous marchons, mais ce geste n'a rien de romantique. Nous le savons tous les deux. Nous avons besoin de nous accrocher l'un à l'autre au moment d'affronter un monde étranger.

C'est le genre de soirées dans lesquelles tout le monde porte du noir, où les serveurs en smoking se frayent un chemin dans la salle avec des plateaux d'argenterie couverts de magnifiques hors-d'œuvre et de flûtes de champagne. Le volume de la musique oblige les gens à hausser le ton. La salle n'est pas comble, mais c'est l'impression qui s'en dégage.

Austin nous repère du bar, il fait de grands signes en appelant Lola.

Il est plus petit que moi d'une bonne dizaine de centimètres. Ses vêtements très décontractés – un T-shirt et un jean – au milieu de gens tirés à quatre épingles lui donnent l'air imbuvable.

– Loles ! crie-t-il. (Il la serre tout contre lui... pendant un moment. *Seigneur.* Si je ne m'abuse, c'est seulement la deuxième fois qu'il la voit.) Je suis tellement content que tu sois là !

Elle le remercie pour l'invitation et me désigne.

– Austin, je te présente mon ami Oliver.

– Oliver, sursaute-t-il.

Je ressens un grand plaisir en le voyant lever la tête pour me regarder. Je suis certain, à voir son petit rictus, qu'il comptait baiser Lola ce soir. Il va devoir reconsidérer ses plans.

*Désolé, mon pote.*

Il me tend la main et serre la mienne.

– Ravi de te rencontrer.

– Également.

Il n'y a rien de plus à dire, après quelques secondes passées à se dévisager, il se tourne vers Lola.

– J'aimerais te présenter à quelques personnes.

Il parcourt la salle des yeux en nous donnant les noms des gens que nous pourrions reconnaître de là où nous nous trouvons.

Le type au pantalon et à la chemise noirs est un scénariste. L'autre type en pantalon et chemise noirs est un réalisateur. La femme vêtue d'une robe de soirée noire occupe un poste très important dans un studio quelconque.

Et Lola trouve sa place immédiatement. Les filles plaisantent toujours en disant que Lola cache ses pouvoirs de super-héros, et c'est vrai. Sa force, sa confiance tranquille lui permettent d'entreprendre et de mener à bien n'importe quelle opération.

– Maintenant, viens avec moi, lui dit Austin. (Elle m'attrape par la main, les doigts tremblants.) Allons chercher Langdon.

Je la retiens. Parce qu'elle s'agrippe à moi, Lola est tirée en arrière. Elle me dévisage.

– Tu peux y aller, je vais me chercher un verre et grignoter quelque chose. Tout va bien.

– Tu es sûr ?

– Absolument. (Je réalise seulement maintenant que la soirée se terminera tard et que nous serons trop fatigués pour rentrer.) Je devrais peut-être réserver deux chambres dans un hôtel près d'ici...

– Je m'en suis déjà occupée, m'assure-t-elle avec un sourire.

Mon cœur bat plus vite dans ma poitrine. Lola ne se détourne pas tout de suite.

– Merci.

Je l'embrasse sur la joue, tout près de son cou. Je viens peut-être de transgresser un interdit, mais à la manière dont elle me sourit et me serre la main, je sais que ça ne la dérange pas.

AU BAR, JE BOIS, JE MANGE, je regarde les gens.

C'est un spectacle fascinant. Le contraste avec les personnes que je croise d'ordinaire me sidère. La clientèle de la boutique est décontractée, j'ai toujours préféré les cercles informels aux foules collet monté. Je ne connais personne qui pourrait supporter l'ambiance ici, en dehors d'Harlow, Ansel et maintenant Lola. Mais c'est le nouveau monde de Lola, donc, en un sens, c'est aussi le mien.

Elle me retrouve une demi-heure plus tard et s'assied sur le tabouret à côté de moi.

– Coucou !

– Salut toi. Ça s'est bien passé ?

Je pose mon verre et lui prends la main. Elle sourit et fait un signe de tête à quelqu'un dans la salle.

– Oui. (Elle continue à sourire.) Enfin, je crois. Ils ont beaucoup d'idées. J'ai essayé de les écouter... (Son regard revient vers moi.) Sans juger.

– C'était si terrible que ça ?

Elle secoue la tête.

– Pas tout. Mais il m'est difficile de sentir que je perds le contrôle sur des questions aussi personnelles. Langdon a déjà beaucoup écrit. J'essaie de ne pas m'affoler à chacune de ses suggestions.

– On en parle plus tard ?

Elle acquiesce, le barman s'approche et elle commande un cocktail. Il mélange les alcools devant nous, elle le contemple en silence, comme si elle en avait réellement besoin. Lola attrape le verre avec un sourire qu'il lui rend avec un peu trop d'enthousiasme à mon goût.

– De quoi as-tu envie de discuter ?

– C'est une soirée chic, tu as passé une demi-heure seul au bar. Une dizaine de pointures du cinéma t'ont regardé et ont envisagé de t'emmener avec elles dans leur donjon. Très courant à L.A.

J'éclate de rire.

– N'importe quoi !

– *Pas du tout !* (Elle m'adresse une grimace.) Quelle est ta meilleure phrase d'accroche ?

– Je n'en ai pas. Je reste seulement assis comme ça.

J'écarte les genoux et adopte une posture virile.

– Un air de mâle en rut. J'adore.

Je fais mine de remettre mes lunettes et me désigne du doigt.

– Si tu sors du miel, tu vas forcément attirer quelques mouches.

Lola me donne une tape sur l'épaule en riant.

Je hoche la tête avec un petit clin d'œil sexy.

– Bébé, ce soir on baise. C'est loin chez toi ?

Je me penche pour un effet plus théâtral en murmurant :

– Je n'ai pas pris ma voiture.

Lola éclate de rire en renversant la tête en arrière, exposant sa peau parfaite et son cou fin. En comparaison avec sa voix douce, très jeune fille, son rire semble extravagant, surtout quand elle se laisse aller.

– C'est ma nouvelle phrase préférée, lâche-t-elle après s'être calmée.

J'aime sa manière de prononcer le mot *préférée*. La forme de sa bouche quand elle prononce la lettre *p*. Elle embrasse l'air. Ça me donne envie de lui grimper dessus, de l'embrasser à pleine bouche et de l'entendre gémir : « *Putain* ».

Elle plante ses yeux brillants dans les miens. Elle n'a aucune idée de la teneur de mes pensées.

– Comment refuser une telle proposition ?

– Difficile, en effet.

– Comment te sens-tu ici ? demande-t-elle en parcourant la salle du regard.

Je hausse les épaules, suivant ses yeux.

– Ça va à peu près. Cette soirée ressemble à ce que j'avais imaginé. Ça me change de la boutique.

Elle me sourit.

– Tu es le plus gros geek de l'univers.

Je distingue de la fierté dans sa voix. Dans la bouche de Lola, c'est le plus beau des compliments.

Le barman pose un autre whisky devant moi et je le remercie d'un hochement de tête.

– C'est vrai. (Ma voix est un peu moqueuse.) Et pourtant, tu apprécies cette soirée avec moi.

– Ça doit être l'alcool, dit-elle en aspirant son cocktail dans une paille.

– C'est ton premier verre.

Elle glousse :

– Tu es observateur, bravo.

– L'une de mes nombreuses qualités. Avec dur à la tâche, bon en maths et ponctuel.

Elle secoue la tête en avalant rapidement pour pouvoir me contredire.

– Tout en haut de la liste, il y a ton accent.

– Tu es en train de dire que mon accent est plus important que mes dons pour le calcul mental ?

Lola éclate de rire. Elle s'approche imperceptiblement de moi.

– Pourquoi ne sors-tu jamais avec aucune fille ?

Mon verre au bord des lèvres, j'hésite. Je bois une gorgée. Lola fait mine de me taquiner, mais son ton n'est pas aussi léger qu'il n'y paraît. Comme si elle s'approchait d'une zone interdite.

– C'est moi qui devrais te poser la question. Austin semble intéressé.

Lola croise les bras et me dévisage.

– Tu ne réponds pas à ma question.

– Toi non plus.

– Et pourquoi ça ?

Elle me scrute.

– Probablement pour la même raison que toi.

Lola retire la paille de son verre et s'amuse à transpercer les citrons un à un. Juste derrière moi, quelqu'un ouvre une porte vers l'extérieur, l'air frais s'engouffre.

– On y va ? (Elle lève les yeux vers moi.) On pourrait finir la soirée dans un lieu qui nous ressemble davantage.

J'ouvre la bouche, la brise glaciale m'électrise.

– Bien sûr.

Mon cœur bat plus fort que la musique rythmée du bar.

Lola me tend la main en me lançant son petit sourire secret.

– Eh bien... il est temps de partir.

# Chapitre 7

## Lola

NOUS LAISSONS LA VOITURE D'OLIVER à l'hôtel et marchons quelques blocs jusqu'au bistrot « très simple » que nous a conseillé le concierge – il n'a pas menti, le troquet mal éclairé ne sort en rien de l'ordinaire. Au centre de la salle, un bar ovale, quelques tables hautes d'un côté et, de l'autre, une scène avec de l'espace pour danser. Mais ce soir il n'y a ni groupe ni attroupement de fans. Quasiment personne.

J'ai bu seulement un verre à la Soho House, mais je me sens groggy, légère, distraite par les battements permanents de mon cœur et la présence d'Oliver pendant ces micro-vacances. En dehors de notre quotidien millimétré, loin de chez nous, *tout* semble soudain possible.

Nous pourrions rester à L.A. une semaine.

Nous pourrions faire comme si nous n'avions aucune responsabilité, ici ou chez nous.

Tout pourrait changer entre nous.

*La vignette montre la fille, tombant en arrière : les bras écartés, les yeux clos.*

Il choisit deux sièges au bar et m'aide à retirer mon manteau avant de s'installer. La sensation de ses mains m'électrise, elles sont fermes et sûres, elles ne tremblent pas en effleurant mon cou ou en prenant mon manteau. Il pose la main sur mon épaule dénudée :

– Ça te va, ici ?

J'aimerais lui demander de préciser, mais il fait un signe vers le tabouret et je réalise qu'il parle de l'endroit où nous nous trouvons et non de sa main sur mon épaule, ou du brouillage des limites de notre relation platonique.

– Très bien.

Il jette un coup d'œil au barman, lui fait signe de venir. Nous attendons en silence, l'homme nettoie un verre, le range et avance dans notre direction.

Nous ressemblons à un couple.

– Tu prendras un Manhattan ? demande Oliver.

– Oui, s'il te plaît.

Il en commande deux, remercie le barman et se tourne vers moi. Les palpitations de mon cœur s'accélèrent, j'aimerais me faire toute petite et glisser sous sa peau. *Seigneur.* Est-ce la définition de la passion ? Le cœur devient hybride, à moitié vôtre, à moitié sien. Le mien bat fort, comme pour s'échapper de ma poitrine. J'aimerais posséder son cœur.

Oliver interrompt mon monologue intérieur.

– Comment te sens-tu ?

Mon rythme cardiaque s'intensifie, je rougis. Derrière la joie qui m'envahit se profile une sensation moins plaisante : la peur.

L'odeur du pain frais me fait saliver.

Chaque fois que je croise un crayon, je le saisis.

Quand je désire quelqu'un, je m'inquiète.

Que se passe-t-il lorsqu'on ne parvient plus à réfléchir clairement ? Le cœur hybride dépérit en nous laissant avec seulement la moitié de ce dont nous avons besoin ?

Il doit sentir ma gêne, il me touche la joue pour que je le regarde à nouveau.

– Je parlais du film, Lola love. Du livre. De ce soir.

– Oh. (Quelle imbécile ! La panique me quitte, je me mets à sourire. Oliver éclate de rire.) C'est génial, non ?

– Je te connaissais à peine avant le début de cette aventure. *Razor* est sorti peu de temps après Vegas, quelle tempête depuis la publication ! Tu ne semblais pas y croire, au début. J'aurais aimé connaître la Lola d'avant. Avant même la signature du contrat.

– C'était une étudiante qui angoissait à cause des partiels et de son loyer.

Il hoche la tête et contemple ma bouche. Ouvertement.

– J'oublie parfois que tu es plus jeune que moi.

Je ne sais pas pourquoi ces paroles me réconfortent autant. C'est presque cochon, comme s'il me corrompait un peu.

– Je ne me sens pas très jeune.

Il soupire.

– Tu as dû grandir très vite.

– Toi aussi, non ?

Je ne connais presque rien de sa vie avant l'université. Il ne parle jamais de frères ou de sœurs, ni de parents. Il a mentionné ses grands-parents une ou deux fois, mais nous ne sommes pas du genre à insister, ni l'un ni l'autre. Jusqu'à présent, en tout cas. J'ai envie de briser cette habitude à grand coups de briques.

Oliver ne me quitte pas des yeux, mais le barman qui nous apporte nos boissons interrompt sa contemplation silencieuse.

– Vous voulez que j'ouvre une addition ?

– Ouais, bien sûr, fait Oliver en lui tendant sa carte bancaire.

Le barman s'éloigne, je réalise ce qui vient de se passer.

– Quoi ? Attends ! (Je fouille dans mon sac.) Attends. Je devrais payer ! Tu m'as fait une faveur en m'accompagnant.

– Lola. (Il secoue la tête à l'attention du barman pour lui signifier qu'il paie toujours et m'immobilise d'une main.) Que ce soit toi ou moi n'a aucune importance.

– C'est faux, mais je te remercie.

Oliver sourit.

– Tout le plaisir est pour moi.

Je pends mon sac sur la chaise en souriant d'un air coupable.

– Est-ce étrange que je continue à oublier que je peux me permettre de payer des verres maintenant ?

– Non. (Il effleure le bord du verre du bout du doigt.) Seigneur, je me souviens du temps qu'il m'a fallu pour me débarrasser de mes automatismes d'étudiant fauché. Mon père est mort il y a cinq ans, il m'a laissé beaucoup d'argent. (Il attrape son verre, le porte à ses lèvres et sirote la boisson. J'aimerais goûter le whisky sur ses lèvres.) Ç'a été un choc terrible. Je ne l'avais pas vu depuis mes sept ans. Je vivais chez mes grands-parents. Mon père était héroïnomane.

Violemment tirée de mon fantasme, je cligne des yeux.

– Quoi ?

Il acquiesce.

– Son notaire m'a contacté, il m'a appris sa mort mais – bonne nouvelle ! – qu'il m'avait laissé de l'argent. J'étais furieux. Il avait réussi à se reprendre, à gagner sa vie, à *économiser,* mais il n'était pas revenu pour moi.

Je sens les larmes monter, ma gorge se serre.

– Je n'en avais aucune idée.

– C'est du passé. (Il me tend mon verre et trinque avec moi.) Aux nouvelles rencontres.

Je hoche la tête, bois une gorgée en même temps que lui, mais la brûlure du whisky ne me sort pas de ma torpeur. Son père l'a abandonné. Sa mère aussi. J'ai l'impression que nous sommes deux câbles endommagés se réparant mutuellement.

– Lola ?

Je lève les yeux vers lui et tente de sourire.

– Ouais ?

– Ça te dirait de danser avec moi ?

Je manque faire un arrêt cardiaque.

– Quoi ?

Oliver éclate de rire.

– Danse avec moi. Allez, lâche-toi un peu.

Il me tend la main. Après ce qu'il vient de dire, comment refuser ?

Nous laissons nos verres sur la table, descendons de nos tabourets et avançons sur la piste de danse déserte. Il y a trois personnes ici, en dehors du barman, et ils ne s'intéressent pas à nous, même lorsque nous nous arrivons sur la piste de danse.

– Il n'y a pas vraiment de musique.

Il hausse les épaules.

– Ça ira.

Le volume de la musique monte soudain, violemment, nous grimaçons tous les deux. Le barman a branché la musique, sans ajuster le volume au préalable. Les premières notes d'une chanson d'Aerosmith envahissent la salle.

– Seigneur !

J'éclate de rire. Oliver sourit comme pour s'excuser.

– Nous devrons nous en contenter.

– C'est tellement ringard que je trouve ça génial.

Je retiens mon souffle en sentant sa main autour de ma taille, ses doigts dans mon dos. Son autre main se pose sur mes hanches, point de convergence de toutes mes terminaisons nerveuses. Oliver m'attire contre lui, dans sa chaleur. Sa ceinture appuie sur mon ventre, mes seins s'écrasent sur son plexus solaire.

Je m'agrippe à ses biceps et le regarde dans les yeux. Ses sourcils foncés, ses yeux brillants, l'ombre de la barbe sur ses joues... Je suis incapable de retenir un élan de tendresse. Oliver ouvre imperceptiblement les lèvres, sa mâchoire se contracte, il m'étreint un peu plus fort. La tension entre nous est palpable. Le désir. Je n'ai jamais autant souhaité être embrassée. Cet élan est presque douloureux. En moi, quelque chose se rebelle. Je sais que je ne parviendrai pas à me calmer tant que je n'obtiendrai pas ce que je veux. Mon propre cœur me tient en otage.

Nous dansons, en passant d'un pied sur l'autre, tournant très lentement sur nous-mêmes.

– C'est agréable. Je n'ai pas dansé depuis des années.

J'attends toujours le moment où le ridicule de notre attitude nous frappera, où nous sortirons de cette torpeur étrange. Mais rien. Je retiens ma respiration, comme si j'étais sur le point d'éternuer.

Il murmure :

– Respire, Lola love.

Quelque chose en moi se contracte.

Je *ne* respirais pas. Je me tenais là, retenant mon souffle, attendant qu'il m'embrasse pour me décontracter enfin, attendant que le temps s'arrête, comprenant ce que l'on ressent quand on aime quelqu'un.

– J'ai peur.

Nous sommes si proches l'un de l'autre que je ne distingue plus ses traits, mais je sens son haleine. Je peux presque goûter sur mes lèvres le whisky qu'il a bu.

Il me regarde attentivement. Sa voix se fait rassurante :

– Je sais, mon cœur.

– Je ne connais rien à l'amour. Pourtant, *j'aimerais* changer. Mais ça me terrifie.

– Je sais, répète-t-il en m'embrassant sur la tempe. (Sa main remonte dans mon dos, effleure mes cheveux.) Tu es tout ce que je désire. Je ne cherche pas une relation facile ou parfaite. Je peux attendre.

Et voilà, c'est dit. L'aveu flotte entre nous.

– Ma première fois a été une catastrophe. (Je ferme les yeux, au bord des larmes. Il pose sa joue contre la mienne. Son oreille est juste à côté de ma bouche, je peux m'y confesser directement.) Il travaillait au 7-Eleven du coin de la rue, il passait son temps à se défoncer et à baiser. Nous n'avons même pas parlé.

Je déglutis.

– J'avais seulement quatorze ans. Il en avait vingt. (Oliver se raidit contre moi.) Je n'ai jamais raconté cette histoire à personne, même pas à Harlow ou Mia. Elles pensent que j'ai perdu ma virginité en terminale. Mon père travaillait tard le soir, j'allais là-bas pour chercher... (je secoue la tête)... une distraction, je ne sais pas. Après le départ de ma mère, je prenais mauvaise décision sur mauvaise décision.

– C'est normal.

Il m'embrasse sur la joue. Ses lèvres laissent une traînée de feu sur ma peau.

– C'est affreux de se dire que cette relation a été la plus réussie de toutes, non ? Je me suis séparée fâchée avec tous les autres. (Je m'écarte pour le regarder dans les yeux.) Quand ça devient sérieux, j'ai tendance à... comment dire ? Disjoncter. Je ne voudrais pas faire la même chose avec toi.

Il fixe ma bouche en demandant :

– Tu ne veux pas que ce soit sérieux ou tu ne veux pas disjoncter ?

– Je ne veux pas tout faire foirer. Notre amitié est très importante, elle aussi. Et si on... fait *ça* et que tout change ?

Oliver hoche la tête et pose à nouveau sa joue contre la mienne.

– Je n'ai pas le choix, c'est ce que je veux, Lola. Je suis amoureux de toi.

Ces mots font éclater mes poumons, je ne parviens plus à respirer. Aucun mot ne pourrait qualifier ce que je ressens.

Je flotte entre extase et peur panique.

– Chut... murmure-t-il. Ne panique pas, d'accord ? Je te dis ce que je pense. Je t'aime. Je te désire. (Il soupire, tout son corps frémit contre moi.) Bordel, je te désire. Mais je sais que tu n'es pas une fille simple, ce n'est pas ce à quoi je m'attends. Je veux juste que tu essayes. Enfin, si...

J'acquiesce, il me serre encore plus fort, avec un soulagement évident. Je ne pensais pas pouvoir être plus proche de lui, pourtant, c'est possible. Il suffit que nos corps se mêlent l'un à l'autre, que l'on chasse l'air de nos poumons.

Nous nous taisons, je me rends compte que je danse sans m'en rendre compte depuis tout à l'heure. Ce n'est pas mon genre, je ne pense plus à mes pieds, à mes bras, mes mains ou mes hanches. Maintenant que j'ai repris conscience de mon corps, j'imagine ce que je ressentirais en couchant avec lui. Nos corps emboîtés, lui sur moi. Il est plus grand, plus large, mais je sentirais les os de ses hanches contre mes cuisses. Ses mains ne seraient pas hésitantes, elles parcourraient mon corps avec audace. Je voudrais qu'il m'empoigne par les cheveux, qu'il tire ma tête en arrière. Même s'il ne le ferait jamais en public, je sens dans l'inflexion de ses doigts ce désir lancinant. Il s'agrippe à moi et ne bouge pas.

– J'ai vu Aerosmith en concert quand j'avais quatorze ans. (À quoi pense-t-il ? Que c'est très jeune ? Que je couchais avec un fumeur de joints ? Ou cherche-t-il simplement à me rappeler que rien ne va changer entre nous. Que notre routine n'est pas brisée, même s'il m'a avoué son amour.) Après la sortie de leur chanson sur *Armageddon*.

– « I Don't Want to Miss a Thing » ?

– Exactement. Je suis parti seul avec un copain, comme des grands. Nous avons pris un bus pour Sydney – à 3500 kilomètres, mes grands-parents n'ont même pas cillé. Et je ne plaisante pas en disant qu'on trouve toutes sortes de cinglés dans les bus.

– Waouh.

– Je sais. On était des gamins, mais c'est l'un de mes souvenirs les plus glorieux de l'époque. Mon pote avait eu des billets par son cousin. Je ne connaissais aucune des chansons d'Aerosmith – enfin si. Mais je ne savais pas qu'il s'agissait d'Aerosmith. C'était génial. C'est peut-être à ce moment-là que j'ai décidé de voyager. Peut-être avant, je ne sais pas. J'ai appris à ne plus avoir peur dans ce bus. Je me suis dit que si je pouvais aller à Sydney, je pouvais aller n'importe où.

– Mon premier concert, c'était Britney Spears.

Il éclate de rire puis me sourit.

– C'est terrible.

– C'était *génial*. Je te jure. Harlow, Mia, Luke, l'ex de Mia et moi. (Je secoue la tête en nous revoyant danser comme des folles pendant que Luke nous observait en souriant.) Pauvre Luke.

– Aller à un concert avec trois nanas ? Il y a pire.

– Il n'en baisait qu'une à l'époque. Maintenant, Luke doit avoir plus de conquêtes que Steven Tyler en 1979.

Oliver rit. La chanson se termine, il se fige en retirant ses bras.

– Tu l'as fait. (Il me contemple avec un demi-sourire.) Tu as dansé avec un Australien dans un bar vide, et le monde ne s'est pas écroulé. Tu peux faire une croix dans ta liste.

– Et on...

On a parlé. On a *avoué*. On a brisé la glace.

Il attend que je finisse ma phrase, l'expression chaleureuse mais neutre.

– Ouais, finit-il par lancer en désignant le bar de la tête. Finissons nos verres.

Et juste comme ça, tout redevient simple entre nous.

---

JE ME RÉVEILLE SEULE DANS UN ÉNORME lit aux draps blancs, éclairé par un rayon de soleil.

Ces derniers mois, j'ai tellement voyagé que les murs bleu pâle et l'énorme fauteuil blanc dans le coin ne m'aident pas à déterminer où je me trouve. Je roule sur le côté, distingue mon pantalon en cuir soigneusement plié sur le fauteuil, mon top et mon soutien-gorge posés dessus.

Évidemment, Oliver se trouve dans l'autre chambre, de l'autre côté du couloir.

J'ai le cœur serré, il me manque. Je voudrais qu'il soit contre moi.

Avec notre deuxième verre, nous avons évacué toute tension post-aveu On-est-Fous-l'Un-de-l'Autre. Nous avons été interrompus par un appel de Not-Joe nous racontant que la fille qu'il comptait baiser s'était endormie, bourrée, sur son canapé. Son téléphone n'avait plus de batterie, son portefeuille était resté à la boutique, il avait dû donner sa montre au chauffeur de taxi pour pouvoir rentrer chez lui.

À environ une heure du matin, nous quittons le bar, main dans la main, et rentrons à pied à l'hôtel. J'ai cinq appels manqués d'Austin, sans message. Je ne le rappelle pas. Je ne veux penser qu'à Oliver. Il désigne sa chambre du doigt quand nous passons devant. Sans me laisser le temps de l'inviter à entrer dans la mienne, il se penche et m'embrasse sur la joue.

– Prenons notre temps. On se voit demain matin.

J'ai envie de lui dire : et si on s'envoyait en l'air *tout en* prenant notre temps ? Mais les mots ne franchissent pas la barrière de mes lèvres.

J'attrape mon téléphone sur la table de chevet pour parcourir mes mails. Je m'appuie sur un coude et plisse les yeux pour déchiffrer les mots.

– Bordel de merde.

Je sursaute et m'assieds dans le lit en croisant les jambes. Je zoome sur l'écran pour m'assurer qu'il ne s'agit pas d'un effet de mon imagination. Pendant qu'Oliver et moi flirtions, trinquions et parlions de tout à part de nous deux, Columbia-Touchstone validait le casting pour *Razor Fish.* J'ai reçu trois cents mails, au moins dix messages vocaux me demandant de commenter ce choix.

**J'ai essayé de t'avoir au téléphone hier soir après ton départ. Je te joins un script,** m'écrit Austin. Heureusement que je l'ai mis dans mes favoris ! Sinon, qui sait quand j'aurais lu ce mail ? **Juste une ébauche de Langdon, il l'a écrit la semaine dernière. Mais ne stresse pas, c'est seulement un brouillon pour pouvoir choisir les acteurs rapidement. Tu superviseras toutes les finitions.**

Il n'a pas pensé à me l'expliquer *hier soir* ? Il m'a dit que Langon avait *commencé* à écrire, pas qu'il avait déjà terminé.

Le chèque a été déposé sur mon compte. Le montant est tellement énorme que j'ai envie de vomir. Une vague de panique monte en moi, pourtant je dois m'y faire. Retirer la somme en or et cacher les lingots sous mon matelas n'est pas une option.

On frappe à ma porte. J'attrape un peignoir et me lève. Dans le couloir, Oliver a l'air chiffonné, un peu nerveux.

Ce matin, il est transparent. Ses émotions se lisent sur son visage : radieux, il sourit, bat des paupières avant de se reprendre.

Même si nous nous sommes quittés très tard, j'ai l'impression de ne pas l'avoir vu pendant une semaine. Il a l'air différent. Il ressemble moins à l'ami merveilleux qu'il est et plus à un homme dont le corps gronde sous les vêtements, que j'ai hâte de revoir, et encore plus, de toucher.

Nous n'avons pas prononcé un mot, ni l'un ni l'autre. Je n'ai pas envie que la gêne s'installe.

– Comment va Oliver Lore, le propriétaire de ma librairie préférée ?

Il sourit si largement que ses lunettes remontent sur son nez. Ses yeux brillent.

– J'aimerais pouvoir répondre avec des *emoji*. En insistant sur le symbole des œufs brouillés.

C'est parfait.

– Tu veux descendre prendre le petit déjeuner ? Ou... commander au room-service ?

Peut-être trop intime pour l'instant. Oliver secoue la tête.

– Non, répond-il. Allons au restaurant. Ils ont un buffet, je vais tout dévorer !

– Entre, fais-je en attrapant mon sac et en sortant mes vêtements. Donne-moi cinq minutes. Je dois passer un coup de fil rapide à Benny.

Oliver se faufile dans ma chambre, il regarde longuement mes vêtements de la veille, si soigneusement pliés sur la chaise. Pense-t-il la même chose que moi ? S'il avait passé la nuit avec moi, ce pantalon de cuir aurait peut-être été sacrifié sur l'hôtel des dieux du sexe.

– Lola ! répond Benny en criant dans le haut-parleur.

Je grimace en regardant l'écran, comme si je m'étais brûlée. Il n'est pas encore 9h, comment peut-il être aussi alerte ?

– Salut Benny.

– Je parie que je sais pourquoi tu m'appelles, chantonne-t-il. Le Type le plus Sexy de l'Univers joue Razor et tu veux que je vienne à Hollywood ce soir pour fêter ça avec toi.

Les yeux écarquillés, Oliver se tourne vers moi. Je lève un doigt pour lui faire comprendre que je lui expliquerai tout dans quelques minutes.

– Je suis déjà à Hollywood. Mais je vais rentrer. Austin ne m'a pas parlé du script hier.

– Probablement parce qu'il savait que tu demanderais à le lire dans l'instant et que tu exigerais des modifications avant sa sortie alors qu'il était déjà sorti.

Je me mords les lèvres.

– Et maintenant, il se passe quoi ?

– J'ai fait une déclaration de ta part. Qu'en penses-tu ?

« Son agent a confirmé que Lorelei Castle est absolument ravie du casting. »

J'attends la fin de sa phrase avant de réaliser qu'elle s'arrête là. Oliver suit la conversation avec attention. Il hoche la tête comme pour dire *ce n'est pas si mal.* Je suis vraiment nulle avec les médias.

– C'est parfait. Je suis *ravie.* Je ne pense donc pas qu'il soit nécessaire de donner une interview. Mais Benny, peux-tu faire en sorte qu'ils m'envoient le scénario aujourd'hui ? S'ils veulent mon avis – j'espère qu'ils savent que je vais commencer à le lire, scalpel en main –, je préférerais que ce soit le plus tôt possible. J'ai beaucoup de choses à faire, j'aimerais m'organiser.

– Je m'en occupe. Fais ta vie. Tu seras assaillie quand tu signeras tes albums. Tout ce que je te demande, c'est de briller quand il le faut.

Je le remercie, envoie un baiser au téléphone et le pose sur le lit. Mes mains tremblent.

– Je n'étais pas sûre d'apprécier Benny jusque-là. Mais je n'ai plus de doutes. Je ne sais pas ce que je ferais sans lui.

– Ils ont déjà fait le *casting* ? demande Oliver. Et Austin ne t'en a rien dit hier soir ?

En quittant la soirée, Oliver et moi avons laissé le sujet du film derrière nous.

– Austin m'a dit qu'ils en parlaient. Langdon a évoqué une ébauche de script. J'ai l'impression qu'il leur suffit de parler pour que les choses se réalisent comme par magie.

J'étends les mains devant moi, elles tremblent toujours comme des feuilles. Mon cerveau a besoin de quelques instants pour se reprendre.

Je récupère des vêtements dans mon sac et me dirige vers la salle de bains. Je remonte mes cheveux en chignon, et enfile simplement un jean et un T-shirt blanc.

Quand je sors, Oliver regarde par la fenêtre. Il porte une

chemise bleu marine, usée par le temps, dont le tissu est plus fin dans le dos. Je distingue les muscles de ses épaules et de son dos. Mon cœur se serre, je respire difficilement.

Il se retourne en entendant le bruit étouffé qui s'échappe de ma bouche et marche vers moi.

– Prête ?

Je lève les yeux mais ne parviens pas à soutenir son regard très longtemps. Il s'est rasé ce matin, mais je distingue l'ombre de la barbe sur ses joues. Avec ses vingt centimètres de plus que moi, j'ai une très bonne vue sur son cou, sa gorge et sa lèvre inférieure rebondie.

– Prête.

Nous marchons en silence dans le couloir au sol molletonné. Oliver appuie sur le bouton de l'ascenseur et attend, en posant sa main sur mes hanches. Il est tellement tendre.

– Tu as un comptable ? J'ai besoin d'aide.

– Ouais. Normalement il ne s'occupe que d'entreprises. Mais ça pourrait marcher pour toi.

Il me fait signe d'entrer dans l'ascenseur.

– Je viens de recevoir l'argent du studio.

Il acquiesce en baissant les yeux.

– Je me souviens de ce que j'ai ressenti à la mort de mon père. C'est génial et terrifiant. Je suis passé du statut de pauvre fainéant, mangeur de nouilles chinoises, à celui d'adulte nanti. Je ne savais pas comment gérer un budget, planifier mes dépenses ou épargner.

– Ouais.

Je me décontracte un peu. Je me sens tellement bien au contact d'Oliver...

– Donc, j'ai mis la somme de côté jusqu'à me sentir prêt. Jusqu'à savoir ce que je voulais en faire.

– La librairie ?

Il acquiesce.

– Tu trouveras. Place l'argent en attendant.

L'ascenseur s'arrête au troisième étage, nous sortons et suivons les indications pour trouver le restaurant.

– Je pourrais m'acheter une nouvelle voiture.

Il rit.

– Et j'ai envie d'acheter une maison.

Oliver réfléchit un instant et demande.

– Une maison ?

– Je pense.

Tout à coup, l'évidence me frappe. Oliver a déjà sa propre maison. Si notre relation continuait, vivrait-on ensemble ? Il serait peut-être stupide d'avoir deux maisons.

– Je pourrais t'aider à chercher.

Voilà qu'il tire une flèche dans ce fantasme.

Nous entrons dans le restaurant et nous asseyons à une table, face au boulevard Santa Monica. Oliver et moi avons déjeuné, dîné ensemble des dizaines de fois, mais cette fois l'ambiance est différente. Je ne saurais dire ce qui se passe dans ma tête. Peut-être parce que je n'ai pas l'habitude d'être submergée de *sentiments*.

Que ferait Harlow dans cette situation ? Elle poserait la question. Elle demanderait : « Ça va ? » Est-ce aussi simple ?

Je décide de me lancer.

– Ça va ? (Oliver lève les yeux vers moi, fronce les sourcils.) Après hier soir, je veux dire...

Il sourit en reposant son menu.

– Merveilleusement bien.

Harlow développerait. Harlow expliquerait pourquoi elle a posé cette question. Harlow serait sûrement déjà sur ses genoux.

– Très bien alors.

Je fixe la liste des gaufres. Il me dévisage puis saisit son menu.

Je pose le mien et dis :

– C'est déjà différent.

– *Pas du tout,* réplique-t-il.

Quand je lève les yeux, il me sourit – il s'*attendait* à cette réaction. Je glousse.

– *Si.*

Il secoue la tête, regarde le menu et marmonne :

– Tu es folle.

– Tu es un enfoiré.

La serveuse remplit nos tasses de café. Oliver me regarde en souriant et commande des pancakes et des œufs.

Elle s'éloigne, il se penche sur la table, s'appuie sur ses coudes :

– De quoi as-tu envie, Lola ?

*C'est comme ça que tu prends ton temps, l'Australien ?*

– De quoi ai-je envie ?

J'avale une gorgée de café.

J'ai envie de savoir à quoi ressemblera ma vie.

J'ai envie de dessiner toutes les scènes de mon imagination.

J'ai envie qu'Oliver soit à mes côtés, pour toujours.

– Je ne sais pas.

Je verse trois cuillerées de crème dans mon café. Il soupire, sceptique.

– Tu ne sais pas.

Je le regarde se gratter les joues. *Scritch, scritch.*

Et... d'accord.

J'ai envie de l'embrasser jusqu'à ce que mes lèvres soient irritées par sa barbe naissante.

J'ai envie qu'il me baise tous les jours.

J'ai envie de me réveiller la nuit, sa queue contre moi.

– N'oublie pas de me le dire quand tu y auras réfléchi, Lola love.

Il s'humecte les lèvres du bout de la langue, conscient que je ne perds rien de ses mouvements.

Il sait.

Et il n'insiste pas ?

– C'est tout ?

– C'est tout.

Il vient de traverser mon terrain et de placer délicatement la balle au centre. Je répète, en luttant pour ne pas sourire :

– Tu es un enfoiré.

Radieux, Oliver boit une gorgée de café.

---

JE M'ENDORS DANS LA VOITURE au niveau de Long Beach, Oliver me réveille doucement quand nous sommes garés devant la librairie.

– Merci de m'avoir raccompagnée.

Il sort mon sac du coffre, le pose par terre et plonge une main dans la poche de son jean qui descend légèrement.

Boxer rouge. Ventre plat. Abdominaux définis.

– Merci d'être venu avec moi. (Je détourne le regard pour ne pas m'attarder sur la ligne de poils qui trace un chemin si attrayant.) Je ne me serais jamais autant amusée seule.

– C'est quand tu veux.

Il ajoute d'une voix mielleuse :

– Tu es merveilleuse, Lorelei.

Je lui souris.

– Tu es merveilleux, toi aussi, *Oliver.*

Il me surprend en prenant mon visage entre ses mains pour m'embrasser sur la joue. C'est beaucoup trop proche de ma bouche pour être innocent, mais il n'effleure pas mes lèvres. Ce n'est pas vraiment un baiser. N'est-ce pas ? Mon cœur est sur le point d'exploser, je retiens mon souffle pour m'empêcher de gémir. Il s'attarde encore, avant de s'éloigner.

– On se voit plus tard ?

– Vous venez de vous *embrasser* ou je rêve ?

D'instinct, nous nous écartons et pivotons sur nos talons. Not-Joe nous fait face, l'air incrédule. Sa coiffure donne froid dans le dos, elle tient plus du cactus que de la crête. Il porte son T-shirt à l'envers.

– Non. Nous étions juste...

D'accord, nous étions peut-être sur le point de nous embrasser. Maudit Not-Joe !

– Bordel... grogne-t-il. Si vous ne vous roulez pas des pelles, alors laissez-moi entrer. J'ai besoin de m'allonger.

Nous sommes lundi, le seul jour où la librairie est fermée. Oliver ouvre la porte et nous regardons, ébahis, Not-Joe se précipiter sur la banquette du coin lecture.

– Je donne à mes cuites des noms d'ouragans, marmonne-t-il en s'étirant sur le canapé. J'ai surnommé celle-là Abby. C'est une vraie garce.

Oliver observe Not-Joe avec méfiance : je parie qu'il va baver sur le canapé. Je lui demande :

– Qu'est-ce que tu fais ici ? Pourquoi n'es-tu pas chez toi ?

– Je pense que quelqu'un avait besoin de son portefeuille. (Oliver le récupère derrière le comptoir et l'envoie sur Not-Joe.) Voilà, champion.

– Moins fort, gémit Not-Joe. Tu peux éteindre la lumière ? Je commence à comprendre la vie des autistes.

Oliver éclate d'un rire horrifié avant de lancer :

– Bordel, Joe. Ne parle pas comme ça !

– Tu ne peux pas me donner tort.

Avec un hochement agacé de la tête, Oliver se place derrière le comptoir pour mettre de la musique. Les premières notes d'une chanson de Journey envahissent la librairie, Oliver fait semblant de jouer de la guitare.

– Oh oui !

Je fais mine de jouer de la batterie sur le comptoir.

– Putain, mec ! crie Not-Joe en s'allongeant sur le ventre, le visage dans un coussin.

Oliver fait irruption dans la zone de lecture et hurle dans son oreille :

– Il est temps de danser !

Not-Joe se recroqueville, j'éclate de rire, et je demande à Oliver :

– C'est « Revelation » ?

Il acquiesce, tire légèrement la langue en se lançant dans un solo de guitare imaginaire.

– As-tu déjà pensé à ça, d'ailleurs ?

Oliver s'éloigne pour baisser le son.

– Penser à quoi ?

Je le regarde, grand sourire, les doigts s'agitant d'un air ridicule, une grimace de rocker sur les lèvres. Ses lunettes adoucissent son apparence, elles lui donnent un air plus sophistiqué. Sans elles, il ne serait que muscles et couleurs : yeux bleus étincelants, lèvres chaudes, barbe d'un jour.

– Steve Perry versus Arnel Pineda. (Il semble confus.) Tu sais ce type sur YouTube qui a interprété les chansons de Journey avant de devenir le nouveau chanteur du groupe.

Oliver hoche la tête.

– C'est vrai. Je crois que j'en ai entendu parler.

– Tu préférerais voir le groupe originel ou le groupe de jeunes qui fait les meilleures reprises des chansons célèbres ?

– Attends, je pensais que tu voulais dire qu'Arnel Pineda *était* le vrai visage de Journey.

Je fais mine d'être exaspérée.

– Tu sais ce que je veux dire.

Il hausse les épaules.

– Ça dépend de qui on parle.

– Dylan ?

– Attends une minute. Bob Dylan est une légende. De plus, *tous les groupes* font des reprises de Dylan.

– D'accord. Mais Heart ? Tu préférerais voir des jeunes filles chanter « Barracuda » ou les Wilson Sisters sur scène à soixante ans ?

Oliver a l'air horrifié.

– Tu es une vraie féministe.

J'éclate de rire.

– Ça n'a rien à voir avec du *féminisme.* Je te pose la question. Imagine une télé-réalité où le groupe de base serait en compétition avec un groupe qui reprendrait leurs plus grands succès. Je détesterais avoir une carrière éblouissante de quarante ans derrière moi et être en compétition avec des petits jeunes.

Il marche vers moi et m'ébouriffe les cheveux.

– Voilà pourquoi je ne pourrai jamais te quitter.

Je me fige, ma respiration s'étrangle dans ma gorge. Je redeviens soudain sérieuse.

Ma réaction doit être peinte sur mon visage parce qu'Oliver devine tout de suite ce qui vient de se passer.

– Putain, Lola. (Il passe un bras sur mes épaules, m'attire dans son cou.) Je voulais dire que tu es à croquer. *Bien sûr* que je ne te quitterai jamais.

Et c'est vrai, je me répète intérieurement. Il le pense.

– Vous ne voulez pas aller baiser un coup pour qu'on en finisse ? grogne Not-Joe. Seigneur, *quelqu'un* doit baptiser la salle des stocks.

Nous nous écartons, mais c'est différent. Nos mains s'éloignent plus doucement : les paumes puis les doigts, enfin les premières phalanges.

– Je dois passer quelques appels. Que fais-tu plus tard ?

Il hausse les épaules en regardant ma bouche.

– Je n'ai rien de prévu.

Je me dirige vers la porte en contemplant son sourire. Quelque chose se met en place. Je saisis la balle imaginaire dans mon camp.

– Ok. Je t'appelle.

# Chapitre 8

## Oliver

J'AI APPRIS AVEC LE TEMPS QUE LOLA agissait rarement sur un coup de tête. À l'exception de notre mariage à Vegas, elle prend le temps de peser le pour et le contre, qu'il s'agisse de quelques secondes ou de plusieurs jours. Je n'ai jamais rencontré quelqu'un d'aussi réfléchi.

La première fois que j'ai remarqué ce trait de caractère, nous étions à la plage, un soir d'août. Sa bande dessinée venait de sortir et arrivait dans les premières ventes. Ivre, j'avais couru jusqu'à la mer, enlevé mes chaussures en vitesse avant de plonger tout habillé dans les vagues.

Même plus ivre que moi, Lola était restée au bord de l'eau. Elle avait hésité en trempant ses orteils, avant de s'asseoir dans le sable.

– Je n'ai pas de vêtements de rechange, avait-elle marmonné en se laissant tomber en arrière, les bras écartés dans le sable. Je serai mouillée et pleine de sable.

– Tu es *déjà* pleine de sable.

J'ai ébouriffé mes cheveux humides.

– Mais pas trempée. Je n'ai pas de vêtements chez toi.

J'avais envie de fêter son succès avec des bières, de grandes déclarations et une baise féroce. J'aurais aimé dire, *laisse-toi aller, Lola, tu pourras porter mes vêtements. Ou ne rien porter du tout.*

Mais je n'en ai rien fait, parce que je savais déjà qu'il ne fallait pas insister. Elle n'avait pas envie de se baigner, elle ne souhaitait pas rentrer chez moi dans des vêtements dégoulinants, pesant une tonne.

Ce trait de caractère me pousse à la laisser partir après m'avoir demandé ce que je faisais ce soir avant tant d'obstination. Je fais un pas derrière le comptoir pour me calmer. Cela m'aide à comprendre pourquoi ces dernières semaines, chaque fois qu'elle avançait d'un pas, elle reculait de deux. Elle m'envoie un message à peine quinze minutes plus tard en me demandant si elle peut me rejoindre en fin de journée… Mon cœur bat plus vite – Lola a pris sa décision. J'espère que ce sera la bonne.

---

TROIS HEURES PLUS TARD, LA SONNETTE de la porte d'entrée retentit. Ansel fouille dans ses poches pour trouver ses clés.

– Tu attends quelqu'un ? dit-il en regardant dans la direction de la porte avant de se tourner vers moi.

Il est passé m'emprunter mon aspirateur pour sa nouvelle maison. Depuis une heure, il me parle de l'endroit, de son désir de faire un enfant à Mia – les utopies typiques d'Ansel. Je distingue la silhouette de Lola à travers la porte vitrée. Mes efforts pour le mettre dehors avant qu'elle arrive ont donc été vains.

– Juste un dîner avec Lola.

– Juste un dîner avec Lola, répète-t-il en exagérant mon accent.

– Rentre chez toi, Ansel.

– Je pars.

J'ouvre la porte, mon cœur bat plus fort quand je la vois, habillée comme si elle sortait d'une interview ou d'un événement mondain quelconque.

– Oliver est grognon ce soir, lui dit Ansel.

– Ah bon ? J'allais lui proposer de jouer au poker, mais je ne suis pas sûre que ce maniaque de la compétition puisse l'encaisser s'il est ronchon.

– Fais-le boire et ruine-le. C'est tout ce qu'il mérite.

Elle me sourit, ravie de cette suggestion.

– J'y comptais bien.

Je lui souris en retour.

– Bonne chance.

– Même si j'adorerais rester et être témoin de ce qui sera un bain de sang, j'ai promis à Mia de l'emmener dîner. Bonne soirée, les amis.

Ansel se penche pour l'embrasser sur la joue. Je suis presque certain qu'il murmure : Défonce-le.

Puis il se rue dehors et nous sommes seuls. À nouveau.

Lola entre dans la maison derrière moi, elle se déplace différemment. Plus féminine, plus *consciente* de l'effet qu'elle a sur moi.

– Tout va bien ?

En arrivant devant la cuisine, elle me lance un regard langoureux.

– Tout va bien.

Elle replace une mèche derrière son oreille qui retombe devant ses yeux. Elle me sourit, l'air encore plus jeune qu'elle ne l'est.

– C'était bien avec Ansel ?

Désorienté, je lui souris.

– Oui. C'était très *sympa*.

Elle me fixe de ses grands yeux.

– Je suis heureuse que vous puissiez vous voir autant que vous le voulez maintenant.

– Que t'arrive-t-il ? Tu es aussi nerveuse que ma tante Rita de Brisbane.

Elle rit en entrant dans la cuisine. Je l'entends ouvrir le réfrigérateur, les bouteilles cliquettent, elle referme la porte.

– Je suis peut-être un peu nerveuse.

Mon rythme cardiaque s'accélère.

– Pourquoi donc ?

Il y a encore du bruit dans la cuisine, des verres, du liquide versé. Elle revient.

En quelques grandes enjambées, Lola arrive devant moi. Elle me tend une bière et un shot de tequila.

– Nous avons beaucoup de choses à nous dire.

Je déglutis. J'aimerais la prendre dans mes bras. Je souris.

– Ah bon ?

Elle acquiesce en utilisant son petit doigt pour écarter les cheveux qui se sont collés à sa bouche.

– Tu as dit beaucoup de choses intéressantes à L.A.

– Sûrement rien que tu n'aies jamais envisagé.

– Je ne m'y attendais peut-être pas. (Elle parle aussi lentement que moi, les yeux fixés sur ma bouche pendant un long moment avant de cligner des yeux.) Mais cela fait longtemps que j'ai envie de t'entendre me dire ces choses.

J'ouvre la bouche pour répondre, mais elle me coupe :

– Règle numéro un ce soir : on ne s'embrasse pas.

Elle avale le shot cul-sec et tousse, puis boit de la bière. Je bois mon shot en manquant m'étouffer.

– Pardon ?

– Tu m'as entendue.

J'avale une grande gorgée de bière avec une grimace.

– On ne s'embrasse pas *quand* ?

– Une fois que nous serons ivres. J'ai envie de *parler*.

Ma poitrine est beaucoup trop contractée pour contenir mes

poumons, mon cœur et toutes les émotions qui montent en moi. Y sommes-nous ? Est-ce en train d'arriver ?

J'effleure ses cheveux.

– Y a-t-il une règle numéro deux au cas où la règle numéro un serait enfreinte ?

Elle sourit d'un air enchanteur.

– Ne joue pas au plus malin.

Je feins l'innocence.

– Je ferai tout mon possible. (Mon sang se met à bouillir dans mes veines, *putain. Enfin !*) Que se passe-t-il, Lola love ?

Elle hausse les épaules, l'air le plus naturel possible.

– Nous jouons au poker, ce soir.

– Je serais prêt à faire le ménage avec toi si tu me le demandais.

Je porte ma bière à mes lèvres.

Elle me regarde déglutir.

– Tu peux faire le ménage en utilisant tes vêtements comme serpillère pour mon plus grand plaisir. (Je lève les sourcils.) Nous jouons au *strip poker.*

Avec un rire surpris, j'ajoute :

– Si nous jouons au strip poker sans nous embrasser, nous avons en effet beaucoup de choses à tirer au clair.

Lola récupère le jeu de cartes dans le tiroir de la cuisine et me fait signe de la rejoindre à la table.

C'est tellement *soudain* ... et pourtant j'ai l'impression d'avoir attendu ce moment une éternité. La barrière de l'amitié se dissout progressivement. J'ai envie de passer à l'étape suivante, puis à la suivante. Lola est entrée chez moi comme un bulldozer, même si je ne l'ai jamais vue comme ça, je n'ai aucune envie de lui demander de ralentir.

Une Lola déterminée, c'est beau à voir.

Elle tapote la nappe pour me tirer de mes pensées, je cligne des yeux en prenant ma bière avant de la rejoindre. Je m'assieds en face d'elle. Nous ne nous quittons pas des yeux, ni l'un ni l'autre ne brise la tension qui monte entre nous. Nous nous sommes beaucoup trop tourné autour, ma peau est en feu, mon cerveau en bouillie. Que se passera-t-il ce soir ?

– Première mise, murmure-t-elle en retirant ses boucles d'oreilles.

Elle les pose au centre de la table et me regarde avec un air de défi.

Je jette un coup d'œil à ce que je porte. Une montre. Un jean, un boxer Aubade, une chemise, une ceinture, des lunettes. Je ne porte ni chaussures ni chaussettes.

– C'est un peu inégal.

– Tant mieux pour moi.

Je lui souris. Les mots *je t'aime* me brûlent la langue.

Au lieu de les prononcer, j'enlève ma montre et la pose sur la table. Elle nous distribue cinq cartes chacun.

Nous ordonnons nos cartes. *Seigneur*, j'ai deux paires : deux valets, deux trois et un sept.

– Contrairement à ce qu'on pourrait penser, tu ne sais pas bluffer, dit-elle en gloussant. Je suis choquée !

– Je pourrais t'obliger à te déshabiller entièrement avec cette main, je lance en agitant mes cartes. (Quelque chose en moi se tend, elle comprend le sous-entendu.) Je vais ouvrir. (J'attrape ma ceinture, l'enlève lentement et la place au milieu de la table.) Tu te couches, Castle ?

– Tu sais que si on était restés mariés, je serais Lorelei Lore ?

J'acquiesce.

– J'y ai pensé une ou deux fois, même si j'ai toujours cru que tu conserverais ton nom.

– Je suis parfois très vieux jeu.

Elle pose ses cartes sur la table sans les découvrir. Au moment où je suis sûr qu'elle abandonne, elle retire son pull. Elle ne porte qu'un soutien-gorge dessous.

– Tu augmentes la mise ou tu te couches ?

Je ne peux m'empêcher de la contempler. Je regarde mes cartes – je *pourrais* l'obliger à enlever presque tous ses vêtements maintenant, mais je veux savourer le moment au maximum.

– Je me couche.

Je laisse les sept à l'envers et elle me donne une nouvelle carte. Trois de cœur, j'ai une main pleine.

Elle prend trois cartes – le maximum – et grimace.

– Ouf !

– Tu ne sais pas bluffer, toi non plus.

Lola lève les yeux vers moi.

– Tu peux augmenter la mise, si tu veux.

Je retire ma chemise et la lance sur la table.

– Tu peux te coucher, si *tu* veux.

Elle enlève son soutien-gorge, qui atterrit sur ma chemise, je laisse échapper quelques sons désarticulés avant d'attraper ma bière d'une main tremblante. Il me faut un moment pour m'habituer à la vue de ses seins nus. Ils sont ronds et fermes. Je commence à saliver, pose les lèvres sur ma bière mais ne parviens pas à avaler la moindre gorgée.

– Tu regardes, chuchote-t-elle.

– Je ne peux pas m'en empêcher, tu viens d'enlever ton soutien-gorge.

– Montre-moi tes cartes.

Je bats des paupières, ferme les yeux puis pose mes cartes sur la table. Lola grogne, découvre une paire de quatre et un valet, un as et un six. Elle laisse tomber sa tête entre ses bras, ne lève les yeux qu'en m'entendant tirer la pile de vêtements à moi. Je remets ma chemise, ma ceinture et ma montre. Je me coiffe de son soutien-gorge, noue son pull autour de mes épaules et laisse ses boucles d'oreilles à côté de ma bière.

Elle se redresse, ses longs cheveux bruns glissent sur ses épaules, couvrant ses seins. Le contraste du noir sur sa peau laiteuse, la manière dont ses cheveux effleurent sa poitrine... Je comprends pourquoi on a dessiné les femmes de cette façon un millier de fois.

Sa voix me tire de ma transe.

– Tu regardes encore.

– Tu n'as toujours pas de soutien-gorge.

– J'ai menti, dit-elle en effleurant sa lèvre inférieure.

La manière dont elle le dit prouve que c'est un jeu, au moins un peu.

– Quand ?

– Quand je t'ai dit que je ne voulais pas t'embrasser.

Je fronce les sourcils.

– La règle numéro un ?

– Oui. (Elle trace des cercles du bout des doigts sur la nappe.) Et chaque fois que je te vois.

L'afflux de sang dans mon cerveau me donne le tournis.

– Viens par ici.

Elle secoue la tête, me tend le paquet de cartes avant d'aller nous chercher une autre bière.

– À toi de distribuer.

Après un autre tour plein de sous-entendus et de tension, Lola perd mais cette fois, elle est assez maligne pour retirer ses chaussures avant de mélanger. À la main suivante, elle récupère ses boucles d'oreilles et ma montre, mais ensuite, elle les perd à nouveau, ainsi que ses chaussettes.

– Il te reste seulement deux vêtements, si je calcule bien. (Je la regarde mélanger.) Ton pantalon et ce que tu portes dessous.

Elle rit.

– Le jean, ça m'est égal, mais je ne veux pas perdre ma culotte Aubade.

– Alors tu es mal partie. C'est à mon tour d'ouvrir.

Elle semble réfléchir, les yeux enflammés par les deux bières avalées relativement rapidement.

– Envoie un message à Harlow. Demande-lui à quoi s'expose le perdant. Sans lui dire qui perd, bien sûr.

Je hoche la tête, attrape mon téléphone et envoie la question à Harlow. **Nous avons besoin d'un gage pour le perdant au poker. L'un de nous deux n'a plus de vêtements.**

Trente secondes passent avant qu'elle réponde. **Danse sur ses genoux, Bébé.**

J'éclate de rire.

– Elle pense que je perds.

– Que propose-t-elle ?

– Je te le dirai quand tu auras perdu.

---

LOLA GLISSE SA MAIN SUR LA TABLE, en me regardant, l'air soudain effarouché.

– Attends. Je veux une autre bière avant d'entendre mon gage. Oh Seigneur !

– Tu auras besoin de musique, aussi.

Elle écarquille les yeux, attrape une bière, l'ouvre avant de regarder mon téléphone. Elle connaît mon code et déverrouille l'écran sans réfléchir.

Bouche bée, elle ouvre le texto d'Harlow.

– Hors de question.

– Alors, donne-moi ta culotte.

– Jamais !

J'éclate de rire et me lève pour allumer la chaîne Hi-Fi.

– Tu veux du rock'n'roll ou de la musique électronique ?

Elle grogne.

– Oliver, je n'ai jamais fait de lap dance à personne.

– Ce sera donc de la musique électronique !

J'appuie sur le bouton « play ». En revenant à la table, je vois Lola debout. Tant qu'elle était assise, je ne pouvais pas la voir en entier. *Seigneur.*

Lola ne porte qu'une culotte. Soie noire. *Minuscule.* Son corps soyeux, la chair suave de ses cuisses me rendent fou. J'aimerais la mordre partout.

Ma peau est en feu.

Mon cœur bat dans ma gorge.

Elle me donne une tape sur le bras, je pose mes mains tremblantes sur mes genoux.

– Tu connais le protocole.

– Toi aussi, on dirait.

Lola avance vers moi, sans me quitter des yeux.

– Pourquoi n'as-tu pas perdu ?

Ses genoux effleurent les miens, je frissonne.

– Ce ne serait pas aussi bon...

– Tu ne trouves pas étrange de me voir seins nus ?

Elle glisse une jambe contre la mienne puis monte sur mes genoux.

Difficile de respirer, difficile de réfléchir.

Je la contemple de haut en bas. Sa taille fine, ses hanches à la courbure parfaite. Elle a un tatouage sur le côté, je ne parviens pas à le déchiffrer dans la lumière tamisée mais je le lirai plus tard. Je suis à deux doigts d'enfouir mon visage dans ses seins.

– Quel bonheur, putain.

La musique envahit la pièce, en rythme avec les battements de mon cœur, Lola semble ressentir la même chose. Ses hanches remuent d'avant en arrière, hésitantes. Elle s'accroche à mes épaules.

– Lola... Ne le fais pas si tu es mal à l'aise.

Elle se penche, me regarde de très près, comme si elle cherchait un cil, pour me voler un vœu. Ses yeux sont un peu flous, j'aime la Lola pompette. Elle sort de sa carapace, prête à conquérir le monde. À cet instant, j'ai envie d'être tout son univers.

– Que dit ton tatouage ?

Elle se lèche les lèvres et étudie ma bouche en répondant :

– *Mieux vaut éclairer une chandelle que blâmer l'obscurité.*

Je réfléchis intensément pour resituer la citation, mais avec son corps à moitié nu sur le mien, l'odeur de son shampooing, sa peau, son excitation communicative... je suis anéanti.

– Qui a dit ça ?

– La prêtresse de l'intelligence, la grande dame qui a aidé des générations de femmes à devenir de grandes filles : Eleanor Roosevelt.

Lola place ses mains sur le dossier de la chaise et dodeline de la tête en se mouvant avec lenteur.

Je sens la chaleur de son corps contre le mien. Les mots me viennent difficilement.

– À quel âge t'es-tu fait tatouer ?

– Dix-sept ans.

Ses cheveux glissent sur ses épaules, effleurant mon bras nu. Ses yeux plongent dans les miens, ma poitrine se contracte. Son maquillage a légèrement coulé, elle a l'air chiffonnée, comme si je l'avais déjà étreinte. Cette seule pensée fait monter un impérieux désir en moi.

– Est-ce étrange ?

Je réponds dans un souffle.

– Non, putain.

Elle fronce les sourcils.

– Parce que tu es habitué à ce que tes amies dansent sur tes genoux à moitié nues ?

– Tu es un peu plus qu'à moitié nue, je la taquine. Et un peu plus qu'une *amie.*

Elle me dévisage en se mordant les lèvres.

– Ce n'est pas étrange parce que c'est *toi*, Lola love. Et tu es superbe, à moitié nue.

Le silence s'éternise, elle me regarde. Elle me fixe, plante ses yeux dans les miens. Mais ce n'est pas statique. Son expression évolue du jeu à la sincérité, un désir vibrant, urgent, m'envahit à chaque seconde qui s'écoule.

– Tu bandes ?

Elle effleure mon entrejambe, juste une fois.

*Oh, bordel.*

J'en perds le souffle, mon cœur remonte dans ma gorge. *Elle sait* que je bande, ma queue est rigide, tout contre elle.

Je réplique :

– Tu mouilles ?

Je le devine. Je le sens quand elle glisse sur moi.

Elle rit, et son attention se déplace de mes yeux à mes lèvres. Elle est si proche de moi que ce n'est pas un coup d'œil au hasard, elle les regarde volontairement, longuement, puis s'attarde sur mon nez, mes joues. Son attention revient sur mes lèvres, ma bouche. Si elle avait regardé un peu plus bas, elle aurait pu voir que mon pouls s'était arrêté dans le creux de mon cou.

– Tu as envie de m'embrasser ?

Je regarde sa bouche. M'humecte les lèvres.

– Tu as envie que je t'embrasse ?

– Est-ce que tu vas daigner me répondre ?

– Oui, mais seulement à cette question.

Elle éclate du rire que je préfère : des petits soupirs s'échappent de sa bouche. Elle n'a sûrement pas conscience de la sensualité de son rire. Puis elle se penche, et le temps s'arrête. Après un instant d'hésitation, elle retient son souffle et appuie ses lèvres charnues contre les miennes.

Douces, brûlantes, à peine humides : c'est le premier baiser le plus doux qu'on m'ait jamais donné. Lola me donne quelques petits baisers pour commencer avant d'ouvrir les lèvres et de prendre ma lèvre inférieure entre les siennes.

Elle suce, mordille, gémit. Je suis dévasté.

Le bout de sa langue effleure la mienne, mon cœur va exploser.

Je suis perdu, putain.

Je dois faire un effort surhumain pour garder mes mains sur mes cuisses. Elle s'éloigne et se lèche les lèvres.

– Je t'ai embrassé, murmure-t-elle.

Ma voix tremble :

– Je croyais que nous n'avions pas le droit de le faire.

Elle hausse imperceptiblement les épaules.

– Je pense que je vais recommencer.

Mon cœur bat la chamade, je laisse échapper un pauvre :

– Ok.

Elle revient contre moi, je grogne de plaisir. Fou d'elle, je prends son visage entre mes mains. C'est un cocktail explosif : la sensation de nos peaux qui se touchent. Son baiser se diffuse en moi, partout, m'emplit de sa douceur, de son désir, de son abandon. J'aimerais dévorer Lola, mais nos baisers restent remarquablement tendres. Innocents. Nos désirs sauvages et tendus sont contenus dans nos muscles : mes jambes contractées sous ses fesses, mes mains qui s'agrippent à son visage. *Ses* mains qui empoignent ma chemise, ses jambes qui tremblent sur les miennes. Comme si nous baisions, elle m'embrasse, glisse sa langue sur la mienne, mais plus lentement, délicatement.

Je murmure dans sa bouche :

– Je n'arrive pas à croire que nous le fassions. J'ai tellement attendu ce moment.

Elle se tend et se rassied en clignant des yeux.

– Est-ce que tout va se compliquer ?

Je retire mes mains de son visage et les pose doucement sur ses cuisses.

– Au contraire. Tout va s'améliorer. Nous pouvons faire tout ce que tu veux. (Je l'embrasse.) Tout ce que tu veux. On peut regarder un film tous les deux. Rester ici et s'embrasser. Continuer à jouer aux cartes.

Le tic-tac de l'horloge du couloir retentit une centaine de fois avant que Lola ne réponde.

– Je n'ai pas envie de continuer à jouer aux cartes.

J'ai le souffle coupé.

– Ok.

– Ni de regarder un film.

J'acquiesce, sur le point d'avaler ma langue.

– Tout ce que tu veux, ma chérie.

– Et je n'ai pas envie de m'arrêter à tes lèvres.

Elle se lève, me prend la main. Nous sommes si proches que mon souffle fait voleter ses cheveux. Elle écarquille les yeux.

Sa main descend sur mon bras, nos doigts s'entrelacent, elle m'attire dans le couloir.

# Chapitre 9

## Lola

JE NE SUIS ALLÉE QU'UNE SEULE FOIS dans la chambre d'Oliver. Occupé à réparer quelque chose dans le garage, il m'avait demandé de récupérer son téléphone sur la commode. Je n'avais pas pris le temps d'observer la pièce en détail ni de tenter de percer le secret de cet espace intime. L'impression de pénétrer dans un sanctuaire interdit m'en avait empêchée. J'avais repéré le téléphone et filé sans attendre. À l'époque, je ne mesurais pas encore la force de mes sentiments pour lui. Nous étions de simples amis. Qu'il dorme ici, qu'il y soit parfois nu ne me troublait pas. M'attarder me semblait simplement trop personnel.

Aujourd'hui, tout a changé. Il m'a embrassée avec passion, j'ai senti son sexe dur contre moi, il n'y a guère de doute sur ce que nous sommes sur le point de faire *dans cette chambre*... Mon cœur bat à une cadence folle.

Nous y sommes.

Je ne rêve pas.

Oliver me tient la main, le souvenir de sa bouche me fait frémir. Son lit se trouve à moins d'un mètre de nous.

Il est disposé dans un coin de la pièce, près de la fenêtre donnant sur l'océan, à seulement deux rues de la maison. De la fenêtre ouverte me parviennent des effluves d'eau salée, d'air marin, se mêlant à l'odeur douce de la lessive d'Oliver.

Je le guide jusqu'au lit, ouvre la couette et me glisse dedans. Les draps de coton sentent bon, ils sont doux et frais contre mon dos. Tout mon corps s'électrise. Oliver me regarde m'étendre, il attend quelques secondes avant de s'approcher lentement pour s'installer entre mes jambes. Son air émerveillé lorsqu'il me contemple me confère une sensation de puissance extraordinaire. Il me désire autant que je le désire. Je le savais, puisqu'il me l'a dit, mais jusqu'à ce soir, je n'y croyais pas vraiment.

La sensation de fraîcheur des draps se dissipe en quelques instants, je me sens bouillir d'excitation : la sueur perle dans mon cou et sur ma poitrine. Les pointes gonflées, sensibles, de mes seins se dressent. La chaleur de sa peau contre la mienne me fait haleter.

– Lola...

Il murmure mon prénom avec impatience, comme une supplication. Je lui enlève ses lunettes, il me les prend des mains et les pose sur la table de chevet avec beaucoup de soin. Pèse-t-il chacun de ses gestes ?

Il se tourne vers moi, je chuchote :

– Viens.

Mes yeux s'accoutument à l'obscurité, mes doigts errent sur son visage, dessinent les contours de sa mâchoire carrée. Son visage n'est qu'angles et courbes, douceur et rugosité – la peau soyeuse de ses pommettes devient râpeuse au niveau des joues. Je m'étire contre lui, plaquant mes seins contre son torse. Oliver gémit longuement en me caressant de la cuisse au genou, avant de saisir ma jambe pour la passer sur sa hanche. Sous son jean, je devine son érection. Il me frôle puis s'écarte, me frôle puis s'écarte.

– Tu es sûre ?

– Je suis sûre.

*La vignette les montre à terre, enlacés, brûlants de désir.*

Ma respiration s'entrecoupe, le désir m'étrangle, mon cœur s'emballe. Je ne porte plus que ma culotte. La sensation du jean sur la peau douce de mes cuisses me grise mais j'ai envie de *le* sentir. Sa chaleur, sa peau, le chatouillement de ses cheveux. Il m'embrasse dans le cou, sur la poitrine, la pointe des seins, je commence à déboutonner son jean et le baisse le plus possible sur ses hanches. Le grognement qui lui échappe gronde dans sa poitrine. Il balance les hanches en avant, je halète en sentant son sexe – seulement couvert par un boxer – directement contre mon clitoris.

Oliver me couvre de baisers brûlants et de petites morsures.

– Bordel de merde, Lola...

Sa bouche trouve la mienne, déjà ouverte, attendant ses lèvres. Il ne termine pas sa phrase. À la seconde où nos lèvres se joignent, je sais que la phase de tendre exploration est terminée. Ses lèvres douces et insistantes glissent sur les miennes avec désir, notre baiser s'approfondit, je le mordille, lui lèche le menton.

L'*ardeur* que je ressens me fait l'effet d'un coup de fouet, administré avec toute la force de l'adrénaline. Je m'accroche à son cou en le suppliant de m'embrasser plus fort, de me toucher. Son pouce glisse sur mes tétons, la douleur me fait gémir : toutes mes terminaisons nerveuses s'électrisent, mon corps s'enflamme quand il recommence à me caresser, encore et encore, en dessinant de petits cercles du bout des doigts. Mon cœur bat sous ses mains, il prend mon sein et le porte à sa bouche en léchant... en mordant... Ses hanches ondulent en rythme avec les miennes. Chaque fois qu'il effleure mon clitoris, je lui griffe les épaules pour qu'il me cloue sur le matelas, écarte encore plus mes jambes, me prenne enfin.

Fébriles, mes doigts s'attardent sur son ventre.

– Ouais. Touche-moi, supplie-t-il entre deux baisers.

Je glisse la main dans son caleçon en haletant d'excitation. Son membre se raidit encore davantage au contact de mes doigts : sa peau douce est tendue à craquer sur son érection dure comme du fer. Le soulagement se peint sur le visage d'Oliver, il va et vient, les lèvres ouvertes, avides.

Ces six derniers mois ont constitué les préliminaires les plus lents et les plus cruels de l'histoire de l'humanité. La fièvre qui prend possession de mon corps me rend impatiente, je lâche son membre seulement pour descendre son boxer et finir d'enlever son pantalon.

Oliver s'enflamme. Ses joues râpeuses égratignent mes seins sensibles, il m'embrasse sur les côtes, sous le bras, il mordille mon biceps en allant et venant dans ma main.

Ses mains fouillent entre nous, il baisse ma culotte pour délivrer mes jambes, ses doigts s'en mêlent, glissent sur moi, en moi. Comme si soudainement, j'étais devenu un astre dans le système solaire, tout en moi devient lumière et feu, je gémis sous lui, déjà sur le point de jouir. Que ressent-il quand il me touche ? Quand je tiens son sexe dans ma main ? L'orgasme me submergera d'une minute à l'autre, Oliver le sent. Il rit et m'embrasse, en murmurant à quel point c'est merveilleux. Comment parvient-il à trouver ses mots alors que j'ai perdu la faculté de m'exprimer ? Son pouce effleure mon clitoris gonflé de désir. Pleine de fougue, je me cambre pour qu'il enfonce ses longs doigts plus profondément. Sa queue se tend entre nos mains, il écarte mes doigts. Il s'approche, toujours plus près. Nous retenons tous les deux notre souffle. D'un mouvement de hanches, il glisse en moi.

– Oh, bordel, dit-il.

et

– Lola. Oh, baise-moi. Oh, *baise-moi.*

Il devient frénétique.

Il me prend

il ne me prend pas doucement

il me *baise,* putain

et

il s'agit d'Oliver et il est déjà en moi

et il me pénètre si profondément, il grogne dans mon cou.

Appuyé sur le matelas, Oliver me pilonne. L'obscurité bruisse de sons voluptueux : la tête de lit tape contre le mur, le sommier grince. Oliver gémit, *épuisé* par l'effort, mais il ne s'arrête pas pour autant. Il me prend le menton entre les mains et m'embrasse, me lèche la peau.

Nous rions en nous embrassant. C'est bon – *tellement bon* –, mes mains se faufilent partout : sur son torse, sur ses hanches, sur son ventre, à la base de sa queue. Au fond, je savais que l'amour avec lui ressemblerait à ça. Je le savais. Je ne pouvais imaginer ressentir un tel abandon avec quelqu'un d'autre. Le fantasme de ses cheveux noirs dans mon cou, ses longs doigts sur mes hanches, *sa* bouche souriante quand je commence à jouir, m'a toujours hantée.

– Oh Seigneur...

Le plaisir me coupe le souffle. Tout mon corps se tend, ma peau devient brûlante et légère à la fois. J'ai l'impression de flotter, je m'agrippe à lui, je le griffe, le supplie de manière inintelligible de continuer, tellement bon, tellement bon, encore... je crie sous lui, si fort que l'écho me revient dans les oreilles.

La jouissance m'emplit tout entière, je perds toute capacité de raisonnement, je fonds, je brûle, je me dissous avec bonheur.

Il me baise très fort pendant la montée de l'orgasme. À l'instant où je me calme, en cherchant désespérément un peu d'air, il se retire si brutalement que je me sens soudain totalement vide.

– *Putain.*

Haletant, il s'agenouille, s'essuie le visage. Il se penche pour reprendre son souffle. La panique et le bonheur s'entremêlent, j'ai du mal à trouver mes mots :

– Qu'est-ce qui ne va pas ?

Il effleure ma cuisse d'une main tremblante.

– J'ai failli jouir alors que je n'avais pas mis de préservatif.

Mon cœur bat très vite, je suis trempée de sueur. La réalité de ce qui vient de se passer me frappe.

Nous venons de *baiser.*

Nous nous sommes jetés sur son lit, et nous *avons baisé pour de bon.*

Instinctivement, j'effleure son avant-bras. Ses mains remontent sur mes cuisses ouvertes.

Il murmure :

– As-*tu* joui ?

J'ai toujours un mal fou à trouver mes mots. J'acquiesce :

– *Oui.* Seigneur...

J'étais à deux doigts de m'évanouir.

Ses mains explorent mes jambes, mon ventre. Il couvre mes seins de ses paumes brûlantes.

– J'ai toujours du mal à croire... (il déglutit en fermant les yeux) que nous...

Mes yeux se sont parfaitement habitués à l'obscurité, si bien que je distingue les contours de son corps dans le noir. C'était une chose de le voir en boxer en pleine journée, dans mon salon, mais ce n'est rien en comparaison de sa silhouette agenouillée entre mes cuisses ouvertes. J'observe son torse immense, les muscles de son ventre, ses hanches étroites menant à sa queue humide qui pèse entre ses cuisses.

Il me caresse les tétons.

– J'ai toujours pensé que je prendrais mon temps la première fois... si un jour nous faisions ça...

Il m'est toujours difficile de me concentrer pour lui répondre.

– C'est arrivé beaucoup trop vite pour que je puisse savourer...

– Moi aussi. Certainement, avoue-t-il en riant.

J'ai envie de l'attirer à nouveau contre moi, d'être sous lui, couverte de sa sueur, de sentir ses hanches entre mes jambes. Je m'assieds et l'attrape par le cou, pour embrasser ses lèvres gonflées et humides.

– As-tu des préservatifs ?

– Ouais.

Ses doigts glissent entre mes jambes, il m'embrasse profondément. Je tends la main vers son sexe trempé par mon plaisir. La sensation d'humidité est très agréable, ma main coulisse aisément sur sa verge. Il gémit dans ma bouche, comme s'il me suppliait. Il pose sa main sur la mienne, moins pour me guider que pour sentir mes doigts sur son sexe. Pendant un long moment, il reste imperturbable, puis il commence à bouger avec moi, ses baisers se font plus insistants. Je murmure :

– Laisse-toi aller...

Il me fait taire d'un baiser.

– Attends, attends, halète-t-il en écartant ma main. Attends. Ça... je veux ralentir et profiter de chaque sensation. (Il m'embrasse tendrement, délicatement.) Je n'ai pas envie de jouir vite et si nous continuons comme ça...

Comment prendre mon temps avec Oliver depuis que je sais ce qu'on ressent quand il se déchaîne ? À partir de maintenant, s'il tente d'être délicat, je l'en empêcherai. Je lui dirai : *Non, je n'ai pas envie d'être ménagée. C'est tellement bon.*

Il tend la main vers la table de chevet, saisit une boîte qui n'a jamais été ouverte. Je le remarque avec une certaine satisfaction. Il pose l'emballage d'un préservatif sur le lit à côté de moi. Je fais mine de l'attraper, il me saisit la main et m'embrasse en souriant.

– Attends... (Il rit.) Attends.

Il se penche sur moi, m'embrasse en m'obligeant à ralentir, en me donnant encore plus envie de lui, en me montrant comment faire monter l'excitation.

Sa bouche charnue, ses épaules, ses bras vigoureux.

Son dos musclé, ses fesses contractées dans mes mains quand il glisse sur moi, trempé, en me baisant de l'extérieur.

La ligne brune et douce de ses poils contre mon nombril.

Nous ne sommes pas en train de baiser, mais c'est tout comme. La pénétration est un simple détail technique à cet instant, et à chaque regard, à chaque baiser, à chaque caresse, il me parle.

Il me contemple comme s'il voyait au-delà de mon visage, de mes seins. Il *me* voit. J'en suis tout excitée, ma peau brûle, mon sang se met à bouillir. Je me plains :

– Nous aurons tout le temps de « savourer », je ne...

Il attrape le préservatif, le met dans ma main et s'agenouille entre mes jambes.

– Je sais.

Je l'ouvre en le palpant pour deviner dans quel sens je dois le mettre. Soudain, je me sens nerveuse. Mes mains tremblent, mes doigts inexpérimentés hésitent.

– Ça fait un moment que je n'ai pas mis un préservatif à quelqu'un...

Il sourit sans répondre, en retenant son souffle. Il m'observe enfiler la capote sur son gland, la maintenir d'une main, la dérouler de l'autre. Cinq bons centimètres de sa verge ne sont pas couverts, sa peau douce m'émerveille. Il monte sur moi.

Il est sur le point de me confier quelque chose ; mais je sens qu'il a peur de débiter des platitudes ou avoir l'air beaucoup trop sentimental. C'est probablement la raison pour laquelle je reste silencieuse, moi aussi.

Il m'embrasse doucement et murmure :

– C'est ce que tu veux ?

Je devine qu'il me demande si j'aime qu'il soit dessus.

– Ouais.

Son sexe est plus chaud que le reste de son corps, brûlant comme de la lave en fusion. La sensation de sa queue dans mes mains me fait perdre la tête. Je ferme les yeux, me mords les lèvres en le guidant en moi, me concentrant sur la sensation de la pénétration. Il est tellement dur là où je suis douce et tendre. Le contraste m'électrise. Pourrait-il me prendre de toutes les manières ? Tiendrait-il en moi ?

Il laisse échapper un juron, m'embrasse juste sous l'oreille.

– *Putain,* répète-t-il.

Je roule des hanches sous lui, pour l'attirer encore plus profondément en moi, il m'arrête d'une main ferme sur la hanche.

– Attends. Je suis trop...

Je m'immobilise sous lui, il s'écarte légèrement, je continue à lui caresser le dos. Le sentiment qui me submerge est exceptionnel. Nous sommes *connectés.* Ce n'est pas simplement du sexe, une partie de jambes en l'air avec un inconnu, si doué soit-il. Nous sommes en pleine communion.

Il soupire et revient en moi, il grogne et s'abandonne, en me prenant plus profondément.

J'avais tort : doucement et lentement, avec Oliver, c'est aussi parfait que vite et fort.

L'observer me ravit. Il bouge sur moi. Je l'ai vu sous tous les angles de l'amitié : côte à côte, assis l'un en face de l'autre, dans ma voiture ou dans la sienne, par terre quand je le dessinais. Je l'ai même regardé, la tête sur les genoux, et je l'ai vu se redresser après avoir réparé une fuite sous ma voiture. Mais je ne l'ai jamais vu comme ça. Nu, en sueur, les mains appuyées autour de mon cou, contemplant nos deux corps enlacés. Les bras fléchis, les lèvres pincées... appréciant de me contempler, perdu dans la sensation de ses va-et-vient paresseux.

Je ferme les yeux, laisse échapper un petit soupir. À ce moment-là, il me pénètre très fort.

– Lola... Putain, je...

Je l'attrape par les hanches et le serre dans mes bras. Je désire tout son corps contre le mien, glissant sur moi, pesant sur moi. Je le saisis par la taille, par l'épaule, je m'accroche à son cou pour ne faire plus qu'un avec lui.

Oliver se penche, ses cheveux m'effleurent le front.

– Je... je ne peux pas y croire. Je n'arrive pas à m'empêcher de te regarder.

Il bande toujours dur, il se fige pour reprendre son souffle. L'émotion a fait monter la tension. Cette fois, ce n'est plus seulement du sexe. Notre étreinte est lente, presque embarrassante d'intimité.

Je me serais attendue à ressentir de la gêne en le regardant dans les yeux alors qu'il est planté en moi. Il semble encore plus nu sans ses lunettes. Mais ce n'est pas étrange, même pas un tout petit peu. J'expérimente un feu d'artifice de sensations. Je l'aime si fort que c'en est douloureux. Il est l'homme avec qui j'ai envie de passer toutes mes journées à plaisanter, discuter, me décharger de mes angoisses, partager mes réussites. Sans le prévenir, je me cramponne à lui, et il grogne, en s'étendant sur moi avec précaution.

– Tu sais depuis combien de temps j'en rêve ?

Je souris dans son cou, le suce légèrement.

– Non. Harlow dit que je suis fatigante à force de ne me rendre compte de rien.

Il éclate de rire, moi aussi, et il halète, se retire avant de me pénétrer à nouveau. Tellement profondément. Je lui avoue :

– J'étais persuadée de ne pas te plaire. Je t'ai proposé de coucher avec moi, cette nuit-là. Tu te souviens ?

Il se fige en m'embrassant sur l'épaule.

– Quand je t'ai rencontrée, vu les circonstances, je ne pensais pas que tu étais mon genre de fille. Vegas, etc. Ensuite, j'ai compris que tu étais mon genre. (Il m'embrasse dans le cou, tout près de l'oreille.) Et tu es devenue la fille que je désirais par-dessus tout. Mais je ne voulais pas que notre histoire débute dans l'ambiance kitsch de Vegas. Je n'avais pas envie de te baiser dans un hôtel douteux. Foncer sans réfléchir, c'est la recette du désastre assuré.

– Pas pour notre groupe.

Il étouffe un éclat de rire.

– C'est vrai.

Je l'embrasse dans le cou. Il a si bon goût, sa peau est ferme, chaude. Je le mordille sous l'oreille.

– Je suis amoureux de toi depuis un moment.

Cette phrase est tellement simple. Seigneur, cette déclaration est si directe qu'elle me donne la force d'être courageuse.

Mon amour pour lui me terrifie.

Mais je n'y peux absolument rien.

– Tu n'es pas obligée de me répondre, tu sais.

Il m'embrasse sur le coin de la bouche, je sais qu'il est sincère.

– J'éprouve des sentiments pour toi depuis un moment, moi aussi.

Mon aveu semble assez nul à côté du sien mais pour moi, c'est *énorme*. Je l'aime pour tant de raisons, je ne suis pas sûre que mon cœur soir prêt à ressentir de telles émotions. Le grand amour.

– As-tu déjà été amoureuse avant ?

Je déglutis avant d'avouer.

– Non.

Il suce mon cou. J'aimerais qu'il reprenne là où il s'est arrêté et, en même temps, je me sens bien comme ça. Je n'ai jamais eu une conversation pareille dans un café ou dans une voiture, encore moins dans les bras d'un homme. Pendant qu'on me baise si lentement, si profondément que j'ai envie de hurler de plaisir.

– Puis-je te faire jouir encore une fois ? murmure-t-il en m'embrassant. (Je devine le sourire dans sa voix. Sa bouche quitte la mienne, il m'embrasse sur la joue.) Et puis nous continuerons à discuter, si tu es d'accord ?

J'acquiesce, il se remet à bouger sur moi, va et vient, m'embrasse le menton, les joues, la bouche. Ses mains plongent dans mes cheveux, m'attrapent par la hanche pour me maintenir pendant qu'il me prend plus fort. Je découvre le Oliver mystérieux et cochon : ses mains fermes, son sexe profondément planté en moi, sa bouche qui prend toutes les libertés. Un de ces jours, nous retrouverons tous nos amis et nous discuterons de choses et d'autres. Pendant tout le repas, je penserai à la manière dont il m'attrape par les cuisses, à ses à-coups violents, ses doigts qui glissent entre nous pour me caresser, sa voix rauque, son accent plus prononcé quand monte son plaisir au moment où il me dit d'accompagner ses mouvements, que c'est bon et qu'il compte me prendre toute la nuit.

Il me dit que mes cuisses sont douces, que je suis chaude et glissante.

Il roule sur le côté, me baise fort en maintenant ma jambe sur sa hanche. Il grogne de sa voix rauque chaque fois qu'il me pénètre bien à fond. Il me mord le cou, et se demande à voix haute comment il est possible que ma chatte soit encore plus agréable au toucher qu'au goût.

Ma peau brûle, se hérisse, le désir monte à chaque mot supplémentaire.

Il effleure mon clitoris encore et encore, chaque fois avec plus d'assurance. Il sait exactement à quel point j'approche de l'orgasme et me contemple, les yeux plongés dans les miens, les dents plantées dans ma joue. Il m'encourage de ses petits grognements.

Je ferme les yeux, prête à exploser. Il me mord la joue, siffle *laisse-toi aller* et m'attrape par les fesses, me faisant coulisser sur lui.

Mes yeux écarquillés, pétillants d'excitation, se plongent dans son regard calme et complice. Une tempête monte en moi, j'écarte un peu plus les jambes. Il grogne en sentant que j'éclate comme une bombe autour de lui. Le temps se fige, ses dents plantées dans ma joue, mon corps se liquéfiant sous lui.

*La vignette montre la fille se dissolvant dans un ciel étoilé.*

– Lola, halète-t-il.

Il faiblit un instant puis gagne en intensité. Je prie pour qu'il ne se débarrasse jamais de son merveilleux accent.

Il grogne dans mon cou, me caresse partout avant d'empoigner l'un de mes seins, un peu trop fort, mais pile comme il faut. Il gémit :

– Je jouis... putain, je jouis.

Il tremble sur moi, me pénètre plus profondément. Son cri quand il jouit – un gémissement qui ressemble à mon prénom – se grave profondément dans mon cœur.

Dans le silence qui suit, je distingue la rumeur de l'océan. Le bruit des voitures, au loin, les palmes qui effleurent la façade à cause du vent. Le souffle d'Oliver est chaud, rapide dans mon cou, sa main glisse sur mes seins, descend sur ma taille, la courbure de mes hanches, mes cuisses, puis remonte en sens inverse, comme s'il me mesurait.

– Tu n'es pas obligée de m'aimer tout de suite, Lola, mais je suis incapable d'avoir une relation légère avec toi. (J'ai rouvert les yeux, je reviens lentement sur orbite.) Je suis tellement amoureux de toi que si c'est seulement...

Ma respiration s'étrangle dans ma gorge, je tousse.

– Je... je n'ai pas non plus envie de légèreté.

Les yeux d'Oliver s'arrêtent sur mes lèvres, il sourit, soulagé, m'embrasse doucement avant de se retirer. Il repousse la couverture et enlève le préservatif et cherche un mouchoir. Je le contemple : chacun de ses mouvements est tellement *viril.* Il touche son propre sexe avec assurance en se débarrassant du préservatif. L'ombre de ses poils sur sa poitrine, ses épaules musclées quand il se tourne et revient dans le lit avec moi me font chavirer. Ses mains glissent sur mon ventre, entre mes jambes, là où je suis encore brûlante à force d'être pénétrée. J'apprécie ses caresses possessives, l'assurance avec laquelle il me touche.

– Ça va ? chuchote-t-il dans mon cou.

– Ouais.

Il glisse un doigt en moi, je m'écarte instinctivement. Il retire sa main et me caresse les seins.

– Quand as-tu couché avec quelqu'un pour la dernière fois ?

Cette question m'aurait semblé intrusive ou étrange, juste après le sexe avec n'importe qui d'autre, mais, venant de lui, elle me semble naturelle. J'ai envie de tout lui dire. Le moindre détail, tout ce qui est arrivé avant lui. Depuis que nous nous connaissons, nous avons toujours parlé de nos vies quotidiennes mais pas des éléments les plus sacrés, les plus intimes de nos existences.

Il effleure ma poitrine du dos de la main, avant de prendre mon téton entre ses doigts. Il en lèche la pointe. Je ferme les yeux et me concentre.

– Euh... mars.

– Mars de l'année dernière ? (Il pianote sur mon ventre et m'interroge sans la moindre pointe de jalousie dans la voix.) Qui était-ce ?

– Un type qui suivait mon cours de cinéma digital.

– C'était bien ?

Je caresse sa mâchoire.

– Une fois, c'était pas mal. Enfin, je crois. Les autres fois... rien de particulièrement mémorable. (Je ferme les yeux en rassemblant mes forces.) Et toi ?

– Une fille pendant notre voyage à vélo.

– Le dernier ? En juin ?

Il acquiesce et m'embrasse sur l'épaule.

– Fin mai, pour tout dire, mais ouais. Ce voyage-là.

– Avant de me rencontrer ?

Je connais la réponse à cette question. *Bien sûr* que c'était avant de me rencontrer. Il m'a rencontrée à Vegas, à la fin de ce séjour. Mais j'ai envie de m'assurer qu'il n'a été avec personne depuis que je suis entrée dans sa vie.

– Oui, oui. À Albuquerque. Elle travaillait au restaurant de l'hôtel.

Je demande, comme en écho :

– C'était bien ?

– Rien de particulièrement mémorable. Pour elle non plus. Nous étions bourrés. (Il rit en l'avouant.) J'avais trop bu pour pouvoir jouir.

Nous ne nommons pas ces deux personnes. Je me souviens à peine du visage de ce type, ou de la sensation que j'ai eue en le touchant. À chacune de ses caresses possessives, Oliver efface la trace des autres hommes sur ma peau.

– Plus personne depuis ?

Il sourit et m'embrasse.

– Plus personne depuis.

– C'est rare pour toi, tant de temps sans...

Il hausse les épaules.

– Je désirais beaucoup trop cette fille sublime appelée Lorelei Castle pour avoir envie d'aller voir ailleurs.

Je plonge mon regard dans le sien.

– Pourtant, ce n'est pas le choix qui te manquait.

Dans ma voix, je perçois un soupçon de jalousie. Son sourire dissout la tension, comme du sucre dans de l'eau chaude.

– À toi non plus, beauté.

– Moins que toi.

Il rit.

– Je n'en crois rien.

– J'ai cinq cents choses à faire en ce moment, qui aurait envie de me supporter dans ces conditions ?

– Moi.

L'expression d'Oliver devient sérieuse, il m'embrasse encore. Avec un grognement, il roule sur moi, appuie son nez sous mon bras, me mordille le biceps, suce mes doigts et mordille les premières phalanges. Son sexe est à nouveau tendu entre nous comme une présence insistante.

Il grogne quand je l'attrape, serre et pompe.

Tout de suite, notre étreinte se fait sauvage. Nous nous enlaçons, nous nous mordons. Oliver me couche sur le ventre, glisse sa queue entre mes fesses, me suce le cou, joue avec mes seins. Ses caresses sont fiévreuses mais pleines d'assurance. Il n'y a aucun *Puis-je* ni *C'est ce que tu veux ?* Un million de petits fantasmes prennent vie, ses dents sur ma peau, ses mains partout sur moi.

J'entends un autre emballage se déchirer, le préservatif glisse sur son sexe. Il soulève mes hanches, se positionne à califourchon sur moi et me pénètre en gémissant que je suis chaude, douce, sublime à regarder.

Je serre les cuisses pour le retenir et me contracte pour mieux l'emprisonner en moi. Je laisse échapper des petits bruits désespérés, comme si j'étais sur le point de voler en éclats. Je suis un rayon de soleil dirigé dans un prisme, se difractant dans toutes les directions. Oliver est sur moi, il me tient par les hanches et me prend, d'avant en arrière, profondément.

J'étouffe mes cris dans un oreiller en me cambrant de plaisir. La transpiration perle dans mon dos, j'ai envie d'écarter les jambes pour le prendre complètement en moi, mais je n'en fais rien pour mieux retenir l'explosion de plaisir à venir.

*C'est trop.*

*J'en veux toujours plus.*

Oliver me donne une claque sur les fesses. Il grogne en sentant mon corps se contracter sur son sexe.

– C'est bon. C'est *tellement* bon.

J'acquiesce en l'étreignant. L'excitation monte quand il m'attrape par les fesses, me griffe, me prend plus fort, toujours en levrette. Il m'écarte les fesses, son pouce s'approche de mon anus, le caresse et... je ne sais pas... c'est agréable mais...

– Chut, tout va bien. (Il me caresse la joue de l'autre main et se penche pour m'embrasser sur le coin de la bouche.) Tu n'as jamais... ?

Je secoue la tête.

– C'est bon.

Son baiser devient plus intense, comme si on venait de craquer une allumette en lui.

J'appuie mon visage dans sa main, j'en veux toujours plus : ses lèvres, son poids sur moi, ses gémissements au moment de l'orgasme.

– Tout ce que tu veux, souffle-t-il, son haleine chaude sur mes lèvres. Je ferai tout ce que tu veux.

– J'ai envie de te regarder.

Oliver se retire, me retourne sur le dos. Ses mains remontent sur mes cuisses, il ramène mes jambes contre ma poitrine. Il me tient ouverte, me contemple, revient lentement en moi avec un grognement. Ce gémissement contient autant de douleur que de joie, il est sur le fil.

Il me baise tendrement puis avec brutalité, il dessine des cercles avec ses hanches pour me faire crier puis épingle mes mains au niveau de ma tête, me prenant avec plus de force, en petits à-coups qui chassent tout l'oxygène de mes poumons.

Le regarder ainsi m'émerveille. Mon ami, calme et doux, qui se déchaîne. Désormais mon amant, si tendre avec moi et pourtant si brutal dans l'acte que tout devient merveilleux. Il attend que je me mette à trembler, que mes cris s'apaisent, puis s'abandonne au plaisir, la bouche ouverte, dans un long grognement.

Transpirant, essoufflé, Oliver s'effondre sur moi.

Il m'allonge sur le côté et m'enlace, l'épuisement me submerge. Il m'embrasse dans le cou, la voix déjà somnolente.

– Je suis épuisé, putain. Mais je ne sais pas combien de temps je parviendrai à dormir en sachant que tu es dans mon lit.

Je souris et me blottis contre le bras qu'il a posé sous mon cou.

– J'aurai encore envie de toi quand je me réveillerai, murmure-t-il comme une excuse et un avertissement.

Il bande toujours à moitié, je sens son sexe contre ma cuisse.

– Moi aussi.

Je m'endors, en respirant au même rythme que lui, tout contre sa poitrine.

---

LE MONDE EXTÉRIEUR REFAIT SURFACE avec le klaxon d'une voiture, puis le vent et enfin le bruit distant des vagues. J'ouvre les yeux, appréciant d'observer les premiers rayons du soleil.

Je m'étire dans les bras brûlants d'Oliver. Je lui fais face. Toute la nuit, il a fait la pieuvre. Ses longs bras m'attrapaient quand je tentais de m'écarter, même de quelques centimètres.

Je devine le moment où il se réveille, un frisson parcourt ses bras et j'attends patiemment que l'ambiance s'alourdisse : nous ne nous sommes rien cachés hier. Sa chambre a l'odeur du sexe, nous sommes toujours enlacés, complètement nus. Près de mon pied gauche, je distingue un emballage de préservatif. Il y en a un autre de l'autre côté du matelas.

La soirée d'hier me revient en flashs : des râles, de la sueur et des sensations. Son sifflement quand il est entré en moi. L'ondulation de ses épaules pendant qu'il me prenait. Sa bouche sur la mienne, sa langue si habile et pleine de désir.

Mon entrejambe est douloureux. Je sens encore ses mains et sa bouche sur moi. Je savais qu'il était possible de ressentir une telle explosion en faisant l'amour. J'ignorais seulement que j'en étais capable.

Il est tellement massif à côté de moi, il me protège. J'ai envie de quitter ses bras comme de perdre une jambe.

Que se passe-t-il quand l'émotion est trop grande, quand elle occupe toute la poitrine, toutes les veines, tous les membres ? Comme si le soleil m'enveloppait jusqu'à me faire éclater de bonheur – me transformant en poussière d'étoiles et en éclats d'obus éparpillés sur le lit.

Je ferme les yeux, en dessinant mentalement les rayons de soleil sur nos jambes nues. Je compte jusqu'à dix, puis vingt, en me concentrant pour respirer. Ce ne sera plus jamais comme avant. Ma relation avec Oliver a changé pour toujours. Quelque chose fait clic en moi, quelque chose de permanent, de concret. C'est palpitant et terrifiant...

Je suis follement, profondément amoureuse.

Il lève la tête, qu'il avait enfouie dans mon cou, m'embrasse et murmure :

– Bonjour, Lola love.

Je remonte le drap sur ma bouche.

– Bonjour.

Il m'embrasse à travers le drap.

– Je t'aime toujours. (Il tire sur le drap, m'embrasse sur le menton et me regarde en souriant, le regard pétillant.)

Quoi que tu sois en train de penser… rien n'a changé depuis le lever du soleil. Je t'aimais hier soir. Je t'aimerai demain. Je viens de le dire.

Je me mords les lèvres, le soleil irradie ma poitrine et m'éblouit.

– Je te désirais depuis longtemps. (Il sourit d'un air joueur, monte sur moi et écarte mes cuisses.) Maintenant que je t'ai, je te désire encore plus.

C'est un sentiment que je comprends tout à fait.

– On peut baiser toute la journée.

Il rit chaleureusement.

– Toute la semaine.

– Le mois.

– L'année.

Il l'a dit. Je n'ai jamais vécu un moment aussi sincère avec personne. Nous nous dévisageons sans rien dire. C'est trop tôt, même après ces déclarations. Mais plus Oliver me regarde, plus je devine à quoi il pense.

*Toute la vie.*

– Très bien, murmure-t-il.

Je réponds dans sa bouche :

– Très bien.

# Chapitre 10

## Oliver

LE RÉVEIL DU TÉLÉPHONE DE LOLA SONNE au moment où nous prenons notre café. Je tente de la cloîtrer dans ma chambre pendant une durée indéterminée, comme nous venons d'en convenir, mais le besoin de prendre une douche, de boire un café et de manger se fait bientôt sentir.

– Oh merde, lâche-t-elle en ouvrant le calendrier de son smartphone.

Nous sommes assis côte à côte devant la table de la salle à manger. Je porte un jean, elle a enfilé ma chemise de la veille. Sur Lola, elle semble très longue, mais pas assez pour la couvrir entièrement, surtout dans cette position : un pied posé par terre, collé au mien, et l'autre sur mes genoux. Même si la caféine m'aide à revenir lentement à la vie, je me sens toujours fiévreux, indolent, comme de l'argile que l'on aurait travaillée trop longtemps. Je n'ai pas envie de la voir partir tout de suite.

– Qu'est-ce qui ne va pas ?

– J'ai un truc à faire à 11h...

Elle fronce les sourcils, je regarde l'horloge. Presque 10h.

– Un truc ?

– C'est un chat avec le département Arts de l'UCSD. (Son mug fume entre nous, les volutes tournoient dans un rayon de soleil.) Bordel. J'avais complètement oublié.

Et elle ajoute, pour elle-même :

– C'est le genre de chose que je n'oublie jamais.

Je pose ma tasse et lui prends la main.

– Tu peux le faire d'ici si tu veux. La connexion Wi-Fi est parfois mauvaise, mais mon ordinateur est dans la chambre. Ce serait un plaisir.

Elle secoue la tête.

– C'est un chat vidéo, précise-t-elle en désignant ses cheveux.

Les cheveux de Lola sont naturellement lisses et raides. À l'instant, ils ressemblent à un nid d'oiseau.

Je ris en l'embrassant sur le nez.

– De toute façon, je dois aller à la librairie ce matin pour m'assurer que Joe n'y a pas mis le feu. On peut se rejoindre pour déjeuner, si ça te tente.

Lola me dévisage, approche sa bouche de la mienne et parle entre chaque baiser.

– Je ne sais pas combien de temps ça va durer. (Elle s'écarte, effleure ma barbe d'hier.) Je dois prendre une douche, appeler Benny. Mais je t'enverrai un message quand j'aurai fini, d'accord ?

– Ouais. Envoie-moi un message. (Ma voix est un peu cassée. Je l'embrasse langoureusement.) Reviens ce soir. J'ai envie...

J'ai envie de la dévorer et de la boire. Je ne m'en lasserai jamais.

Elle soupire, se lève pour monter sur mes genoux, en murmurant contre ma bouche :

– J'aimerais tellement rester. (Elle me caresse le torse.) Et si on retournait au lit ?

Mon jean a glissé sur mes hanches, il serait très facile de l'enlever pour de bon, d'écarter ma chemise et de la faire jouir, sur la table de la cuisine.

Son sexe humide glisse sur ma braguette.

– Monte sur la table. Laisse-moi embrasser cette petite chatte.

Elle rougit et esquisse un mouvement de recul, sa lèvre inférieure entre ses dents.

– J'aime la manière dont tu prononces ce mot.

– Je sais. Tu te tortilles comme si tu étais timide... (Je lui lèche la bouche.) Je ne suis pas encore sûr – j'aurai besoin d'un peu plus d'expérience –, mais j'ai l'impression qu'il existe une corrélation directe entre ce mot et la rapidité à laquelle tu jouis.

Elle n'est toujours pas montée sur la table. Mes doigts vagabondent sous la chemise, effleurant sa peau soyeuse.

– Tu dois avoir un peu mal. Je serai délicat, je te le promets.

Son téléphone se remet à sonner, nous nous figeons tous les deux.

– Hélas ! La vie réelle nous met des bâtons dans les roues.

Lola fait la moue.

– Je déteste les interviews.

– Et pourtant, tu t'améliores à chaque fois. (Je l'aide à se lever, fais de même et l'embrasse sur les lèvres en tenant son visage entre mes mains.) Dis-moi quand tu as fini.

Après le départ de Lola, je pars faire du vélo. Je prends la route qui mène à la plage et continue aussi longtemps que je peux. Même avec seulement quelques heures de sommeil au compteur, interrompues par deux baises féroces, je déborde d'énergie. Je dévale la route de Pacific Beach à Carlsbad, les jambes en feu, le cœur battant, gagné par une sensation de victoire.

Le lancement de la librairie est réussi. J'ai presque terminé de payer ma maison. Hier soir, l'amour de ma vie a dormi dans mon lit. Je n'ai besoin de rien de plus.

---

LA SONNETTE D'ENTRÉE DE LA LIBRAIRIE tinte quand j'entre, étrangement calme. Il est presque 11h30, pour un jour de semaine, il y a foule. Les lecteurs se sont installés sur le canapé du coin lecture en vitrine ou amassés autour du flipper au fond. Joe tient la caisse, devant une file de clients.

Il fait un signe de tête dans ma direction. Les événements de la veille sont encore très frais, je ne suis pas sûr d'être capable de bluffer, surtout avec Joe. Malgré ses airs d'écervelé, il me surprend souvent par ses capacités d'observation.

Je lui réponds par un hochement de tête distrait et me dirige vers le bureau du fond. Je pends ma veste au crochet et jette un coup d'œil à mon téléphone pour voir si j'ai des messages. Je réalise seulement maintenant que les règles de ma relation avec Lola ne sont pas claires. Si je comprends bien, Lola et moi sommes *ensemble* – mais je n'arrive pas à savoir si je peux divulguer cette information. Lola est secrète à sa manière, elle partage ses sentiments mais à très petites doses, quand elle se sent prête. Elle attend peut-être d'être sûre de ce qui arrive entre nous pour le dire à Harlow. Lola n'est pas du genre à passer un coup de fil à sa meilleure copine à la seconde où le garçon avec qui elle a passé la nuit a claqué la porte.

Ce qui me met dans une position délicate : si j'en parle à Finn et qu'il le raconte à Harlow, Harlow l'apprendra par Finn avant de l'entendre de la bouche de Lola. Elle en voudra à Lola, à moi aussi, peut-être. Si je le dis à Ansel et qu'il le mentionne à Mia, ce qu'il fera à coup sûr, Mia ne résistera jamais à appeler Harlow sur-le-champ.

Donc il est absolument impensable que je m'épanche auprès de Joe. Si Harlow réalise que *Joe* a appris la nouvelle avant elle, sa tête explosera. Nous ne pourrions pas couper, non plus, au Tumblr *Not-Joe a toujours raison* qui propagerait la nouvelle, racontant qu'il l'avait prédit depuis des mois. Preuve à l'appui, toutes les fois où il nous a lancé : « Baisez un bon coup et on n'en parlera plus ! »

Heureusement, je suis passé expert dans l'art de dissimuler mes sentiments... enfin, je crois. Avant même que je ne fasse le premier pas, personne, sauf peut-être Lola elle-même, n'ignorait que j'étais fou d'elle.

J'avance vers la vitrine, propose de l'aide à un client régulier qui cherche le dernier numéro de *Hawkeye*, mais celui-ci est épuisé. Un homme d'une quarantaine d'années me propose un carton rempli d'objets dépareillés, dégotés dans un vide-grenier. Après examen, je juge qu'il n'y a rien d'intéressant là-dedans. Je conseille à un couple qui désire acheter leur premier grand comic ensemble de s'offrir *Captain America 61*. Paru en 1947, il raconte l'aventure de Cap et de Bucky à la recherche de Crâne Rouge, que l'on pense disparu, alors qu'il est toujours vivant. Un classique.

Malgré tous ces va-et-vient, je sens le regard insistant de Joe dans mon dos.

Quand la foule diminue un peu, je marche jusqu'au comptoir, récupère un chiffon pour essuyer le flipper.

– C'est de la folie ici, ces derniers temps.

Joe sort une liasse de billets du tiroir-caisse pour les classer.

– Ouais, je songe à engager quelqu'un.

Il se fige et lève les yeux :

– Un autre employé ?

– Oui.

Joe se redresse.

– C'est moi qui le formerai ?

Il me suit vers l'arrière-boutique, je jette un coup d'œil par-dessus mon épaule.

– Bien sûr.

– Donc, je prendrai les commandes. Je serai ton second.

Le Wong de Docteur Strange.

J'éclate de rire.

– Absolument. Le Robin de Batman.

– Batman ? Ne t'emballe pas. Le Foggy Nelson de Daredevil. *Le film.*

Je m'arrête au fond de la librairie pour redresser les exemplaires des *Livres dont vous êtes le héros.*

– Bien sûr.

Je hausse les épaules. Joe écrase le poing sur le comptoir, *bruyamment.*

– Ok. Que se passe-t-il ?

– Quoi ? Rien du tout.

– *Ben Affleck en Daredevil* ? Tu me laisses dire une énormité pareille ?

J'avance, la tête dans les nuages.

– Quoi ? C'était un film sympa.

– Un film sym...

La sonnette de la porte retentit, l'interrompant. L'un de nos clients réguliers prononce le nom de Lola.

Mon corps se raidit, les battements de mon cœur s'accélèrent.

C'est une chose de décider de ne rien dire à Joe, à Ansel, de m'efforcer d'éviter tout geste déplacé. Mais suis-je censé me comporter comme si rien ne s'était passé ? Est-ce possible ? Au premier regard, le résumé de la nuit dernière se peindra sur mon visage.

Je repère les cheveux bruns de Lola, remontés en queue de cheval qui se balance à chacun de ses pas. Quand elle n'est pas pressée, elle marche calmement, ses cheveux restent immobiles dans son dos. Mais quand elle avance ainsi, l'air décidé, sa chevelure s'agite derrière elle, propulsée par sa démarche énergique.

Elle fonce délibérément droit sur moi.

Je me tourne vers elle.

– Alors, comment s'est passé le chat vidéo ?

Décontracté, serein. Rien qui sorte de l'ordinaire.

Joe la regarde lui passer devant, ignorer ma question et s'arrêter juste devant moi. Elle m'attrape par le cou et m'attire contre elle. Elle soupire, ses lèvres rencontrent les miennes et, soudain, tous les bruits de la pièce s'évanouissent. Mon sang se réchauffe, un impérieux désir monte en moi.

L'odeur de Lola – la senteur miellée de son savon – me submerge. Ses lèvres sont aussi douces que ce matin quand je l'ai embrassée par la fenêtre ouverte de sa voiture. Mon cerveau met si longtemps à analyser ces éléments que je ne réalise pas tout de suite que Lola *m'embrasse*. Ici, au beau milieu de la librairie.

*Bordel.*

Je plonge les mains dans ses cheveux, ma langue glisse dans sa bouche. Je ne vois pas comment j'aurais pu annoncer ce qui nous arrive avec plus d'efficacité. J'aimerais que *tout le monde* soit là pour le voir et comprendre une fois pour toutes que tout a changé.

Quelqu'un s'éclaircit la gorge. Lola s'éloigne d'un pas, je peux revenir sur Terre. Les bras ballants, les sourcils levés au ciel, Joe nous observe depuis le comptoir.

Lola sourit avec une tendresse comparable à celle que je ressens.

– Peut-on parler une minute dans ton bureau ? demande-t-elle, le souffle court.

Elle me suit au fond, sa présence derrière moi me semble radioactive, je vibre d'excitation. Je me tourne et l'embrasse tandis que nous marchons. Je ressens une telle passion pour elle que je désire la toucher, toucher, toucher, jusqu'à ce que nos peaux soient douloureuses et que manger et boire devienne indispensable. Je le désire. Je la désire.

Dans mon bureau, elle ferme la porte et s'y appuie en m'adressant un sourire éclatant.

– Salut.

– Salut. (Je souris si largement que mes joues me font souffrir.) Pas mal ce petit show.

Elle hausse les épaules.

– Merci.

– Je me demande si Joe s'en remettra un jour.

Elle éclate de rire.

– Il faudra qu'on le dise bientôt aux autres.

Elle parcourt la pièce du regard, j'essaie de la voir à travers ses yeux. Elle n'est venue ici que deux fois, et ces derniers mois, cet espace est devenu mon petit havre de paix. Avant de devenir une librairie, les murs abritaient une boutique chic. Dans mon bureau, j'ai conservé certains éléments. Les murs crème, les chandeliers de verre qui pendent du plafond. Une rangée de miroirs délimite le fond de la pièce, partiellement dissimulés par les piles de cartons que je n'ai pas encore déballés. Même ainsi, l'espace semble plus grand qu'il ne l'est en réalité. Mon bureau se situe le long du mur derrière moi, face à la porte. De petites fenêtres laissent entrer le soleil.

Quand nos yeux se rencontrent à nouveau, nous tombons silencieusement d'accord sur l'impossibilité de parler de notre relation au grand jour. La pression qui pèse sur nous est énorme. Ansel et Mia sont mariés. Finn et Harlow sont mariés. Nous n'avons pas le luxe de nous déchirer.

Nos amis ont toujours estimé, sans nous en faire part, que Lola et moi étions faits l'un pour l'autre – avec mes comics et sa carrière dans la bande dessinée. Comme s'ils avaient tout deviné, à l'avance.

Pourtant, je lis le doute sur le visage de Lola. Elle a des sentiments pour moi, mais je suis certain qu'elle préférerait illustrer une bande dessinée pour Frank Miller devant Frank Miller plutôt que de naviguer dans le territoire sentimental délimité par notre groupe d'amis.

Je m'approche d'elle et l'embrasse tendrement.

– Qu'est-ce qui vous amène dans mon bureau, jeune fille ?

Elle grimace.

– Je pars à L.A.

Mon cœur s'arrête.

– Aujourd'hui ?

– Ouais. La voiture vient me chercher à 17h.

– Ils envoient une *voiture* ?

– Sûrement parce qu'Austin estime que la mienne ne supportera pas le voyage.

– Un jugement infondé, je la taquine en jetant un coup d'œil à l'horloge murale. (Il est 15h17.) Quand rentreras-tu ?

– Je reste là-bas ce soir, demain et jeudi. Je reviendrai vendredi soir.

Eh bien, ça craint.

– Ça te dit de dîner avec moi vendredi ?

– Je suis invitée chez Greg. Tu m'accompagnes ?

Je me penche pour l'embrasser encore.

– Bien sûr.

La tension revient dans son attitude, je m'écarte pour étudier son visage.

– Ça va ?

Elle déglutit, secoue la tête rapidement.

– Tout va bien. Je dois rendre un livre la semaine prochaine et j'ai à peine commencé. Nous sommes censés finaliser le script cette semaine, mais je n'ai pas encore eu l'occasion de le lire. Je ne sais pas comment tout concilier.

– En prenant une chose à la fois.

Elle s'appuie contre moi, pose son menton contre ma poitrine et lève les yeux vers mon visage.

– Je suis un peu distraite.

– Moi aussi.

Elle fait une moue adorable.

– Je n'ai aucune envie que ma copine passe quelques jours à L.A.

Elle se mord les lèvres et répète :

– Copine ?

Je propose :

– Plan-cul-dont-je-suis-relativement-épris ?

Lola me donne une tape sur la poitrine en riant. Je pose la main sur la sienne.

– Mais je préfère certainement *copine.*

L'expression indéchiffrable, elle me scrute.

– Tu veux que je vienne chez toi ? Il nous reste une heure.

Lola devine de quoi je parle et rougit.

– London est là.

– London va devoir s'habituer à ma présence.

Lola me lance un regard amusé.

– Nous ne sommes pas du genre discret.

– Alors, elle devra aussi s'habituer au bruit.

– *Surtout* toi.

Je hausse les épaules, embrasse sa main tout en tentant de me convaincre que j'en ai le droit. Lola m'examine de ses grands yeux bleus, j'embrasse son poignet, son coude, suce légèrement sa peau délicate.

– Donc nous n'allons pas chez toi...

– La vie sexuelle de London n'est pas très active, lâche-t-elle. (Je reconnais le réflexe de Lola : elle se met à babiller nerveusement parce qu'elle sait que nous allons folâtrer ici. Pourtant, jaser ne lui ressemble pas.) Plein de types l'invitent à sortir, mais elle refuse toujours.

– Et pourquoi ?

Je lui mordille doucement le cou en attendant la réponse, même si, pour être honnête, la vie amoureuse de London ne m'intéresse pas du tout. Elle le sait aussi bien que moi.

Lola laisse échapper un soupir.

– En réalité, je ne sais pas. Elle a eu un copain pendant

toutes ses années d'université. Je ne sais pas pourquoi ça s'est terminé. (Elle se tait.) Mais je n'ai pas envie de parler d'elle maintenant.

Elle me sourit d'un air joueur.

– Ah bon ?

Elle me regarde embrasser son bras, encore une fois.

– Non.

– Que préférerais-tu faire ?

Elle s'écarte légèrement avant d'avancer vers mon bureau. Je la suis. Lola saisit ma ceinture, m'attire contre elle.

– Je ne sais pas...

Je caresse son ventre et joue avec l'ourlet de son top. J'attends qu'elle m'arrête, qu'elle me demande de ralentir. Mais avant que je puisse ouvrir la bouche, elle retire son chemisier. Le vêtement bleu chiffonné atterrit quelque part derrière mon bureau.

Son soutien-gorge Aubade à petits pois blancs met sa poitrine en valeur. Elle retire ma chemise et monte sur la pointe des pieds, effleurant mon torse de ses seins. Même si ses intentions sont claires depuis le début, impossible d'anticiper la sensation que je ressens quand elle m'agrippe à travers mon jean. Son pouce m'effleure le gland, je pose mon front contre le sien en me forçant à rester immobile, à ne pas baiser sa main, ne pas hâter les choses.

Lola attire mon visage vers le sien, ses lèvres chaudes s'ouvrent. J'aimerais aller plus vite et plus lentement, accueillir chaque émotion. Nous nous embrassons, nos langues s'entremêlent, des gémissements nous échappent, je suis forcé de réaliser qu'il n'y a pas de retour en arrière possible. Comme un amnésique, j'avais besoin de le voir pour le croire. Il y a vingt-quatre heures, nous nous étions jamais embrassés ou caressés – ni vus nus – et pourtant, nous y voilà.

Mon cœur bat plus vite, je m'écarte pour respirer. La bouche de Lola est rouge et gonflée, à cause de ma barbe naissante.

Elle me contemple en laissant ses doigts vagabonder sur ma braguette avant de commencer à la déboutonner. À chaque bouton qui lâche, mon excitation monte. Je me mords les lèvres et m'efforce de rester calme. Si je laisse échapper un halètement, je me déchaînerai. Je l'allongerai par terre et je la baiserai, sans préservatif, brutalement, tout habillé.

Elle me suce le cou puis s'éloigne d'un pas pour relever sa jupe sur ses cuisses. Lola m'offre son corps : sa peau blanche, ses hanches pulpeuses, juste comme il faut... Elle ne porte pas de culotte. Et pourtant, son expression est angélique, je lis dans ses yeux une innocence qui lui est naturelle. Jamais je n'ai été aussi coquin avec quelqu'un d'aussi candide. Elle s'installe sur le bureau, écarte les jambes et s'allonge, m'offrant une vue imprenable sur sa chatte.

Mon sang se met à bouillir, je me place entre ses cuisses, fou de désir. Je glisse la main à l'intérieur de ses jambes, en me demandant négligemment avec combien d'hommes elle a couché. Qu'il s'agisse d'un seul ou d'une centaine, je ne ressens pas la moindre jalousie. Notre relation semble toute nouvelle pour elle. Je sais, d'après ses récits et ceux de ses amis, qu'elle n'a jamais eu aucun tabou dans le domaine du sexe. Elle n'a pas besoin d'être amoureuse pour coucher avec quelqu'un, les coups d'un soir ne l'effraient pas. Mais je subodore que pour Lola, le désir éphémère qu'elle éprouve pour quelqu'un ne suffit pas à le laisser pénétrer dans son jardin secret.

Mes doigts s'arrêtent au niveau de ses seins, mon pouce effleure son téton dressé, elle frissonne et se cambre, me suppliant silencieusement de la pincer. Je lèche le tissu fin de son soutien-gorge avant de prendre la pointe de son sein entre mes dents. Elle s'arque, plaque sa poitrine contre ma bouche. J'en profite pour dégrafer son soutien-gorge, comme si j'ouvrais un cadeau, putain.

Les yeux plongés dans les siens, je lui lèche les seins. Elle halète, baisse mon pantalon et mon boxer pour prendre mon sexe dans sa main. Je me mords presque les lèvres au sang quand elle passe le pouce sur mon gland avant de lécher son doigt.

Son pouce humide revient sur moi, je la regarde s'activer. Mon ventre musclé plaqué contre le sien, un peu plus souple, ma queue, dure et gonflée, dressée entre nous.

J'ai presque trop chaud, la sueur dégouline dans mon cou. Lola se penche pour murmurer dans mon oreille :

– As-tu un préservatif ici ?

– Ouais. Tiroir du milieu. J'en ai apporté aujourd'hui.

Elle m'adresse un sourire qui signifie *tu es un génie* et tend le bras au-dessus de sa tête pour atteindre le tiroir. Je pourrais l'attraper plus facilement, mais hors de question de passer à côté de la possibilité de la voir presque nue, étendue sur mon bureau.

Elle se rassied, je prends son visage entre mes mains et appuie ma bouche contre la sienne.

– Je veux que tu le mettes, murmure-t-elle contre mes lèvres.

– Ah ouais ?

– Tu es très sexy quand tu déroules ce truc sur ton sexe.

Ma queue dans une main, le préservatif dans l'autre, je m'immobilise. J'enfile lentement le latex sur mon gland. Je lève les yeux pour m'assurer qu'elle me regarde bien.

Aucun doute. Elle semble retenir son souffle. Ses yeux restent fixés sur ma verge tandis que je fais glisser le préservatif. J'aime sa manière de regarder mon sexe : les yeux un peu écarquillés, les lèvres ouvertes.

Je lui caresse les seins.

– Tu sembles surprise.

– Je serai toujours surprise quand tu enlèveras ton pantalon, répond-elle distraitement. Ta bite est surréaliste.

Elle glisse les doigts entre ses cuisses pour caresser son clitoris. Je vois, j'entends son plaisir. Ses abdominaux se contractent, ses cuisses se resserrent sur mes hanches, elle gémit doucement.

– Es-tu assez mouillée pour moi ?

Lola acquiesce, porte ses doigts à ma bouche, les introduit entre mes lèvres. Je sens à quel point elle est mouillée, j'ai son goût sur le bout de la langue. C'est tellement bon que mes yeux sont sur le point de quitter leurs orbites. J'ai envie de tout essayer avec elle, même les actes les plus osés. Je gémis, Lola retire ses doigts en me dévisageant avec un désir d'une intensité que je ne lui connaissais pas.

J'aimerais pouvoir mettre le doigt sur le sentiment qu'elle fait naître en moi.

Ce n'est pas seulement nos mains impatientes, nos caresses appuyées, ses doigts agrippés à mes cheveux ou ses soupirs de plaisir alors que je suis à peine entré en elle. Ce n'est pas non plus la manière dont elle rejette la tête en arrière, dont elle colle sa poitrine à mes mains ou écarte les jambes pour m'aspirer en elle.

Peut-être est-ce son regard fuyant, la sensation qu'elle retient son souffle en permanence qui me touche autant. Je fais de même quand je monte une pente escarpée à vélo avant de la descendre à tout allure.

Je la pénètre d'un coup. J'entre, je ressors, pour son plus grand plaisir. Bordel, je sais qu'elle est toute à moi. Je le sens au mouvement de ses hanches, à ses mains qui plongent dans mes cheveux. Mais je reste sur mes gardes. Chacune de ses réactions montre que tout est nouveau pour elle, qu'elle n'est pas habituée à autant d'intimité, que c'est aussi merveilleux que terrifiant.

J'ai eu énormément d'aventures. J'ai fait l'amour à certaines avec beaucoup de tendresse, mais je n'ai jamais ressenti une telle passion. Cette émotion profonde ne me désoriente absolument pas, elle me libère. Hier soir, nous avons baisé autant que nous avons fait l'amour, mais ici, je n'oserai pas être aussi déchaîné. Lola, c'est du cristal entre mes mains. Elle me regarde comme si elle attendait que je lui dise quoi faire.

Donc, je lui donne un ordre. Les lèvres pressées contre sa joue, je siffle entre mes dents :

– Retiens-toi de gémir.

Elle soupire de soulagement contre moi et acquiesce en cherchant ma bouche, mais je m'écarte.

– Reste silencieuse, sois sage et je t'embrasserai.

Elle hoche frénétiquement la tête. Ce ne peut pas être aussi simple. Ou plutôt si. La concentration remplace l'angoisse dans son regard. Depuis que je lui ai donné ma condition, il n'y a rien que je désire davantage sur cette planète ou n'importe quelle autre que sa bouche, ouverte et humide contre la mienne, pendant que nous baisons.

J'empoigne ses seins, suce son cou, l'enlace étroitement. Je sens sa sueur sous mes lèvres, la tension de tous ses membres.

Elle se contracte mais n'émet pas un son, sa respiration est entrecoupée.

– C'est ça... lui dis-je. Je ne t'entends pas, j'entends seulement les bruits de nos corps emboîtés l'un dans l'autre.

J'adore l'entendre gémir mais à cet instant, son mutisme est un aphrodisiaque plus puissant encore. Son silence et la supplication que je lis dans son regard, l'aveu qu'elle a besoin de moi pour l'aider à se calmer, à se concentrer là-dessus et là-dessus seulement. Pas sur L.A. Pas sur le livre qu'elle doit écrire. J'ai toujours su qu'elle attendait de moi que je la centre, et je *sais* que j'avais raison. Nous faisons l'amour, nous sommes ensemble, je dois prendre soin d'elle.

La peau de Lola est pâle et crémeuse, le contraste avec ses cheveux noirs la fait paraître plus pâle encore. Sa queue de cheval défaite, les mèches tombent en cascade sur ses épaules, effleurent ses tétons, bouclent sur ses seins. Une fine couche de sueur couvre sa poitrine, sa lèvre supérieure, sa chatte se resserre sur ma queue... Elle est sur le point de jouir. Je la prends à peine plus fort, je mordille sa joue, en sentant que je ne pourrai plus me contrôler longtemps. Elle halète.

– Pas un bruit. Pas un bruit, *putain* !

Je saisis ses poignets et les maintiens dans son dos, en la pénétrant fort, en la prenant comme elle l'aime. Elle ouvre la bouche, se retient difficilement. Comme si je venais de renverser le premier domino, j'observe l'effet en chaîne d'un air émerveillé. Elle ferme les yeux, renverse la tête en arrière et serre les dents pour ne pas crier. Elle jouit dans une série de spasmes violents et rapides. Lola rougit, son rythme cardiaque s'accélère – mais elle ne laisse pas échapper le moindre bruit.

Pour lui prouver ma fierté, je l'embrasse, la baise plus fort, et elle se débat en gémissant depuis qu'elle sent ma langue sur la sienne. Elle m'empoigne les cheveux, ouvre les yeux pour m'observer.

– C'est tellement bon, putain.

Je grogne à chaque va-et-vient, ses gémissements me rendent fiévreux. La sensation de glisser dans sa chaleur, le bruit de nos peaux qui s'entrechoquent, les craquements de mon bureau sont bien trop excitants pour que je puisse me retenir.

Je ne peux m'empêcher de crier :

– *Seigneur ! Seigneur !*

Je suis reconnaissant à la circulation sur la Cinquième Avenue, au remue-ménage constant de la librairie qui couvre le bruit que nous devons faire.

*Plus fort, plus vite,* halète-t-elle en m'attrapant par le cou, en plongeant les ongles dans mon dos. Elle a entouré ma taille de ses jambes, nos corps en sueur glissent l'un contre l'autre, je saisis ses fesses pour avoir la sensation de la pénétrer plus à fond. L'orgasme me submerge. Je laisse échapper un cri rauque, continue de la baiser très fort. Derrière mes paupières fermées émergent des points de lumière, le plaisir envahit tout mon corps.

Je m'effondre contre elle, lui mordillant le cou. Le rythme effréné de mes hanches se calme. C'est un miracle que mon bureau tienne encore debout.

Lola reprend son souffle sans desserrer son étreinte. Elle ne relâche pas la pression de ses jambes, comme si elle ne voulait jamais me laisser partir, et bordel, je n'ai aucune envie de quitter la chaleur de son corps.

La pièce est soudain très calme, j'en éprouve de la difficulté à respirer. Ma respiration me semble trop rapide, trop bruyante. Lola s'affale sur ma poitrine, je l'entoure de mes bras. Elle me semble toute petite contre moi : frêle et délicate. Je ne suis qu'instincts primaires – baiser, respirer, dormir –, mais je parviens à me tenir. L'explosion de plaisir s'apaise lentement, je l'embrasse dans le cou. Je voudrais trouver les mots pour lui dire à quel point c'était bon.

Mais au moment d'ouvrir la bouche, je me fige, l'oreille tendue.

Nous sommes tous les deux étrangement immobiles, je réalise soudain que la tranquillité apparente de mon bureau nous a fait croire que le monde extérieur s'était figé le temps de notre étreinte. À tort.

Les yeux de Lola rencontrent les miens, nous pensons la même chose au même moment.

Je ferme les yeux, en attendant l'explosion.

– Oh mer…

Soudain, la chanson de Def Leppard « Pour Some Sugar on Me » retentit de l'autre côté de la librairie. Le volume est si élevé qu'on pourrait croire que les haut-parleurs se trouvent à côté de nous.

Je dévisage Lola, les joues encore rougies par l'orgasme. Elle plaque une main contre sa bouche pour s'empêcher d'éclater de rire. Elle marmonne :

– Oh mon Dieu.

Ce maudit Joe se met à hurler sur la chanson :

– *Demolition woman can I be your man*[3] *?*

Finalement, je me retire, enlève rapidement le préservatif et le jette dans la corbeille. Nous remettons nos vêtements à toute vitesse : je remonte mon pantalon, enfile ma chemise. Lola lisse sa jupe, retrouve son soutien-gorge et son top.

– *Television lover, baby, go all night*[4] *!* chante Joe.

Au moins quatre voix différentes entonnent les chœurs.

Lola agrafe son soutien-gorge, ajuste les bretelles et plonge le visage entre ses mains.

– Oh mon Dieu, oh mon Dieu.

La musique s'arrête, Joe crie :

– Montrez-vous, ô puissant étalon.

J'éclate de rire.

– Ta gueule !

J'aide Lola à finir de se rhabiller. Des éclats de rire nous parviennent. Elle remonte ses cheveux en chignon :

– Ça répond à notre question.

– À propos de l'isolation phonique ?

Elle acquiesce, se frotte le visage, mais je distingue son petit sourire.

– Y a-t-il une sortie secrète où sommes-nous obligés de vivre un *walk of shame* ?

Je ris encore plus fort.

– *Walk of shame ?* Je compte bien me pavaner. Nous avons bien failli briser ce putain de bureau.

– Sérieusement.

Elle lève les yeux vers moi, je prends son visage dans mes mains et l'embrasse tendrement.

– Désolée, mon cœur, il n'y a qu'une seule porte.

---

3. *Femme destructrice, puis-je être ton homme ?*
4. *Amante de télévision, bébé, chevauche-moi toute la nuit !*

Lola hoche la tête sans me quitter des yeux.

– C'était bon ? Tu as aimé te forcer à rester silencieuse ?

– Tellement bon... murmure-t-elle en montant sur la pointe des pieds pour m'embrasser encore. Je n'ai aucune envie d'aller à L.A.

Je l'enlace en sentant son souffle chaud dans mon cou.

– Je n'ai pas envie que tu partes, moi non plus.

Elle tremble, j'aimerais voir l'expression de son visage, mais elle le cache dans mon épaule.

– Regarde-moi. Laisse-moi embrasser cette jolie bouche.

Elle lève le regard vers moi et pose paresseusement ses lèvres sur les miennes. Chaudes, lourdes, humides.

– Je t'aime.

Ses yeux se ferment, son baiser se prolonge.

Après dix secondes à hésiter à la reprendre, cette fois sur le canapé à côté de la fenêtre, je m'écarte, l'embrasse sur le front et retire ses bras de ma taille. Il est temps d'affronter l'inévitable.

Je traverse le bureau et lui jette un coup d'œil par-dessus mon épaule. Elle essuie les coulures de son eye-liner sous ses yeux avant de lever un pouce hésitant. Le grincement de la poignée semble résonner dans le silence, j'ouvre la porte, une bouffée d'air frais s'engouffre.

Mon cœur s'arrête quand je me retrouve nez à nez avec Harlow et Finn. Je m'attendais à voir Joe. Pas eux.

– Eh bien, lance Harlow en souriant. Voilà mes deux geeks favoris.

Je sors du bureau en m'efforçant de conserver une expression neutre.

– Tu connais d'*autres* geeks ?

Hésitante, Harlow ouvre la bouche. Finalement, elle réplique :

– Depuis combien de temps... ?

Finn l'attrape par la taille et plaque une main sur sa

bouche au moment où elle lâche un bruyant « ... *baisez-vous ?* » pour le bénéfice de toute la librairie.

– Depuis les dernières dix-huit heures, répond Lola en avançant derrière moi. (Je suis surpris par la fermeté de sa voix. Elle passe un bras autour de ma taille.) Avec une pause entre 10 et 15h aujourd'hui pour travailler un peu.

Joe siffle derrière le comptoir et se replonge dans le livre qu'il faisait mine de lire, comme s'il n'avait rien à voir avec les plaisanteries des autres.

– Tu aurais peut-être pu mettre la musique un peu plus tôt, lui dis-je en souriant.

Il glousse.

– Probablement. Mais ç'aurait été moins drôle. C'était votre punition pour avoir mis si longtemps à vous décider.

– Et le laisser gérer la boutique, crie quelqu'un de l'autre côté de la librairie.

Je lui rappelle :

– Le Wong de Doctor Strange... *Wong* aurait été plus fair-play.

Joe lève les yeux, l'air insulté.

– Ça fait mal, boss.

Harlow ne quitte pas Lola du regard.

– As-tu une minute, *chère amie* ?

Elle lutte contre un sourire.

Lola regarde l'horloge derrière le comptoir. Presque 16h. Elle doit penser la même chose que moi – elle n'aura jamais le temps d'avoir une conversation avec Harlow si elle veut être prête dans l'heure.

– Seulement quelques minutes. Je dois préparer mes affaires pour L.A. Mais tu peux m'accompagner au loft pour l'interrogatoire.

Elle se tourne, m'adresse un regard triste et m'embrasse devant sa meilleure amie – bouche bée – avant de murmurer :

– À vendredi.

– Vendredi, je répète en gardant sa main serrée dans la mienne le plus longtemps possible.

Après un dernier coup d'œil, Lola et Harlow s'éloignent.

Finn observe les deux filles avec un mélange d'amusement et d'inquiétude. Harlow crie déjà d'excitation sur le trottoir.

– Donc... lance-t-il en se tournant vers moi.

Je souris.

– Donc.

Il retire sa casquette, se gratte les cheveux.

– Lola retourne à L.A. ?

Mon sourire s'élargit. Je peux toujours compter sur Finn pour ne pas en faire des tonnes.

– Quelques jours seulement.

– Je déteste L.A.

– Vraiment ? fais-je d'un ton sarcastique.

Il m'ignore.

– Soit tu passes ton temps en voiture pour aller d'une réunion à l'autre, à l'autre bout de la ville, soit tu finis par tout gérer au téléphone, ce qui signifie que tu aurais pu rester tranquillement à la maison.

– Elle va travailler sur le scénario.

Il hoche la tête.

– Alors il vaut peut-être mieux y être en personne. (Finn fait le tour du comptoir et ouvre le petit réfrigérateur du coin.) Lola s'en sortira très bien, j'en suis persuadé. (Il sort deux bières et m'en tend une.) Donc ça se passe bien ?

Je lui souris pendant de longues secondes avant de demander :

– Finn, est-ce que tu viens de me poser une question personnelle ?

Il rit.

– Oublie ça.

Et il ouvre sa bière.

– Ouais, ça se passe bien. (J'ouvre la mienne.) C'est génial, putain.

– Donc, la nuit dernière... ?

Il ne termine pas sa phrase. Finn, pris en flagrant délit de commérage.

– Ouais.

La réalité de ce qui m'arrive – Lola est mienne – me donne envie de partir en courant pour faire un marathon.

– *Enfin*, putain.

Finn lève un sourcil. Je ris et bois une longue gorgée.

– Tu t'es déjà dit que ce qui nous arrivait était fou ?

Il lève le menton.

– Nos épouses, tu veux dire ?

– Ouais. De Vegas à maintenant.

– Je suspecte toujours Harlow d'avoir tout planifié. Je ne serais pas surpris si elle nous avait glissé la documentation de Bike and Build il y a dix ans.

– Le coup de maître. (Je lève ma cannette.) Comment va cette chère madame Roberts ?

Il sourit.

– Toujours aussi folle. Elle doit être en train de passer Lola au gril.

Le *gril* est un euphémisme, mais si quelqu'un est capable de gérer Harlow, c'est bien Lola.

– À l'instant, je suis plutôt satisfait d'être un mec.

Nos cannettes s'entrechoquent.

# Chapitre 11

## Lola

JE M'ATTENDS À ÊTRE INTERROGÉE PAR HARLOW mais certainement pas à trouver London et Mia faisant le pied de grue chez moi. Je n'ai toujours pas les idées claires, surtout après le sexe, le voyage qui m'attend m'inquiète ainsi que les deadlines menaçantes de mon calendrier. Je me sens bien trop confuse pour réfléchir à ce qui m'arrive.

Surprise, je fixe les trois filles dans l'entrée, en clignant des yeux.

Harlow explique, en esquissant un geste vague de la main :

– Je leur ai envoyé un texto pendant ta partie de jambes en l'air. Après ton orgasme – enfin je crois – et avant celui d'Oliver.

– Tu as organisé une réunion d'urgence parce que je couche avec Oliver ? (Je plaque mes mains sur mon visage et marmonne en riant.) Oh, Seigneur !

Harlow écarte mes mains et secoue la tête.

– Je suis soulagée de savoir que tu es enfin baisée comme tu le mérites.

– Harlow, lance Mia en m'attirant vers elle. C'est ridicule.

– Dixit la fille qui a du mal à marcher aujourd'hui.

Mia ignore cette remarque et m'attire à l'intérieur. C'est vrai : elle boite. Il ne s'agit pas de sa mauvaise jambe, Harlow n'oserait jamais plaisanter là-dessus. Mia marche comme une petite vieille ou une femme enceinte jusqu'aux oreilles. à petits pas, comme si son dos était sur le point de se briser en deux.

Je demande en souriant :

– Que t'arrive-t-il, Mia ?

– Rien...

Mia me fait signe de ne pas développer. Les filles m'entourent dans le salon – London et Mia s'asseyent dans le canapé en me plaçant d'autorité entre elles, Harlow s'installe sur la table basse en face de moi.

– Nous voulions nous excuser parce que nous avons l'impression de t'avoir trahie, commence Mia avec un accent de sincérité théâtral.

Harlow la regarde, l'air amusé.

Je m'écarte légèrement de Mia, les observe toutes les trois d'un œil sceptique.

– Vous quoi ?

– Pendant tout ce temps... (Mia lève une main délicate vers elle.) Ta relation avec Oliver gagnait en profondeur et nous avons conclu que vous ne nous aviez rien dit parce que nous n'étions pas *disponibles*. En tant qu'amis.

Je lui jette un regard plat.

– Ça va, l'ironie ?

London et Harlow hochent la tête.

Mia secoue la sienne avec solennité.

– Nous étions très *occupées*.

Je lui rappelle :

– Tu étais en train d'acheter une maison, pétasse.

Elle acquiesce avec un sourire.

– Si occupée à signer tous les papiers pendant des jours et des jours que je n'ai pas eu le temps de répondre au téléphone, *pétasse.*

Je m'affale sur le canapé en riant.

– C'est arrivé *comme ça.*

– Tu n'y as pas du tout pensé avant, lâche Harlow.

Mia insiste :

– Ça ressemble à notre Lola. Toujours tellement impulsive.

– Non, mais hier soir...

– Hier soir, vous avez flirté pour la première fois et boum ! Sexe ? lance Harlow comme si elle était persuadée d'avoir la bonne réponse.

– Vous êtes trois garces. (Je souris en levant les yeux au ciel.) Je dois faire mes valises.

Je me lève du canapé et avance dans le couloir en direction de ma chambre.

– Nous voulons quand même des détails, crie Mia, sur mes talons.

*Des détails.*

J'en ai le tournis. Je me sens tellement pleine d'Oliver. J'ai envie de tatouer chaque *détail* de lui sur ma peau : sa grimace de plaisir quand il jouit, la manière dont il m'effleure les épaules du bout des doigts pour caresser mes cheveux, ses hanches, sur moi, ondulant pendant qu'il me pénètre.

– C'était sympa.

Harlow manque s'étouffer, elle regarde London et Mia s'installer sur mon lit.

– Il t'a éclaté le vagin et – vu le bruit – presque cassé tous les meubles et c'était « sympa » ?

Je lève les yeux en récupérant des vêtements dans ma commode.

– Pourrais-tu éviter de dire « vagin » ?

– C'est un mot magnifique, argue-t-elle. Tu devrais en être fière...

– Seigneur, je sais que mes parties intimes sont exceptionnelles, je la coupe, en me tournant à nouveau vers ma valise. Mais ce n'est *pas* un mot magnifique. C'est une chose magnifique, mais le mot est affreux.

London abonde dans mon sens :

– Il en faudrait un autre. Pour ma part, j'aime bien *chatte*.

– Mais nous ne sommes pas du genre à parler de nos chattes comme les mecs parlent de leurs bites, raisonne Harlow.

– Est-ce si terrible ? demande Mia. Est-il *nécessaire* d'y faire référence aussi souvent ?

Harlow a l'air insultée.

– Et pourquoi pas... *truite*. (London montre son entrejambe et nous considère toutes une à une.) Voilà ma *truite*.

Je suggère :

– Tu pourrais opter pour quelque chose qui n'est pas *déjà* quelque chose et qui ne rime pas avec *bite*.

– Oh, se décourage London. C'est fou, je n'y ai même pas pensé. De toute manière, je ne pense plus au sexe depuis un moment.

J'en profite pour changer de sujet :

– Comment est la nouvelle maison ?

Je ferme mon sac de voyage et le pose à côté du bureau. Radieuse, elle hausse les épaules.

– Magnifique. Nous avons récupéré les clés hier.

– Vous avez dormi là-bas ?

Elle acquiesce.

– Pas de meubles, pas d'électricité, il faisait environ deux degrés à l'intérieur et Ansel a couru partout tout nu avant de me sauter dessus sur le plancher du salon. (Elle se touche le bas du dos en grimaçant.) Vingt-trois ans, est-ce déjà trop vieux pour baiser par terre ? Je pensais tenir le coup plus longtemps.

– Au moins on sait pourquoi tu marches comme une octogénaire.

London soupire.

– Je serais capable de baiser sur un rocher pointu s'il le fallait.

Je lui tope dans la main, mais elle me saisit immédiatement par le poignet et frotte sa paume contre la mienne.

– Attends. Je reprends mon *high five*. Tu as baisé comme une *folle* hier soir. Et aujourd'hui.

Je proteste :

– J'en étais presque à un an d'abstinence ! Et je pars à L.A. pour trois jours sans sexe. Rends-moi ce *high five* !

London frotte mollement sa main contre la mienne, le silence se fait à l'évocation de Los Angeles. Le calme soudain signifie probablement qu'elles vont arrêter de me taquiner. Mais elles ne semblent pas décidées à partir avant d'avoir obtenu des détails.

Donc je fais un effort.

Je leur raconte que la tension entre nous a atteint un pic quand je l'ai dessiné, que mes sentiments pour lui ont augmenté de manière exponentielle à la seconde où j'ai lâché la bride. Je leur parle de la soirée chez lui, des câlins sur le canapé puis de la soirée à L.A., du bar et de la déclaration d'amour d'Oliver.

Mon cœur gonfle à tel point qu'il m'est presque impossible de respirer.

Harlow appuie la main sur sa poitrine.

– Il a *dit* ça ?

J'acquiesce en me rongeant un ongle.

– Il a dit ça.

– Et tu n'as pas *tout de suite* couché avec lui ? demande Mia.

– Dans une chambre d'*hôtel* ? ajoute Harlow, horrifiée à l'idée de cette opportunité manquée.

Je me sens soudain accablée. Le souvenir de ces mois de désir silencieux me revient. Il se télescope avec tout ce qui se passe dans ma vie ces derniers temps.

– Ça avait de l'importance pour moi.

Et sans explication apparente, les larmes envahissent mes yeux.

Je passe devant une Harlow ahurie, me rue dans la salle de bains en refermant la porte derrière moi.

J'entends London crier :

– Que se passe-t-il... ?

Harlow réplique d'une voix calme.

– Je m'en charge.

Je l'entends taper doucement à la porte. Je fais couler l'eau du robinet pour m'asperger le visage, puis prends une serviette pour m'essuyer.

*Respire.*

*C'est juste beaucoup d'un coup. Respire.*

– Lola ?

– Donne-moi une seconde.

Je ne sais pas pourquoi l'angoisse me submerge soudain. Mon sang se glace puis se réchauffe brusquement, comme si j'avais de la fièvre. Tout va *bien.* Tout va bien. Alors pourquoi ai-je l'impression qu'une tempête est sur le point de me ravager la poitrine ?

Je prends quelques minutes pour me brosser les cheveux, les nouer en queue de cheval. Je me remaquille un peu. Je me contemple dans le miroir en m'efforçant de me convaincre que la fille du reflet ne va pas tout foutre en l'air.

– Lola, murmure Harlow derrière la porte. Lola. C'est normal d'être perturbée. Mais Oliver ne risque pas de changer d'avis.

---

LA VOITURE SE GARE DEVANT LE FOUR SEASONS de Beverly Hills et le chauffeur sort mon petit sac de voyage du coffre, en me souriant vaguement quand je lui donne un pourboire pathétique – je n'ai qu'un billet de dix dollars sur moi.

Je sursaute : le portier se penche pour saisir mon sac en même temps que moi, nous nous excusons tous les deux. Il me lance un clin d'œil complice et me fait signe d'entrer par la grande porte luxueuse. Je dois avoir l'air de sortir d'une caverne. J'ai très peu dormi la nuit dernière, je me suis assoupie comme un nouveau-né pendant tout le trajet, mais ma sieste n'a pas suffi à me remettre en forme. Malgré la nuit qui tombe et la promesse d'un lit moelleux, je risque malheureusement d'avoir du mal à m'endormir.

La chambre est déjà payée, je monte, clé en main. C'est une suite somptueuse, décorée avec goût. Un bouquet de fleurs luxuriantes m'accueille dans l'entrée. Juste à côté de l'imposant lit king-size se trouvent des portes-fenêtres qui donnent sur un balcon avec vue sur Los Angeles.

Tout est magnifique, la semaine promet d'être excitante, mais j'ai le ventre serré. C'est ridicule, mais je déteste l'idée d'être loin d'Oliver pendant les prochains jours. Tout est tellement nouveau entre nous, ce n'était pas le moment de se quitter.

Je prends mon téléphone pour l'appeler. J'ai raté deux appels de mon éditeur, trois de Benny et un d'Oliver.

Je commence par écouter le message d'Oliver en entrant dans la salle de bains pour me déshabiller. J'ai envie d'une bonne douche, de commander un dîner au room service et de dormir une nuit entière.

« *Salut mon cœur. Tu me manques. J'espère que ton voyage s'est bien passé. Je dîne avec nos amis ce soir. Tu me manqueras pendant le dîner et plus tard...* (Sa voix se fait plus douce.) *Je n'ai pas envie de dormir seul dans mon lit. J'aimerais être avec toi, sur toi. Lola, je suis fou de toi. Appelle-moi quand tu seras arrivée pour discuter un peu. Je t'aime.* »

Je l'écoute plusieurs fois avant d'entrer dans la douche, en souriant au souvenir de ses mains sur mon corps. J'oublie que j'ai d'autres messages urgents qui m'attendent, signalés en rouge sur mon téléphone.

---

UNE VOITURE ME RÉCUPÈRE LE LENDEMAIN MATIN à 9h, devant l'hôtel. Je contemple le paysage de L.A. qui défile par la fenêtre tandis que nous nous frayons un passage entre les voitures. Hier soir, j'ai appelé Oliver après ma douche, nous avons parlé trois heures, jusqu'à être si épuisés tous les deux que nos voix n'étaient plus qu'un souffle. J'ai envie de voir une photo de lui, de nous – quelque chose à regarder pour me soustraire à la monotonie des voitures qui nous dépassent, des trottoirs interminables et des feux arrière.

Quand je prends mon téléphone pour parcourir les photos qu'il contient, je remarque que j'ai encore un appel manqué de Benny.

– Bordel...

Mon téléphone est resté sur silencieux depuis mon départ de San Diego hier.

– Bordel, bordel, *bordel.*

J'ai oublié qu'il m'avait appelé. Je n'ai jamais écouté ses messages.

*Lola, c'est Benny, rappelle-moi.*

*Lola, ma chérie, je viens de parler à Erik. Il voudrait savoir quand tu lui enverras le manuscrit.*

Mon éditeur ? Quoi ?

*Salut Lola, c'est Erik. Appelle-moi s'il te plaît. J'aimerais savoir où tu en es avec* Junebug. *As-tu besoin d'un peu plus de temps ?*

Je répète pour moi-même :

– Un peu plus de temps ?

Le chauffeur me jette un coup d'œil dans le rétroviseur. J'ouvre mon calendrier, les mains tremblantes.

Je n'ai pas pu me tromper.

Je n'ai pas pu me tromper.

Je cligne des yeux. Je *sais* que je dois rendre mon manuscrit la semaine prochaine – j'y ai pensé pendant tout le trajet hier –, mais l'événement est introuvable dans mon calendrier. Je parcours les dates de la semaine suivante, puis de la suivante... rien. Le rappel ne se trouve nulle part.

Le chauffeur s'arrête devant les bureaux du studio, je sors de la voiture en marmonnant des remerciements. Mes doigts moites, crispés sur l'écran, la peur me prend au ventre, je fais défiler les deux semaines précédentes. Mercredi, je lis :

**_Junebug_ à envoyer à Erik.**

Mercredi, il y a deux semaines.

J'ai dessiné dix-sept vignettes au brouillon pour ma prochaine bande dessinée et j'aurais dû rendre le manuscrit il y a deux semaines. Maintenant, je comprends pourquoi Erik m'a envoyé des mails et m'a appelé « pour prendre de mes nouvelles » à deux reprises. Je comprends aussi pourquoi Benny devient nerveux chaque fois qu'il parle de *Junebug*. Je n'ai jamais manqué une deadline de toute ma vie – même pour un devoir de maths.

Je marche de long en large devant l'immeuble, déjà en retard pour retrouver Austin et Langdon. Je ne peux pas attendre plus longtemps. Benny ne répond pas quand je l'appelle, je lui laisse un message hystérique tentant de lui expliquer ce qui est arrivé : j'étais persuadée que je devais rendre ma BD en mars et pas en février même si j'avais noté la bonne date dans mon calendrier. Pourrait-il appeler Erik et lui expliquer que j'ai besoin d'un délai supplémentaire, exceptionnellement ? Que tout est de ma faute et que je suis désolée.

Mon téléphone s'illumine avec un message d'Oliver **- bonne chance pour aujourd'hui ! -**, mais mon sentiment de panique s'accentue. Comment parviendrai-je à me concentrer sur quoi que ce soit en étant consciente de cette énorme erreur ?

– Salut Loles ! crie Austin, derrière moi.

Je me tourne et le regarde sortir d'un parking juste à côté de l'entrée de l'immeuble. Il sourit largement, je glisse mon téléphone dans mon sac, encore tremblante.

– Bonjour.

Il s'approche et m'observe – je dois être pâle à faire peur –, puis fronce les sourcils en faisant mine de grimacer.

– Tu ne ressembles pas à une amazone prête à botter des culs aujourd'hui !

– Je viens de réaliser que j'ai...

Austin s'en fiche. Il marche déjà devant moi et me fait signe de le suivre.

Je remets mon chemisier en place en entrant dans le bâtiment sur ses talons. Et *putain* : ma blouse en soie bleue a déjà des auréoles de sueur sous les bras. Ça ne risque pas de s'arranger. Mon premier instinct est d'appeler Oliver, de tout lui raconter et de me détendre en l'écoutant m'expliquer calmement que tout va bien et que j'arriverai à m'en sortir.

Austin ajoute :

– Langdon est en route. Que disais-tu ?

– Oh, fais-je en tentant de suivre ses grandes enjambées quand il entre dans l'ascenseur. Je dois envoyer quelque chose à mon éditeur.

Ma tête tourne, je sors mon téléphone de mon sac pour voir si Benny m'a rappelée.

– Rien de tout cela ! (Il désigne mon téléphone.) Nous avons énormément à faire aujourd'hui. Il n'y a rien de plus important, n'est-ce pas ?

---

AUSTIN ME GUIDE JUSQU'À LA SALLE DE CONFÉRENCE, me tend un exemplaire du script – je pose les yeux dessus pour la première fois – et me donne une demi-heure pour le parcourir avant l'arrivée de Langdon.

– Il est coincé dans les embouteillages, explique Austin en fronçant les sourcils.

– Je n'aurai pas le temps de lire...

– Ne t'inquiète pas, m'interrompt-il. (Il contourne la table pour s'asseoir à côté de moi et sa grimace sincère me montre qu'il comprend ma réaction. Je n'arrive pas à déterminer s'il est ou non de mon côté.) Nous avons toute la journée devant nous. Je te promets, Lola, tu vas passer tellement de temps sur ce script que tu ne rêveras bientôt plus que d'une chose : le brûler.

Au moment où Langdon arrive et s'installe avec nous, j'ai gribouillé mes notes sur les premières scènes d'une main tremblante. Ces feuilles contiennent l'aventure la plus exaltante de toute mon existence, pourtant je ne suis pas présente à 100%. Mes pensées hésitent entre *Junebug* et Oliver – de l'angoisse au soulagement, et vice versa. Langdon et Austin connaissent déjà très bien le scénario. En dehors même de l'angoisse de la deadline et de mon obsession pour Oliver, j'ai l'impression de courir après une voiture pour suivre la conversation. Je dois me concentrer. Je ne peux même pas regarder si Benny ou Erik m'ont rappelée. Il me faut tenir le coup toute la journée.

*Tiens le coup aujourd'hui.*

*Tiens le coup...*

– Donc, Lola, lance Austin en se grattant le front avec son stylo. (Le bruit *scritch scritch scritch* résonne dans la pièce. Je passe les mains sur mes avant-bras en me demandant pourquoi la climatisation est si forte.) Nous réfléchissions à la première scène. Quinn devrait revenir de la bibliothèque plutôt que se réveiller dans son lit.

Je jette un coup d'œil à la page indiquée, remarque que je n'avais écrit aucun commentaire sur cette scène. *J'aimais* la première scène de ma bande dessinée.

– Pourtant, voir Razor pour la première fois sur le chemin de la bibliothèque est beaucoup moins effrayant que se réveiller et le trouver dans sa chambre.

– Je ne pense pas que le public parvienne à apprécier Razor s'il le découvre pour la première fois dans la chambre d'une jeune fille de dix-huit ans, réplique Langdon.

Je les dévisage.

– Quinn a quinze ans.

Austin lève les yeux vers Langdon, je remarque leur signe d'intelligence.

– Commençons par la question de la bibliothèque versus la chambre.

– Le public n'est pas censé apprécier Razor dès le début. (Suis-je vraiment obligée d'expliquer tout cela ? Mes autres sujets d'inquiétude s'évanouissent, le scénario prend toute la place dans mon esprit.) C'est un homme difforme, couvert d'écailles, avec des dents aussi acérées que des couteaux. Il ne ressemble en rien à un héros. Au début du récit, il n'en est *pas* un.

Austin se lance dans une explication à propos de la confiance du public et des premières impressions, et il y a tellement de jargon que mon cerveau part lentement à la dérive. Je me représente Oliver, dans son bureau.

Son accent quand il m'a dit de ne pas gémir.

Sa clairvoyance : il a tout de suite compris que je paniquais à l'idée de partir trois jours complets.

Son amour, déjà, et surtout sa confiance en moi.

J'aimerais tellement qu'il soit là, les yeux plongés dans les miens, pour m'aider à tenir le coup.

– ... donc nous cherchons à les attraper par le col de la chemise, à leur hurler au visage qu'ils adoreront Razor, continue Austin. Quoi qu'il fasse. Dès le départ, dans la scène d'ouverture. Ainsi, on lui pardonne plus facilement plus tard.

L'esprit embrumé, je hoche la tête. Il a peut-être raison.

Mais pas forcément, n'est-ce pas ?

Et putain, j'ai perdu la moitié de ses explications, mais j'ai quand même envie de maintenir mes positions encore un tout petit peu.

– Je pensais que...

Langdon soupire lourdement et lance un regard exaspéré à Austin.

– Nous n'avons pas le temps pour ça.

– Non, non, réplique Austin en faisant un signe à Langdon et en me souriant. Laisse-la parler.

Les mots dansent dans mon esprit pendant plusieurs longues secondes où j'oublie de quelle scène nous parlons.

– Euh...

– La scène d'ouv... ? lance Austin, patient.

J'acquiesce rapidement.

– Je préférerais conserver la scène du livre telle quelle.

Langdon grince :

– C'est une surprise.

Je tourne soudain la tête vers lui.

– Pardon ? (Mon cœur bat si vite que j'en tremble de la tête aux pieds.) Ne s'agit-il pas d'une adaptation de la bande dessinée ? J'ai passé des *semaines* à travailler sur cette scène.

Langdon me sourit d'un air sarcastique.

– Et quel âge avez-vous ?

Il se penche, appuie ses coudes sur la table. Je me redresse d'un bond.

*La vignette montre une fille, un baril de propane et une allumette à la main.*

– Vingt-trois ans.

– Vingt-trois ans. Vous avez écrit un livre, quelques péquins l'ont apprécié et maintenant vous savez tout sur Hollywood ? (Il claque des doigts et se balance sur sa chaise.) Je ne sais même pas ce que je fais ici.

Mon sang se met à bouillir. Il a dit *quoi* ?

J'articule d'une voix tremblante :

– Moi non plus. À quarante-cinq ans, seul l'un de vos scénarios a été adapté en film de grande envergure, et il a rapporté moins de onze millions. Notre budget est dix fois supérieur.

Langdon inspire profondément, avec l'air d'un dragon se préparant à cracher du feu.

– Je me suis concentré sur les films indépendants, ce qui m'a permis de me faire respecter et…

Austin fait mine de rire, mais ses gloussements sonnent faux.

– Langdon, arrête. Ne joue pas les divas. Lola nous parle de son ressenti. Tout ça, c'est nouveau pour elle. (Il se tourne vers moi.) Parfois, même si c'est difficile, il faudra que tu nous fasses confiance. Que tu me fasses confiance. À moi ou à Langdon. À la production. Tu penses que tu peux y arriver ?

Il acquiesce et sourit comme si je venais de lui donner mon assentiment.

Je le dévisage, sonnée.

– Génial ! proclame-t-il. Nous modifierons la scène d'ouverture un tout *tout* petit peu et puis boum ! Ce seront tes mots sur l'écran.

---

LE RESTE DE LA RÉUNION EST DU MÊME ACABIT. Ma bande dessinée est charcutée, réorganisée. Les dialogues que j'adore sont coupés, certaines scènes que je n'aurais jamais osé inclure dans un livre apparaissent dans le scénario. Et nous recommençons demain. Et après demain.

Je commande mon dîner au room service et enfile mon pyjama avant 20h. Erik m'a appelée pendant notre brève pause-déjeuner et nous avons pris un rendez-vous téléphonique pour vendredi après-midi, pendant le trajet de retour à San Diego. Bonne nouvelle, il n'avait pas l'air d'avoir envie de m'assassiner, mais je sais qu'à mon retour, je devrai me mettre très sérieusement à écrire et à dessiner.

L'écran de mon téléphone, abandonné sur le lit moelleux, reste noir et sans vie ; j'aimerais tant appeler Oliver, le supplier de venir me retrouver pour me sortir de ce guet-apens, mais je parviens à peine à respirer.

Je voudrais qu'il soit ici. J'ai une liste de choses à faire de dix kilomètres de long, mais je ne pense qu'à lui. C'est fou, je n'aurais jamais pu imaginer qu'il me manquerait autant. J'ai passé la journée entière à regretter de ne pas être à San Diego plutôt qu'à réfléchir sur mon scénario.

Mais je n'ai pas envie de parler à Oliver, parce que je ne sais plus où j'en suis, à propos de nous, du livre, du film, de tout... et je n'ai pas non plus envie de lui écrire un message parce qu'il est vain d'espérer décrire tout ce qui m'arrive en si peu de caractères. Il me manque tellement. J'aimerais rentrer en voiture pour être avec lui. J'aimerais qu'il dorme dans cette chambre avec moi. Je sais que si je le lui demandais, il se précipiterait à ma rescousse. Il me calmerait, me ferait rire, m'aiderait à sortir de ma torpeur. Il m'offrirait un gadget décoratif à mettre au sommet de mon stylo. Une babiole en plastique rose. Un bibelot pour me faire rire.

Mais pour venir me rejoindre, il sera obligé de prendre la route très tard, seul. Les gens sont ivres et prennent des risques inutiles. Les gens envoient des textos en conduisant et San Diego se trouve à plus de 200 kilomètres de Los Angeles.

Mon téléphone vibre, son nom apparaît sur l'écran : **Comment ça s'est passé ?**

Je saisis mon téléphone et commence à rédiger une dizaine de réponses différentes, que j'efface à chaque fois. Je retombe sur le lit, allume la télé, prends une douche. Je sors un carnet et passe plusieurs heures à esquisser les pires dessins que j'ai jamais faits avant de laisser tomber crayons et feuilles sur mon lit. *Razor Fish* était-il un coup de chance ? J'ai commencé à l'écrire à quinze ans, il m'a fallu trois ans pour terminer le premier jet, deux ans de modifications et encore deux années supplémentaires pour trouver un éditeur. Comment ai-je pu croire une seule seconde qu'il était possible d'écrire une suite en quelques mois, tout en donnant des interviews, en travaillant sur un film et en tombant amoureuse ?

*La vignette montre une créature monstrueuse, qui dévore tous les meubles.*

Malgré mon épuisement, je n'arrive pas à cesser de penser. Je fouille dans mon sac et en sors un somnifère. Le petit cachet blanc me fixe d'un air de défi.

Je ne le sens même pas glisser dans ma gorge.

Mon champ de vision se rétrécit jusqu'à se concentrer sur une image hypnotique : le stylo que je tiens à la main. Le trait d'encre s'allonge, dépasse dans la marge. Mes paupières tombent comme des arbres coupés dans la forêt.

---

LE LENDEMAIN, AUSTIN ME RETROUVE devant l'immeuble et me tend un énorme mug de café.

– J'ai pensé que tu pourrais en avoir besoin.

Il sirote son petit expresso. Je lui souris et le remercie de son attention. Mon cerveau tourne à toute vitesse : dois-je comprendre que notre journée sera plus longue et plus difficile que celle d'hier ? Ou pense-t-il que je dois être plus concentrée, d'où le café ?

Je le suis jusqu'aux ascenseurs, il aboie au téléphone. Il raccroche au moment d'entrer dans la cabine bondée.

– J'aimerais que tu saches que Langdon comprend l'esprit de *Razor Fish*, lance Austin, d'une voix forte, dans un espace aussi saturé de personnes.

– Je n'en doute pas.

J'aimerais en parler avec Austin, bien sûr – et m'assurer que nous aurons le temps de tout terminer à temps pour que je rentre chez moi et me remette au travail –, mais je préférerais avoir cette conversation ailleurs que dans un ascenseur plein à craquer.

– Et je comprends que l'âge soit un point très important pour toi.

– C'est le cas.

– Mais Langdon a une grande sensibilité en matière de cinéma, il sait ce qui fonctionnera et ce qui ne fonctionnera pas. Nous n'arriverons jamais à retenir l'attention du public masculin avec une héroïne de quinze ans.

Je sens que tout le monde autour de nous écoute, attendant ma réponse avec impatience.

– C'est bien dommage. (Quelqu'un renifle derrière moi. Je ne sais pas s'il s'agit d'une manifestation de soutien ou d'une raillerie.) Natalie Portman avait seulement douze ans dans *Léon*. La relation de Quinn et de Razor est basée sur cet exemple.

La porte s'ouvre à notre étage.

– Il faut également considérer les conséquences en matière de dynamique sexuelle.

J'ouvre la bouche pour lui donner mon avis – ce sont les failles des personnages qui les rassemblent, il n'y a jamais eu le moindre indice de romance entre Mathilde et Léon –, mais Austin sort de l'ascenseur.

– Le sexe fait vendre, lance-t-il par-dessus son épaule. Tout le monde sait ça.

– Wolverine aussi. (Je parle suffisamment fort pour qu'il m'entende, même s'il marche devant moi, occupé à parcourir ses mails sur son téléphone.) Il guide des jeunes filles sans jamais dépasser la moindre limite.

Austin m'ignore, nous avançons vers la salle de conférence d'hier. À travers la vitre, je distingue Langdon, déjà installé, riant à la plaisanterie d'un homme assis à côté de lui. Ce dernier est plus âgé que Langdon, mais bien conservé, les cheveux grisonnants sur les tempes, des lunettes épaisses en écaille sur le nez.

– Oh Seigneur, ils sont là tous les deux, lâche Austin en ouvrant la porte. Lola, je te présente Gregory Saint Jude.

L'homme se lève et se tourne vers moi, en me regardant attentivement.

– Le réalisateur, ajoute Austin.

Je lui tends la main. Il est plus petit que moi, mais sa poignée de main est ferme. Il hoche amicalement la tête et se rassied à côté de Langdon.

– Mon père aussi s'appelle Greg, dis-je avec le sourire le plus aimable possible.

Il répond avec vivacité :

– Je préfère Gregory.

– Bien sûr. Bien sûr.

*Ah.* Je suis totalement mal à l'aise. Ça en plus de mon échange avec Austin... Je me sens comme Razor, qui fait irruption dans une version complètement différente de son monde. Je dois me retenir d'éclater d'un rire jaune.

Je glisse mon téléphone sur la table. J'ai envie d'appeler Oliver et de le lui dire. D'entendre sa voix, de me raccrocher à quelque chose.

Je viens de briser une barrière psychologique, un flot de pensées me submerge.

Je ne lui ai pas répondu hier soir. Ce matin, je lui ai envoyé une série d'emojis cœur accompagnant mon message : **S.O.S L.A. C'EST L'HORREUR,** mais sa réponse n'a pas suffi à me rasséréner : **Dormi comme une marmotte. Je dois manquer de sommeil ! Appelle-moi quand tu auras fini aujourd'hui.** Je reconsidère la possibilité de lui demander de me rejoindre et de passer les deux prochaines nuits avec moi. Serais-je capable de me concentrer en le sachant à quelques kilomètres de moi ? Et si j'y arrivais, quand aurais-je le temps de travailler ?

– Lola ? me secoue Austin.

Je lève les yeux : je fixais mon téléphone sans m'en rendre

compte. Ce n'est sûrement pas la première fois qu'il prononce mon prénom.

– Désolée, je... (J'éteins mon téléphone et lui souris.) Voilà. Désolée. Où en étions-nous ?

Avec un faible sourire, il répond :

– Page soixante.

# Chapitre 12

## Lola

AU MOMENT OÙ LA VOITURE S'ARRÊTE devant mon immeuble vendredi après-midi, Oliver m'attend déjà. Le chauffeur m'ouvre la portière et sort mon petit sac du coffre, refusant mon pourboire.

– On s'en est déjà chargé, dit-il avec un sourire.

Je grimace. Cette fois, je m'étais préparée. Je glisse le billet de vingt dollars dans ma poche et lève les yeux vers Oliver.

Muette le soir, impatiente de contribuer de manière significative pendant la journée, je lui ai seulement parlé deux fois ces deux derniers jours – à peine dix minutes au total. Le revoir me bouleverse autant que je m'y attendais. Il porte un jean brut, un T-shirt rouge bordeaux, des Converse bleu marine. Une mèche de cheveux balaie son front. Ses lunettes n'altèrent en rien le bleu scintillant de ses yeux. Il me sourit, se mord légèrement les lèvres, dévoilant ses dents parfaites – j'ai l'impression de respirer à nouveau.

Il avance d'un pas, je me jette dans ses bras, l'étreins le plus étroitement possible. Il m'enlace en retour, m'embrasse la tempe, la joue, me donne plusieurs petits baisers avant d'ouvrir les lèvres et de glisser sa langue dans ma bouche. Même en pleine rue, ses mains effleurent impatiemment ma taille, mes hanches, mes fesses. Il me dit que je lui ai manqué, manqué, manqué.

Je rêve de monter à l'étage pour faire l'amour et me noyer dans ses bras. Mais il est presque 19h, nous sommes censés dîner chez mon père. Dans un soupir, Oliver s'écarte, désigne sa voiture de la tête. Il me prend la main et m'accompagne jusque du côté passager.

– Tu es prête ?

J'acquiesce.

– Non.

Il ouvre la portière en riant.

– Entre.

---

AUSSI IMPOSSIBLE QUE CELA PUISSE PARAÎTRE, je n'ai jamais vécu un seul moment gênant avec mon père. Même à son retour de la guerre, quand nous prenions le petit déjeuner ensemble, incapables l'un et l'autre de penser à autre chose qu'aux cauchemars qui le faisaient hurler au milieu de la nuit. Même après le départ de ma mère, quand il a sombré dans l'alcool et les antidépresseurs pour oublier, j'avais pris l'habitude de le traîner hors de son lit pour l'obliger à boire de l'eau et l'écouter sangloter. Et même la fois où il a fait irruption dans ma chambre pendant que je faisais mes devoirs pour admettre qu'il avait besoin d'aide. Nous avons eu des moments difficiles, violents, mais nous n'avons jamais ressenti de *malaise*.

Tout change au moment où je sors de la voiture avec Oliver. Mon père nous attend sous le porche, un immense sourire aux lèvres.

J'avais totalement oublié qu'en vingt-trois ans, je ne lui avais jamais présenté aucun de mes petits copains.

À la seconde où nous passons la porte, je sais que mon père va mettre les pieds dans le plat : son sourire jusqu'aux oreilles ne présage rien de bon. Il donne une si grande claque dans le dos d'Oliver que le bruit résonne dans l'entrée.

Décontracté, les yeux pétillants de malice, Oliver lui sourit.

– Salut, Greg.

– Mon gendre ! s'écrie mon père.

Mon ventre se noue.

– Papa, arrête !

Il éclate de rire.

– Arrête quoi, Lorelei ?

– Tu nous mets mal à l'aise.

Il secoue la tête.

– Mal à l'aise ? Il n'y a pas de raison. Je vous accueille, toi et ton nouveau *chéri*. Ton petit ami. Ton...

Je lui jette un regard menaçant qui le fait taire.

Il nous apporte un CD de Barry White et une bouteille de champagne dans un seau à glace :

– Au petit couple le plus heureux que je connaisse !

Oliver rit, l'air enchanté – s'il n'était pas aussi détendu, je mourrais de honte – et prend la bouteille des mains de Greg.

– Laissez-moi le plaisir...

Mon père plaisante :

– Je vous en prie, Monsieur.

Je ferme les yeux. Leur complicité me ravit et m'horrifie en même temps.

*La vignette montre la fille, lançant une poêle en l'air et attendant calmement dessous.*

Je leur donne une tape sur l'épaule à tous les deux.

– Si quelqu'un a besoin de moi entre deux autocongratulations, je serai dans le jardin.

Mon père crie :

– Tu ne veux pas une flûte du champagne Nouvelle Idylle ?

Mais je suis déjà dans la cuisine, j'ouvre la porte et inspire l'air pur.

Dehors, le jardin est somptueux. Les passiflores ont envahi la palissade qui sépare notre jardin de celui des Blunt, faisant plier les vieilles planches de bois vers notre pelouse. L'été, il y a tellement d'abeilles que j'ai toujours imaginé que si elles s'y mettaient toutes ensemble, au lieu de se contenter de butiner, elles pourraient soulever la palissade, le jardin, notre maison, et nous emmener ailleurs, aussi facilement que l'on retire un autocollant. Les fruits de la passion arrivés à maturité sont tombés dans l'herbe. Je ferme les yeux, me rappelant le vrombissement des abeilles au-dessus de ma tête quand je rampais sous les plantes grimpantes pour récupérer un fruit mûr.

J'ai l'impression d'avoir retenu mon souffle pendant des jours. Depuis que je suis loin de L.A., je respire à nouveau. Ma gorge se desserre progressivement, comme un poing qui s'ouvrirait. Mais la tension persiste dans mon ventre. J'ai tellement à faire.

Le script n'est pas encore finalisé. Austin et Langdon me laissent relire la version sur laquelle nous avons travaillé ensemble, à condition que je ne revienne sur aucun des changements sur lesquels nous sommes tombés d'accord. Erik m'a offert deux semaines supplémentaires pour terminer *Junebug*. Pratique car dans trois semaines, je pars pour une autre tournée de signatures et ne reviendrai que pour assister au premier jour du tournage. Je n'ai jamais eu à jongler avec autant d'impératifs différents : je dois passer du film *Razor Fish* à la BD *Razor Fish* et à la BD *Junebug*. J'ai l'impression d'être revenue à zéro, d'avoir perdu tout le bénéfice de mon expérience. Comme un verre fissuré d'où l'eau s'échappe lentement.

J'entends la voix d'Oliver dans la maison, le rire habituel de mon père suivi par le « pop » du bouchon du champagne. Même si je suis loin d'avoir l'esprit tranquille, je dois me mordre les lèvres pour ne pas sourire en les entendant discuter avec cette aisance tranquille. Ensemble, ils sont un peu trop excités à mon goût, mais je me doutais que mon père se comporterait ainsi. Le choix d'emmener Oliver avec moi était délibéré. Ils s'apprécient beaucoup, je ne sais pas si je dois m'en réjouir ou m'en inquiéter.

Les voix s'affaiblissent, j'entends la porte grincer derrière moi, des pas lents font craquer l'escalier. Un grand corps chaud s'installe à côté de moi dans la pelouse.

Je me blottis contre lui et ferme les yeux. J'aimerais lui monter dessus, me prélasser dans ses bras.

– Où est mon père ?

Il me caresse le dos, m'attrape par la taille et m'embrasse dans le cou.

– Il peaufine la préparation du dîner des fiançailles.

J'éclate de rire, ferme les yeux et inspire profondément.

– Tu n'apprécies pas la manière dont il prend tout ça ?

– Si... Mais c'est comme quand on revient de chez le coiffeur. On a envie que les gens remarquent notre nouvelle coupe sans en faire non plus des tonnes.

Il se penche et m'embrasse sur le coin de la bouche.

– Tu n'aimes pas être sous les feux des projecteurs, n'est-ce pas ? Tu aimerais que notre relation, que *Loliver* soit un fait accompli. (Il sourit.) Que tout le monde soit au courant. Fin de l'histoire.

Je le contemple, mon cœur bat plus fort.

– Ou plutôt j'aimerais que mon père soit suffisamment discret pour avoir le plaisir de crier sur tous les toits que nous sommes *Loliver*.

– C'est assez égoïste, me taquine-t-il. Pour information, ton père est adorable mais tout sauf discret !

Je me mords les lèvres. Il sourit légèrement. Oliver plaisante, mais il dit tout de même ce qu'il pense.

– Je sais.

Il se tourne vers moi, m'effleure la bouche.

– Greg est heureux pour toi. (Il se tait et prend le temps de me regarder. Je respire plus vite. Il continue d'une voix sereine.) J'ai cru comprendre que tu ne lui avais pas présenté beaucoup de tes petits copains.

– Pas *un* seul. (Son regard devient plus insistant, se fixe sur ma bouche.) Tu es le premier.

– Mais tu as eu d'autres relations sérieuses, non ?

J'effleure son menton.

– Je ne sais pas si je qualifierais déjà notre relation de *sérieuse*.

Il rit.

– Tout dépend de ta définition du terme, cela fait très longtemps que nous construisons cette relation. Je voulais dire, quelqu'un avec qui tu es resté assez longtemps pour avoir envie de le présenter à ton père.

– Tu me demandes avec combien de mecs je suis sortie ?

Il sourit.

– Pas directement.

J'éclate de rire.

– Tu es le cinquième. (Il grimace, l'air ronchon.) Tu voulais que je te pose la même question ?

– Tu *peux*, me défie-t-il en plongeant ses yeux dans les miens. (Il doit être persuadé que je ne n'oserai pas. Au bout de quelques secondes, il tressaille.) Mais je ne saurais pas te dire exactement. À la fac, j'étais le spécialiste des coups d'un soir. Je dois être autour de trente, je pense.

J'acquiesce, tourne les yeux vers la palissade en retenant ma respiration jusqu'à ce que je retrouve mon calme.

– Tu n'as pas apprécié cette réponse.

– As-tu apprécié la *mienne* ?

Il rit en acquiesçant :

– Pas vraiment. Dans un monde idéal, tu étais vierge l'autre soir.

Je lève les yeux au ciel.

– Les mecs sont ridicules...

– Pas seulement les mecs, à ce que j'entends. Tu n'apprécies pas que j'aie couché avec d'autres filles.

– Je n'apprécie que tu aies *aimé* d'autres filles.

Oliver me lance un sourire éclatant. Il se penche, glisse les lèvres de mon cou à mon oreille :

– Je n'ai jamais aimé quelqu'un comme je t'aime. D'un amour aussi fort, impérieux, bouleversant tout sur son passage. Je n'ai jamais connu de fille avec qui je pouvais m'imaginer pour le reste de mes jours.

C'est un aveu tellement sincère, *direct*, nouveau. Oliver réalise-t-il à quel point il m'a été difficile de l'emmener ici, de lui avouer mes sentiments – même sans prononcer les trois mots fatidiques ? Depuis que nous avons ouvert nos cœurs à l'amour, nous donnons une chance à l'univers de les briser.

Trente filles. Mon cœur se serre, pourtant, ce n'est pas une surprise. Il faut que je m'habitue à recevoir de telles informations, après ces neuf mois où nous n'avons jamais abordé ces sujets. Je n'arrive pas à déterminer ce que je ressens. Un élancement douloureux ? Un amour encore plus profond, parce que nous sommes complètement honnêtes ? Je connais par cœur ses goûts en art ou en cinéma. Je sais quoi commander s'il est en retard au Regal Beagle, je sais qu'il est fils unique et qu'il déteste le ketchup. Mais je ne connais rien de son passé sentimental ni de ses opinions sur l'amour, s'il a souffert, quel genre de compagnon il a été pour certaines de ces filles. J'ignore ce qui lui fait peur.

Sa main remonte dans mon dos, me caresse distraitement.

– Tu m'as manqué.

Seigneur.

– Toi aussi.

– Pourquoi m'as-tu si peu appelé ?

Je hausse les épaules en me blottissant contre lui.

– Je ne savais pas quoi dire. Mes journées étaient difficiles. J'ai raté des deadlines importantes. Je ne savais plus où j'en étais.

– De quoi parles-tu ? me demande-t-il en me dévisageant.

– *Junebug.* (La nausée revient.) Je devais rendre le manuscrit il y a deux semaines.

– Il y a deux semaines ? (Il écarquille les yeux.) Je ne...

J'acquiesce.

– Je sais. J'avais noté la date dans mon agenda, mais j'étais persuadée que c'était pour la semaine prochaine. Mais même si je ne m'étais pas trompée, je serais en retard.

– Que puis-je faire ?

– Aucune idée. Je vais m'y plonger dès demain matin. (Je ferme les yeux avec l'espoir de tout oublier pendant quelques heures.) Je suis désolée de ne pas t'avoir appelé. Je n'aime pas être loin de toi. Je me sentais encore plus mal.

Il rit calmement.

– Je comprends.

– J'ai pris des somnifères.

Il me scrute.

– Ah oui ? Tu as en souvent besoin ?

– Non. Mais j'étais hyper angoissée. Ça m'a transformée en Lola muette.

– L'une des versions de Lola que j'aime. (Il m'embrasse les cheveux.) Je la connais bien.

Loin de lui, j'étais folle à lier. Depuis que je l'ai retrouvé, je me sens capable de tout lui dire, rien ne me semble étrange.

Comment ai-je *pu* survivre pendant trois jours à des centaines de kilomètres de lui ?

Il m'effleure les cheveux.

– Tu dors chez moi ce soir ?

Je devrais dire non, mais travailler ce soir est illusoire. J'ai besoin qu'Oliver remette les compteurs à zéro. Demain, je me ferai violence.

Je hoche la tête, il m'embrasse sur la bouche. En ouvrant à peine les lèvres. Un baiser tout juste humide. Le bout de sa langue effleure la mienne. Un courant électrique me parcourt de la tête aux pieds.

Je me blottis contre lui, grimpe sur ses genoux en rêvant de me soulager. Mon sexe *brûle*. Mes côtes aussi. J'aimerais croire que je peux respirer sans lui, mais comment en être certaine ? L'idée que je ne pourrai plus jamais être seule me terrifie.

Je laisse échapper un gémissement étouffé.

– Tu m'as manqué.

Il m'embrasse encore et murmure.

– Toi aussi. Viens, Lola love.

Il me lèche les contours de la bouche en m'encourageant à l'ouvrir encore. Ses gémissements discrets, son impatience quand il prend mon visage entre ses mains et incline la tête pour obtenir un meilleur angle, sont communicatifs. Mon sang s'enflamme, j'aimerais me laisser aller, bouger contre lui. Le désir m'envahit, je suis pleine du souvenir de nos étreintes. J'ai envie d'apprécier chaque caresse, de sentir sa passion. Il grogne et me mord la lèvre ; je balance les hanches sur lui, pour vérifier s'il bande déjà, s'il ressent autant de désir que moi.

Mais il me repousse – avec raison. Je sais que le jardin de mon père n'est pas le lieu le plus propice. Je n'arrive pas à apprécier Oliver à petite dose. Je ne me suis pas encore assez enivrée de baisers pour me contenter d'un avant-goût.

Je m'écarte, appuie mon front contre le sien en reprenant mon souffle. J'ai l'impression de posséder vingt sens au lieu de cinq. *Tout* mon corps vibre à cause de la surcharge sensorielle.

Je murmure :

– Désolée...

– Je n'arrive toujours pas à croire que tu sois sur mes genoux. (Il me caresse le ventre.) Sais-tu combien de fois je me suis caressé en t'imaginant dans cette position, en train de me baiser pendant que je te lèche les seins ?

J'éclate de rire, plaque une main contre ma bouche en jetant un coup d'œil à la porte.

Il m'embrasse le menton, avec un sourire serein. Il semble soudain avoir trente ans de plus que moi. Oliver contient si bien son désir...

– La suite, plus tard.

J'acquiesce, il me fait descendre de ses genoux, nous nous allongeons, épaule contre épaule. Le ciel ressemble à un océan infini au-dessus de nous, dans lequel nagent les étoiles. Oliver me prend les mains, entrelaçant nos doigts.

– Raconte-moi L.A. en détail.

Je respire un bon coup pour organiser mes pensées.

– Je me suis mise à écrire *Razor* il y a si longtemps que je n'ai aucun souvenir de mes difficultés à l'époque. En allant à Los Angeles, j'ai reçu un seau d'eau glacée sur la tête. Je me suis sentie naïve, inutile pendant ces réunions qui concernaient pourtant ma propre bande dessinée. Chaque soir, j'essayais de travailler sur *Junebug* sans même réussir à commencer.

Il soupire à côté de moi, porte nos mains jointes à sa bouche pour embrasser la mienne.

– Tu me manquais, je ne faisais que penser à nous et, à chaque réunion, la pression montait. (Je le regarde.) Ils étaient trois : Gregory – ne surtout pas l'appeler Greg, Seigneur... –, Austin et Langdon.

– Gregory Saint Jude ? Il a réalisé *Metadata* l'année dernière, n'est-ce pas ?

Oliver est plus à la page que moi. J'ai dû vérifier qui il était sur le site IMDb, dans le couloir l'autre jour. Je me sens embarrassée.

– Oui. Et il n'est pas mal. Il ne fait pas beaucoup attention à moi, mais passons. Langdon est un enfoiré. Austin m'a assuré qu'il comprenait l'esprit de l'histoire, mais soyons clairs : *ce n'est pas le cas.* Ou peut-être que c'est le cas, mais comme un type de quarante ans qui aurait envie de baiser Quinn.

Oliver grogne.

– As-tu terminé les modifications ?

Je sens le poids de son regard sur moi.

– Non. Nous avons parcouru tout le scénario, mais ils me laissent deux semaines pour « fignoler ». Comment savoir ce qu'ils veulent dire par là ? Il y a tellement de choses que je n'ai pas le droit de modifier, et bien sûr, ce sont des détails importants pour moi. Je me fiche pas mal des vêtements de Quinn.

Il soupire en contemplant le ciel.

– Je suis désolée que ce soit aussi frustrant, mon cœur. C'est nul.

J'acquiesce.

– Ce n'est pas grave. On y arrivera. Je suis contente de te retrouver ce soir.

– Moi aussi.

Il m'embrasse la main, nous continuons à observer les étoiles en silence puis la porte grince, je sens que mon père nous observe du porche. Je sais ce qu'il voit : sa fille allongée sur l'herbe, tenant la main d'un homme pour la première fois devant lui. Je n'imagine pas ce qu'il ressent, si le sentiment est doux-amer ou seulement doux, ou si c'est aussi effrayant pour lui que ça l'est pour moi.

– Le dîner est prêt, dit-il calmement.

Sur la table, il a disposé des sets et des serviettes dans des anneaux de cuivre. Il a même allumé une bougie. Au moment où je m'apprête à le réprimander, je croise son regard, plus angoissé que taquin. Il a conscience de s'être un peu laissé emporter, je choisis donc de lui sourire.

Oliver s'assied à côté de moi, en face de mon père, nous nous servons en silence. Sans moi, ils seraient en train de rire, ils dîneraient sans la moindre gêne. Sans Oliver, mon père et moi plaisanterions et ferions honneur au repas sans nous poser de question. Dans ce cas de figure, le chiffre trois ne porte pas chance.

Mon père se racle la gorge, mal à l'aise, et nous regarde.

– Je suis très heureux pour vous deux.

J'ouvre la bouche pour le supplier de changer de sujet, *pour l'amour de Dieu,* mais Oliver pose la main sur mon genou, comme s'il sentait que ce n'était pas la réaction appropriée.

– Merci, répond-il en souriant à mon père avant de prendre une autre bouchée de salade. Nous sommes également très heureux.

– À l'amitié, lance mon père.

– À l'amitié, répète Oliver.

Mon père sirote son verre de vin en me jetant un coup d'œil. Je distingue ce qu'Olivier a perçu : mon père se cache souvent derrière des espiègleries, mais ce soir, il laisse parler ses émotions.

– La mère de Lola et moi nous sommes rencontrés dans un bar. (Il hoche la tête en souriant.) Notre histoire a débuté tout de suite. Il s'est avéré que nous n'étions pas faits pour nous entendre sur le long terme, mais c'était super le temps que ça a duré. Je suis heureux que tu sois avec quelqu'un qui te correspond vraiment.

Je lève les sourcils en lui lançant un regard qui signifie :

*allons-nous vraiment parler de ça ici et maintenant* ? Il rit. Nous ne parlons jamais de ma mère seuls tous les deux, encore moins devant quelqu'un d'autre. Il n'y a rien à dire. Cet été, leur séparation aura duré plus longtemps que leur mariage. Je connais les grandes lignes : leur vie de couple était sympa – pas géniale –, ils ne sont jamais restés ensemble très longtemps à cause de ses déplacements. Elle n'a pas su encaisser son retour à la maison, quand il a été réformé. En tant qu'adulte, j'ai deviné que mon père lui avait pardonné depuis longtemps et je suis certaine qu'elle s'en veut beaucoup trop d'être partie pour essayer de me reparler un jour.

Quelle lâcheté ! Elle n'a plutôt pas intérêt à essayer.

Dans le salon, Tom Petty chante quelque chose à propos de la chute libre, la mélodie me donne l'impression de revenir en arrière. Nous avançons et avançons, mais une part de moi aura toujours douze ans malgré le temps qui passe. Je naviguerai toujours dans le monde avec un parent qui m'aime pour deux.

Un sentiment de gratitude pour mon père m'envahit, ma respiration s'étrangle dans ma gorge.

Reconnaissante, je prends la main d'Oliver. Il m'a permis de me calmer, de prendre du recul. Je demande à mon père :

– Où est Ellen ce soir ?

Je sens qu'il est heureux que je parle d'elle : il sourit et se lance dans une explication détaillée de son programme de travail et du dîner qu'elle a prévu avec des amis. La main d'Olivier posée sous la mienne me réchauffe : sa peau est douce, les quelques poils qui la recouvrent se hérissent. J'aimerais qu'il me caresse la joue.

---

OLIVER DESSINE DE PETITS CERCLES SUR MA CUISSE du bout des doigts en nous ramenant chez lui. Si je ne le connaissais pas aussi bien, je penserais qu'il s'agit d'un mouvement spontané – alors que rien n'est involontaire chez lui. Il est réservé mais sûr de lui, détendu mais toujours conscient de ses gestes.

– Où aimerais-tu baiser ? demande-t-il en regardant droit devant lui.

Je lui souris.

– Maintenant ?

– Non. Un lieu incongru où tu voudrais le faire *un jour*. Je suis *en train* de nous ramener à la maison pour te baiser.

Je réfléchis.

– Dans une attraction à Disneyland.

Il me jette un coup d'œil.

– C'est un peu cliché. Et illégal, j'en suis sûr.

– Probablement. Mais chaque fois que j'y vais, je ne peux m'empêcher de m'imaginer à la recherche d'un coin sombre pour faire des choses.

– Le soir, peut-être. Après le départ de la foule. On s'écarterait juste assez pour que je puisse te prendre.

J'avale ma salive en faisant remonter sa main sur ma cuisse. J'imagine son pantalon baissé sur ses hanches, les muscles sur son ventre plat, ses va-et-vient vigoureux en moi.

– Tu voudrais être dans une attraction pendant que je te baise ? demande-t-il en actionnant son clignotant droit.

Mon corps se contracte d'excitation.

– Seulement si j'étais sûre que personne ne pourrait nous voir et si nous ne faisions aucun bruit.

– Il y a toujours de la musique là-bas, de toute façon. (Il me regarde droit devant lui en souriant.) J'aimerais faire juste assez de bruit pour que *toi*, tu m'entendes.

Il oblique dans sa rue. À la seconde où il a prononcé ces mots, je me suis souvenue de ses grognements, de son soupir rauque, guttural, quand il me baisait très fort.

Il se gare devant chez lui et éteint le moteur, avant de se tourner pour me regarder. La voiture devient silencieuse, mon rythme cardiaque s'accélère. Il se penche lentement, fixant mes lèvres.

Sa maison se trouve à cinq mètres, mais nous sommes *ici* et nous nous embrassons comme si nous ne nous étions pas vus depuis un an. Oliver m'embrasse pendant de longues minutes, des heures, des jours, jusqu'à ce que mes lèvres soient irritées par la barbe que je n'ai pas envie qu'il rase. Sa langue, ses dents, ses grognements m'électrisent ; il m'étreint. Je sens son désir à la manière dont il se jette sur moi dans la voiture pour prendre mon visage entre ses mains et me caresser. Je le reconnais aux gémissements qui lui échappent chaque fois qu'il bouge, chaque fois que je l'attire contre moi, que je le mords et suce ses lèvres.

– Rentrons.

– Oui.

Il rit, ouvre ma portière et nous chancelons tous les deux. Il doit ramper sur mon siège pour sortir de mon côté. Je manque m'étaler sur le trottoir. Quiconque nous verrait sortir ainsi de la voiture penserait que nous sommes ivres.

N'est-ce pas tout comme ?

C'est ce qu'on appelle l'alchimie, j'en suis persuadée. Ce sentiment qui nous paralyse et nous transperce, qui me donne l'impression d'être en vie pour la première fois en assassinant les souvenirs des moments qui l'ont précédé. Des souvenirs affadis de ce que je ressentais en étant si loin de lui.

Je me souviens du poids de ses mains et de son corps, je reconnais mon goût dans sa bouche après deux longs baisers, la manière dont son rire devient gémissement, son regard fixé sur mes mains quand je le caresse.

Oliver m'aide à me lever puis me porte sur son épaule pour entrer chez lui. Il m'aide à descendre, je glisse sur son corps, sens son torse, son ventre, son sexe plaqué contre moi sous son jean. Il m'effleure la taille, me sourit en retirant mon chemisier et mon soutien-gorge.

Le vent s'engouffre par la porte d'entrée qui grince sur ses gonds. Le heurtoir R2-D2 d'Oliver cogne contre le bois. L'air frais me parcourt la peau ; mes bras et mon ventre se couvrent de chair de poule. Je ferme la porte d'un coup de pied, pour que nous soyons enfin seuls. Le silence se fait, je n'entends plus que les petits halètements d'Oliver qui m'embrasse dans le cou.

Ses mains descendent sur ma poitrine, ma taille, mes hanches. Il déboutonne mon pantalon et le descend lentement sur mes cuisses.

J'aime porter plusieurs couches de vêtements : chaque fois qu'il en retire un, il m'embrasse plus bas, gronde contre ma peau, me mordille. Comme s'il libérait son désir et le versait sur ma peau, goutte à goutte.

– Tu es tellement douce... (Il murmure contre moi en s'agenouillant, baisse ma culotte sur mes jambes, centimètre par centimètre.) Encore plus sucrée que tu n'es douce.

Il m'embrasse la poitrine, joue avec mes tétons, souffle sur mes seins tout en continuant d'enlever ma culotte. La lumière de l'entrée est allumée, il lève les yeux vers moi.

– Tu aimes qu'on te lèche les seins ?

J'acquiesce en m'accrochant à ses épaules. Je le laisse m'embrasser. Pourquoi suis-je nue alors qu'il est encore tout habillé ? Je ne peux pas bouger, je n'ai pas envie qu'il arrête... mais j'en veux *plus*. Je me sens lourde d'un désir qui envahit toute ma peau, je ne peux m'empêcher de supplier. Il me sourit en m'embrassant, passe au sein qu'il négligeait, le lèche longuement avant de me donner ce que je désire *profondément* : ses lèvres se ferment sur mon téton, il le suce. Un immense soulagement me submerge.

Je contemple ses cheveux bruns emmêlés contre ma peau,

ses lèvres gonflées à force de m'embrasser, de jouer avec mes seins.

– Est-ce réel ?

Oliver me lèche la peau, comme s'il mangeait une glace, et suce mes tétons très fort, comme s'il voulait m'aspirer dans sa bouche. Mes seins lui échappent des mains, il lèche et mord tout ce qu'il ne peut pas toucher. Mon corps attend ce moment depuis des jours, je perds patience.

– *Putain.*

Je plonge les doigts dans ses cheveux, il fait un pas en arrière, me contemple en caressant l'intérieur de mes cuisses. Je saisis sa chemise, l'enlève, effleure ses larges épaules pendant qu'il embrasse mon nombril et ma hanche.

Je n'ai pas envie de faire ça ici.

Je m'éloigne d'un pas, il me suit dans le couloir en me tenant par la taille, sa bouche sur la mienne, en murmurant que je suis magnifique, qu'il a tellement envie de moi.

Le monde tournoie, je m'allonge sur son lit.

*La vignette montre un homme qui la contemple. Elle a les yeux écarquillés : c'est la première fois qu'elle le regarde avec ses nouveaux yeux. Il la dévorerait s'il pouvait.*

Oliver enlève ses lunettes et les pose sur la table de chevet. Il me saisit par la hanche, me contemple de la tête aux pieds. Dans mon champ de vision, je distingue ma poitrine qui ondule, mais je n'arrive pas à détacher les yeux de son visage.

Je me souviens du jour où il m'a tellement fait rire que j'ai craché du Coca-Cola sur son T-shirt Hellraiser.

Je me souviens du jour où il a fait irruption au loft pour me montrer le *Detective Comics 31* que quelqu'un venait de lui vendre.

Je me souviens quand il a dit « je le veux » alors que ce n'était pas le cas.

Je me souviens d'avoir siroté mon café en le regardant dormir sur le canapé.

– À quoi penses-tu ?

*Il faut arrêter de paniquer, de faire une fixation, pour éviter de tomber trop vite, trop fort.*

– Je ressens des émotions.

Il parle contre mon ventre et l'embrasse.

– Quel genre ?

– De la panique.

Il sourit.

– Oublie ça.

Je ferme les yeux en lui caressant les cheveux. Comment un tel bonheur peut-il me donner la sensation d'un couteau qui se plante entre mes côtes ?

– Tout va bien, promet-il en m'embrassant sur la hanche. Je te désire depuis des mois. Je sais que tu ressens la même chose. Je t'aime. Je sens que tu le penses chaque fois que *je* le dis, à la manière dont tes mains s'agrippent à moi.

Ses doigts parcourent mon entrejambe, glissent sur mon clitoris, entrent presque en moi. Quelle chance de vivre ça, de ressentir ça, d'être ici. Quelle chance d'avoir toute la nuit devant nous. Il me caresse, doucement pour commencer, lentement, puis il accélère. Ma respiration s'entrecoupe, j'écarte les jambes, ses baisers continuent, il me demande doucement si j'aime ce qu'il fait, si ses doigts sont au bon endroit. Je hoche la tête et me cambre sur le lit pour coller mon corps à sa bouche. J'aimerais qu'il ait déjà enlevé son pantalon pour pouvoir prendre son sexe dans ma main et le glisser en moi.

Je ne sais pas exactement ce qu'il fait avec ses doigts mais c'est rapide, glissant, j'ai déjà envie de jouir, tout devient transparent et...

Ses mains s'éloignent pendant une demi-seconde, il me donne une petite *claque* du bout des doigts.

*La vignette montre la planète Terre, fendue en deux.*

Il avale mon halètement choqué en me donnant un baiser profond, couvre ma bouche de ses lèvres et grogne quand je deviens brûlante de désir. Il me sent remuer sous lui, tremblante et fiévreuse.

– *Oh, Seigneur.*

Son soupir ressemble à un « ouais ? » contre mes lèvres, il m'embrasse encore doucement avant de me frapper de trois coups rapides.

Ensuite, ses doigts dessinent des cercles sur mon clitoris, je crie, pleine d'une sensation brûlante et glacée qui explose en moi, coule sur ma peau et fait bouillir mon sang. Ses caresses ne cessent pas ; les yeux écarquillés, il me regarde jouir. Je ferme les yeux et m'effondre sur le matelas. Il se penche, m'embrasse dans le cou et écarte mes cuisses.

– Tu as aimé. (Il m'embrasse sur la joue.) Je t'ai donné des claques sur la chatte et tu as aimé.

Je gémis pour qu'il m'embrasse sur la bouche, comme pour me rassurer.

– Tu es coquine, dit-il en se léchant les lèvres. Tu es *merveilleuse.*

Je m'assieds, l'attire entre mes jambes, enlève sa ceinture, ouvre sa braguette, descends son pantalon sur ses cuisses avec des gestes impatients. J'en ai l'eau à la bouche, il m'attrape par les épaules, prêt pour la suite. Sa queue se tend devant moi, presque trop épaisse. Je sens son corps se contracter au moment où je fais glisser son prépuce et me penche pour lécher l'extrémité de sa queue.

La fellation ne fait pas partie de mes habitudes. Je dois prendre sur moi pour m'exécuter et je ne peux m'empêcher de réfléchir à tout allure...

*Est-ce bon ?*

*Oh Seigneur, j'ai mal à la mâchoire.*

*Vais-je être obligée d'avaler ?*

Rien de tout cela maintenant : j'ai envie de le prendre tout entier dans ma bouche, de lécher la peau tendue de son sexe, j'imagine ce qu'il ressent quand je le lèche ainsi, quand je suce les petites gouttes de son plaisir, prends tout son gland dans la bouche, et sa verge, aussi loin que je peux. Je cherche ses testicules de la main, le touche, *l'apprends.* Ce corps, je finirai par le connaître par cœur. Il m'aide à bouger, à trouver le rythme parfait, ses hanches balancent en rythme, il m'encourage de ses gémissements et petits grognements. J'adore sentir sa queue se tendre toujours plus, il bande dur. Plus je le suce et plus il approche de la jouissance, j'en gémis d'avance. *Oh putain !* J'ai envie qu'il jouisse en moi, sur moi, partout. Il tremble, me baise la main, m'attrape par les cheveux, crie d'une voix rauque, avec son accent prononcé, mais je ne veux pas arrêter. Je veux le voir jouir dans ma gorge, plié en deux, en grognant pendant que je l'avale. Il m'embrasse dans les cheveux, gémit tandis que les derniers spasmes de son orgasme le prennent. J'ai des étoiles plein les yeux.

Il me regarde en reprenant son souffle. J'embrasse son sexe.

Cet acte ne m'a jamais procuré le moindre plaisir jusque-là, mais bordel, je suis folle de sa queue. Je m'effondre sur le matelas en me mordant les lèvres pour retenir un énorme sourire.

Oliver se penche vers moi en s'appuyant sur les poings.

– Tu viens d'aspirer mon âme.

Je roule sur le côté en gloussant, fière de la pipe que je viens de lui offrir. Il me suffit de le regarder pour savoir que c'était sensationnel. Il enlève son pantalon, monte sur moi, m'embrasse la poitrine, le ventre... En quelques secondes, je réalise où il se dirige, ce qu'il s'apprête à faire.

– Non... je murmure en ajoutant rapidement : Pas besoin.

Je lui saisis le menton et guide son visage vers le mien. Oliver m'embrasse avant de me dévisager longuement.

Quelque chose se contracte dans ma poitrine. Je l'observe – avec ses cheveux bruns ébouriffés, ses yeux bleus pleins de satisfaction dans lesquels je distingue une ombre – et dois détourner le regard pour calmer la certitude que tout était parfait avant que je lui demande d'arrêter.

– Regarde-moi. (Il attend puis insiste.) *Lola.*

Je fixe sa bouche. Ses lèvres douces, l'ombre de sa barbe sur ses joues.

– Tu n'as pas envie que je t'embrasse là ?

Ses doigts errent sur mon sexe.

– Si.

– Alors pourquoi m'as-tu arrêté ?

– C'est...

– Quoi ?

– *Parce que.*

– Parce que ? (Il sursaute et s'écarte, ce qui me dit qu'il n'est pas sûr d'apprécier ce que je m'apprête à lui dire.) Je ne comprends rien.

Seigneur, j'ai vraiment beaucoup de mal à m'exprimer.

– C'est à cause de tes antécédents.

– Mes quoi ?

Je soupire, dissimule mon visage dans mon bras, reconnaissante qu'il ne l'écarte pas immédiatement.

– Tu sais... À propos de tes colocataires et de leurs amies. Quand tu es devenu la légende du cunnilingus. Je sais que tu l'as fait à beaucoup de filles.

J'écarte mon bras, il a l'air amusé.

– Tu m'as fait la pipe de ma vie.

– Je suis aussi surprise que toi. Tu m'as inspirée. Je n'ai jamais *appris*.

Il soupire.

– Je me demandais si ça te dérangeait vraiment ou si tu ne faisais que me taquiner.

J'effleure sa bouche du bout des doigts.

– Ça ne me dérange pas, je ne suis pas jalouse. Mais j'ai l'impression d'être obligée de te laisser faire. Je n'ai jamais apprécié les cunnilingus. Avec toi, si je ne jouis pas, ce sera de ma faute. (Il ouvre la bouche, mais je le fais taire d'un doigt pour finir de parler.) J'ai beaucoup de mal à me détendre quand les mecs le font. Je n'ai jamais réussi : mon esprit vagabonde, je commence à penser à autre chose et... je réalise que ça fait de moi quelqu'un de bizarre, mais voilà.

Il ferme les yeux.

– Ressens-tu les mêmes sensations avec moi qu'avec les autres ?

C'est ridicule.

– Non, bien sûr que non.

– As-tu déjà pensé que tu n'appréciais peut-être pas l'acte parce que les mecs que tu fréquentais n'étaient pas très doués ?

– Oui, mais j'ai aussi déjà pensé que je n'arrivais pas à prendre de plaisir parce qu'eux non plus.

Il me dévisage, la tête penchée sur le côté, l'expression indéchiffrable. Il finit par murmurer :

– Tu as peut-être simplement besoin de te sentir en confiance avec l'homme pour être en confiance pendant l'acte ?

– Non... je veux dire... (Je me sens nue pour la première fois ce soir.) Et si tu n'aimes pas me le faire ?

Son regard s'adoucit.

– Comment peux-tu l'envisager ?

Je ne réponds pas, il chuchote :

– Lola. J'aime ton sexe. J'aime ton goût.

– Je sais.

– Sur mes doigts. Sur les tiens. Tu te souviens de ma réaction ?

Je ferme les yeux et acquiesce. Je me souviens de ses gémissements, de ses frissons de plaisir.

Il m'embrasse la paume de la main.

– Je serai très délicat avec toi.

– Je te fais conf...

– Je commencerai doucement, m'interrompt-il en m'embrassant encore. Après t'avoir embrassée juste là pour la première fois.

Je ravale un sourire, mais il s'évanouit quand sa langue glisse à l'intérieur de ma main, dessinant un cercle. Il pince les lèvres, suce doucement chacun de mes doigts.

– Je ne sucerai pas trop fort. Je ne lécherai pas trop vite.

Sa langue tourbillonne dans ma main, dessine des cercles de plus en plus petits jusqu'à ce que ma main soit mouillée et chaude sous ses baisers. Je le désire tellement que j'en ai le souffle coupé.

– Et c'est moi. Oliver. Pas n'importe quel mec.

Je souris, caresse son menton râpeux.

– Des petits cercles. Tout autour, tout autour, tellement réguliers et doux que tu seras trempée, les jambes écartées, tu t'agripperas aux draps en me suppliant de te faire jouir. J'aimerais que tu me supplies de te donner ma bouche chaque fois que nous serons seuls.

Il lève les yeux vers moi.

– Et je donnerai tout pour toi, Lola. Je te lécherai jusqu'à te faire crier de plaisir, je ne jouerai pas à te frustrer. Si je pouvais te faire jouir tout de suite, je le ferais, à chaque minute, si tu le désirais. (Il glisse la langue sur mon index.) Je deviendrai si doué que tu ne te lasseras jamais de moi.

Je laisse échapper un gémissement rauque et suppliant. Je suis incapable d'imaginer ma vie sans lui.

– Mais après ça, j'aurai encore envie de toi.

– Ah oui ?

Il saisit sa queue.

– Regarde, ne serait-ce que l'idée me fait bander alors que je viens de jouir. Je bande pour toi, putain.

Après avoir longuement observé son visage, j'acquiesce. Il s'agenouille entre mes jambes sur le côté du lit.

Il m'observe en me touchant, je résiste à l'envie de me cacher sous le drap et de fermer les yeux. Ses cheveux m'effleurent les cuisses, il se penche, je sens son haleine quand il soupire contre moi, puis son doux baiser et ses lèvres qui s'ouvrent et recouvrent mon sexe. Sa langue est là, elle me caresse tout doucement.

– Bordel, grogne-t-il. (Ses mains tremblent en m'écartant les jambes et me plaquent contre le matelas.) Bordel de *merde*, Lola.

Je n'ai plus envie qu'il prenne la moindre précaution.

Je n'ai plus envie qu'il soit doux.

Je veux qu'il utilise tous ses trucs. S'il peut me faire ressentir ça en un baiser, je meurs d'envie de savoir ce que je ressentirai quand il sortira l'artillerie lourde.

Une fois que je suis bien installée, il recommence à me caresser, en s'efforçant d'être doux et lent. Il m'observe, les yeux fixés sur mon visage. Il semble si préoccupé par mon plaisir que j'en suis émue. Je me laisse aller sur le matelas, me cambre vers lui en murmurant :

– C'est bon, c'est bon, *c'est bon.*

Alors, il se déchaîne. Ses caresses me sont inconnues, je ne sais pas si je suis faite comme les autres mais le rythme est parfait, il me donne plus de plaisir que n'importe quel sex toy.

*Seigneur...*

J'ai envie de le regarder, mais je préfère me concentrer sur la *sensation.* Sa langue mouillée, ses gémissements qui vibrent contre moi, mes cuisses qui tremblent, mon ventre qui se contracte, le plaisir qui envahit ma poitrine.

Mais *oh...* il est si beau entre mes jambes. Il entoure mes cuisses de ses bras pour maintenir mes jambes ouvertes pour lui. Je vois son dos, ses fesses dans le miroir. Il remue sans s'en rendre compte, m'aimant de tout son corps mais me touchant seulement avec sa...

Les sensations m'empêchent de réfléchir : je me consume lentement, c'est surréaliste. Mieux que bon, c'est *merveilleux*. Ses gémissements et sa respiration haletante, l'ivresse qui monte en moi, jusqu'à ce que je ne puisse plus penser à rien, sinon au plaisir qui explose dans tous mes membres.

*Je comprends.*

*Je comprends maintenant.*

Je crie :

– Je jouis !

*Et, Seigneur, je jouis tellement fort.*

Il grogne pour m'encourager, me contemple. Je le répète, encore et encore, d'une voix émerveillée. Mais je n'invente rien. Après tous mes halètements, ma respiration saccadée, mes frissons. La sensation monte et monte, sans jamais s'arrêter, je répète ces mots tant de fois qu'il rit fièrement entre mes cuisses, sans perdre le rythme, en me donnant toujours plus, et mieux. *Putain,* j'ai le temps de me demander si mon corps a déjà connu une sensation pareille, si tous mes orgasmes précédents étaient de pauvres cousins éloignés de *cet* orgasme, qui semble parti pour ne jamais s'arrêter.

Je finis par pouvoir articuler alors qu'il me monte dessus, m'embrasse partout :

– Ok... Je dois l'admettre, tu as remporté ce round.

Il est à bout de souffle et bande. Il rit, m'embrasse encore.

– Je dirais plutôt que nous avons tous les deux remporté ce round.

---

AU LEVER DU SOLEIL, NOUS SOMMES ENCORE éveillés, la lumière envahit progressivement la chambre d'Oliver. Les draps sont roulés en boule par terre, les oreillers écrasés sous le matelas et contre la tête de lit, mais je me sens parfaitement bien dans cet énorme lit, contre la peau douce d'Oliver.

Je demande en regardant l'heure :

– Vas-tu réussir à travailler ?

Il marmonne dans mon épaule :

– Plus important : vas-tu réussir à *marcher* ?

C'est une bonne question.

Je ris et m'arrache à son étreinte, sors du lit en marchant d'un pas mal assuré jusqu'à la salle de bains. Je me sens douce et molle, j'aimerais passer la journée au lit, dormir tout contre lui. Je n'ai pas envie de penser à autre chose. Je voudrais que le reste du monde disparaisse.

Pour la première fois de ma vie, je n'ai pas envie de travailler.

Il me rejoint sous la douche. Après une nuit blanche et des heures à faire follement l'amour, je suppose que nous sommes tous les deux trop fatigués pour autre chose que des baisers. Mais sous l'eau qui coule, entourés de vapeur, son corps coulisse contre le mien et ses doigts, en caressant mes fesses, suggèrent autre chose. Tout à coup, j'ai envie de lui demander quelque chose que je n'aurais jamais cru désirer avant.

Je le regarde.

– J'ai envie de te sentir là...

L'eau dégouline sur son front. Ses cils épais, trempés, encadrent ses yeux bleus brillants. Il me dévisage.

– Tu es sûre ?

– Oui.

Je monte sur la pointe des pieds pour lui mordiller la joue.

Oliver me tourne contre le mur, m'embrasse dans le cou en me caressant le dos et les fesses. Il glisse un doigt en moi avec précaution, puis deux, m'élargissant lentement. Il murmure et grogne, me dit qu'il fera attention, qu'il m'aime et, finalement, il me pénètre lentement.

– Ça va ?

J'acquiesce. En réalité, je ne sais pas. Je suis bouleversée, partagée, j'aimerais tout avoir de lui, en même temps, partout.

Il me pénètre sans préservatif, les doigts sur tout mon corps, me caressant le clitoris. Son plaisir est manifeste. Il me baise mais a beaucoup de difficulté à se retenir. La satisfaction que je devine à ses gémissements, la manière dont il tremble et me pénètre sans réussir à conserver un rythme, l'écho de son cri surpris quand il jouit libère toute la peur que j'ai de le perdre.

Que tout ce qui est bon dans ma vie pourrait s'évanouir, qu'il pourrait me quitter.

Que nous pourrions construire une vie ensemble qui nous serait arrachée devant nos yeux.

Que je pourrais me retrouver seule à nouveau, et voir toute ma vie s'effondrer.

Maintenant, il est tout pour moi.

Groggy, Oliver me savonne. Il m'embrasse comme pour remercier.

– Ça va ?

Je réponds à sa question en ignorant la plus importante – la *vraie* question – parce qu'à cet instant, je suis bouleversée. Submergée par mes sentiments pour lui.

Mais physiquement, tout va bien.

– Très bien.

Il m'embrasse avec désespoir.

C'est un cliché, mais tout a changé pour moi depuis cette douche. Je ne pourrai jamais aimer un homme plus que je ne l'aime.

Nous nous habillons en silence, il continue de me regarder avec un mélange étrange d'admiration et de soulagement.

– Mais ça va ? demande-t-il encore en récupérant des vêtements dans la commode.

Muette, j'acquiesce.

Je *l'aime*. Je l'aime plus que tout, et cet amour annihile tout le reste.

Il s'approche et m'examine, en prenant mon visage dans ses mains.

– Lola Love, ça ne va pas. Est-ce ma faute ? Est-ce à cause de ce que nous venons de faire ?

Ses traits se tirent.

Je secoue la tête, et passe les bras autour de son cou pour l'embrasser. Il se penche, me serre contre lui. J'aimerais passer la journée ainsi. Maintenir le reste du monde à distance et être ici, avec Oliver, jusqu'à ce qu'il soit temps d'aller à nouveau au lit.

---

JE SUIS ABASOURDIE, IVRE DE BONHEUR. Je monte lentement les marches de mon appartement, épuisée mais heureuse.

Le loft est silencieux – London doit être en train de surfer – et j'attrape une tasse de café avant de me diriger vers ma chambre et de me mettre à travailler sur toutes les choses qui me restent sur les bras. Je n'ai pas ouvert ma boîte mail depuis plus d'un jour, et je n'en ai pas envie. J'apprécie de flotter dans cette bulle.

J'ai à peine dormi. Je jette un coup d'œil à mon ordinateur, le stylet repose innocemment sur la tablette graphique. Mon programme est très chargé, mais j'ai vraiment besoin d'une petite sieste.

Je m'effondre sur mon lit, ferme les yeux et tente de me concentrer sur l'intrigue de *Junebug* et son personnage principal. Mais je n'arrête pas de penser à Oliver, à son corps contre le mien. J'entends sa voix dans mon oreille, je me rappelle chacun de ses baisers.

Je me réveille quand il fait nuit. Mon ventre gargouille.

Je jette un coup d'œil à mon téléphone et cligne des yeux, surprise, en voyant le nombre de notifications sur mon écran.

J'ai raté quatre appels, des numéros que je ne connais pas et deux autres que je connais ; mon attachée de presse,

Samantha. Je déverrouille l'écran et l'appelle immédiatement.

– Sam, comment vas-tu ? Désolée, je me suis endormie.

Je vois son sourire à l'autre bout du fil, elle s'efforce de rester calme pour ne pas m'affoler. Elle n'a jamais montré le moindre indice de stress jusqu'à maintenant.

– Oh, pas de problème. Je leur demanderai de te rappeler plus tard. Ne t'inquiète pas.

– Qui est censé m'appeler ? (Je me frappe le front.) Seigneur, Sam. De qui parle-t-on ?

– Du *Sun*, du *Post* et du *Wall Street Journal*. Je savais que tu n'aurais pas le temps samedi, donc j'ai pensé qu'il serait plus facile de leur demander de te rappeler lundi. On repousse à la semaine prochaine.

Quelque chose se brise en moi, la panique m'envahit soudain.

Je m'excuse, raccroche et scrute les murs, horrifiée. J'ai raté trois interviews aujourd'hui. Je n'ai pas rendu mon manuscrit à temps. Je ne sais même plus qui je suis. J'ai toujours écrit, dessiné, travaillé.

Mon iPhone vibre dans ma main, je jette un coup d'œil à la photo d'Oliver qui s'affiche. Mon premier instinct est de répondre, de me jeter sur le lit et d'écouter sa voix apaisante.

Mais ma respiration s'étrangle dans ma gorge, je me déteste tellement à l'instant que je retourne mon téléphone sur le bureau avant de le jeter par terre. Je dois travailler. Je dois m'y mettre, tout terminer. Je néglige, non, *j'abandonne* tout. Je dois dessiner, dessiner encore et encore pour terminer cette bande dessinée.

Tout ce que je peux faire, c'est construire une histoire à partir de mots et d'images. Ensuite, tout ira mieux.

J'irai mieux.

# Chapitre 13

## Oliver

LES HEURES S'ÉCOULENT LENTEMENT depuis le départ de Lola, je ne m'intéresse plus à rien. Le soleil illumine la cuisine, m'éblouit dans le rétroviseur quand je suis au volant, entre par la vitrine de la librairie, fait disparaître les contours des choses, décolore tout. Je n'ai envie que d'une chose, passer la journée au lit avec Lola.

Ce week-end est interminable : tous les geeks de la ville sont partis au WonderCon[5] à Anaheim. Et tant mieux, je n'ai jamais eu aussi peu envie de travailler à la librairie. À ce stade de notre relation, le désir, l'obsession, le besoin persistant d'être caressé, de baiser, de jouir m'offrent une délicieuse distraction. Je me cache dans mon bureau pour éviter Joe, rêver tranquillement et me souvenir du réveil aux côtés de Lola, de mes baisers sur ses seins chauds, de la douche...

---

5. Festival de comics, de science-fiction et cinéma associés qui se tient tous les ans à Anaheim, San Francisco.

J'ai essayé d'être le plus délicat possible. Je tremblais de la tête aux pieds, je bandais comme jamais, j'ai presque perdu la tête quand j'ai réalisé ce qu'elle me laissait faire. Elle a joui sur mes doigts, m'a assuré que c'était bon, mais je ne pense pas qu'elle sache à quel point tout a changé pour moi.

J'ai l'impression que nous sommes ensemble depuis des années, plutôt que depuis des jours. Voilà, elle est toute ma vie. Je l'ai déjà décidé dans mon cœur.

Je l'appelle pour m'assurer qu'elle se sent mieux depuis qu'elle est rentrée, qu'elle parvient à se concentrer sur son travail, mais je tombe sur sa boîte vocale. Elle est submergée, après son désastreux séjour à L.A.. Elle doit avoir besoin de s'enfermer pour se concentrer.

Mais je me sens de plus en plus mal à l'aise au fil de la journée : Lola ne répond pas, elle ne prend manifestement pas la peine de m'écrire un message. La nuit de samedi s'écoule en silence, je passe la soirée seul chez moi, à regarder des films de série B sans le son, en m'efforçant de parcourir une pile de documents annonçant les sorties de mercredi.

J'essaie en vain de rester zen. Nous ne sommes pas obligés de nous voir tous les soirs, ce n'est pas grave si elle ne m'aime pas exactement comme je l'aime.

Dimanche, je me réveille sans un texto de sa part. Impossible de prendre mon petit déjeuner – j'ai mal au cœur. Pendant quatre heures, à la librairie, je déballe des cartons, nettoie le comptoir, gère des commandes, je suis à deux doigts de craquer. Je me rue dans mon bureau pour appeler Finn.

– Je peux te demander quelque chose ? Tu vas devoir être mon baromètre et me dire si tu penses que ma réaction est appropriée.

– Waouh. Attends... Il faut que je note l'heure du début de cette conversation.

Habituellement, j'éclaterais de rire mais mon désarroi est bien trop grand.

– J'ai vu Lola samedi matin pour la dernière fois, après une semaine d'absence. Elle a dormi chez moi vendredi. Mais nous sommes déjà dimanche soir, et je ne lui ai pas parlé depuis. Je l'ai appelée, je lui ai envoyé des messages, mais elle n'a jamais répondu. (Je fais tourner un stylo entre mes doigts.) C'est bizarre, non ?

– Oui, c'est bizarre. (Je l'entends couvrir le combiné et murmurer dans le fond.) Ouais, Harlow vient de me dire que Lola s'est enfermée chez elle pour travailler ce week-end. (Harlow dit autre chose que je n'arrive pas à comprendre, Finn répète.) Pour ce que ça vaut, elle n'a pas non plus répondu à Harlow.

Je le remercie et raccroche, toujours aussi confus et mal à l'aise. Je comprends qu'elle ait besoin de disparaître ce week-end pour travailler – Seigneur, même la semaine dernière à L.A. –, mais elle aurait pu répondre à mes messages. Si elle travaille constamment avec des échéances très courtes, il nous faudra parvenir à un accord tous les deux sur notre relation. Elle pourrait au moins me prévenir. Samedi matin, elle avait hâte de travailler, mais elle a *quand même* pris beaucoup de plaisir et m'a regardé avec les yeux de l'amour.

Je prends les escaliers au lieu de l'ascenseur, en tentant de calmer mes angoisses. J'emprunte le long couloir qui mène à sa porte, m'arrête pour respirer.

*Rien n'est arrivé. Tout va bien.*

Mais c'est n'importe quoi. Je connais Lola. Je connais toutes ses expressions. J'ai un putain de master en décodage des réactions de Lola, ses peurs, ses crises d'angoisse silencieuses. Même si ça n'a rien à voir avec moi, *quelque chose* ne tourne pas rond.

Je tape à la porte. London l'ouvre, un bonbon dans la bouche et une manette de jeu à la main.

– Titanfall, explique-t-elle en me faisant un signe de tête.

Tu veux jouer ? Lola se terre dans sa caverne.

Je secoue la tête en souriant bizarrement.

– Je voulais passer lui dire bonjour. Elle est dans sa chambre ?

London acquiesce distraitement.

– De toute la journée, elle n'est sortie que pour se faire du café et manger un bol de céréales.

J'avance dans le couloir en espérant que mes pas sur le plancher la préviendront de mon arrivée. Je toque doucement à sa porte avant de tourner la poignée et d'entrer.

Je suis venu plusieurs fois dans sa chambre, elle ressemble exactement au souvenir que j'en avais : un chaos organisé. Sol immaculé, lit soigneusement fait, mais désordre partout ailleurs. Un énorme bureau, son ordinateur et sa tablette graphique trônent dans un coin. Tout le reste de la table est recouvert de feutres, de pots de peinture, de piles de dessins et de plusieurs carnets de croquis. Des morceaux de papier, des serviettes, même des emballages de chewing-gum, sur lesquels elle a noté des idées, s'amoncellent. Le mur est pratiquement recouvert d'esquisses, de vignettes, certaines dessinées au crayon, d'autres colorées si vivement qu'elle paraissent surréalistes. Un rayon de soleil illumine le plafond, j'imagine à quel point l'ambiance doit être calme la nuit. Je comprends qu'elle ait fait de cette chambre son refuge. La commode sous la fenêtre et les deux tables de chevet sont pleines de cadres de photos.

Je m'attarde une minute supplémentaire pour observer autour de moi, avec l'impression de me tenir au milieu du cerveau de Lola. Des îlots d'organisation entourés d'un flot permanent et accablant d'idées.

– C'est un peu en désordre, marmonne-t-elle au lieu de me saluer.

Je ferme la porte derrière moi.

– Ce n'est pas grave.

J'ai envie de murmurer *je t'aime*, mais combien de fois ces mots resteront-ils sans réponse ? J'y renonce, incline la tête pour l'embrasser, ce dont je rêve depuis deux jours.

Lola s'écarte après avoir effleuré mes lèvres. Elle enlève ses lunettes pour me scruter. Décoiffée, le regard désorienté, elle a l'air particulièrement tendue. Je remarque les quatre mugs de café vides sur le bureau.

– Je n'avais aucune nouvelle. Je commençais à m'inquiéter.

Elle hoche la tête en se frottant les yeux.

– J'ai essayé de m'y remettre. La panique m'a submergée et... (Elle me regarde droit dans les yeux.) Je n'ai jamais pris de retard sur un projet, donc j'étais incapable de savoir comment je réagirais.

Je lui caresse le bras.

– Tout va bien se passer, ma chérie. Donne-toi un peu de temps, tu trouveras une solution.

Elle grimace et se tourne vers son bureau.

– Tout va mal au contraire ! Je n'ai pas le luxe d'attendre patiemment que les idées apparaissent comme par magie. Je suis sacrément en retard.

– Si tu veux changer d'environnement, tu peux venir travailler chez moi. (Je regarde autour de nous en me demandant si un espace de travail plus organisé ne lui serait pas salutaire.) Je te ferai à dîner, tu pourras travailler tranquillement, je m'occuperai de tout.

Lola secoue la tête.

– Je ne peux pas transporter toutes mes affaires chez toi. Il suffit que je me concentre, c'est la seule manière de m'en sortir.

J'acquiesce et m'assieds sur son lit.

– Dis-moi comment je peux t'aider.

Lola reste silencieuse, elle fixe son dessin à peine ébauché sur son écran d'ordinateur. Elle cligne à peine des yeux.

– Lola, dis-moi comment je peux t'aider.

Elle ferme les paupières, inspire brièvement, comme si elle venait de remarquer ma présence.

– Avant, tout me semblait plus facile, murmure-t-elle calmement. Je pouvais mettre le reste du monde sur pause sans imaginer que je rate quelque chose.

– Rater quelque chose ?

Elle désigne son ordinateur d'un geste vague.

– Je travaille là-dessus depuis des heures et je n'en suis même pas à la moitié. Il me reste vingt-six pages blanches, et tout ce qui est déjà dessiné est nul. (Elle me jette un coup d'œil par-dessus son épaule.) Avant, j'arrivais à me plonger dans le travail. Maintenant, je sais que tu es à la librairie, chez toi, dans ton lit. Je n'arrive pas à penser à autre chose.

Je souris en me levant, je l'embrasse dans le cou. Elle se raidit puis se décontracte, je l'embrasse jusqu'à l'oreille.

– Je suis ici maintenant. Nous trouverons l'équilibre. J'ai du mal à travailler, moi aussi.

– J'aimerais tellement pouvoir appuyer sur pause, dit-elle avec l'air de ne pas m'avoir entendu.

– Pause ?

Elle hoche la tête, se lève et me force à m'éloigner d'un pas.

– Pour... terminer ça. Je sais que nous resterons ensemble. C'est ce que je veux. Mais je...

Je me sens soudain glacé, mal à l'aise.

– Lola, ce ne sera pas toujours aussi passionné entre nous.

Elle secoue la tête.

– Je pense que... pour moi, ça le sera. Mais je ne peux pas tout envoyer en l'air, Oliver. C'est très important pour moi. J'ai eu beaucoup de chance, j'en serais *malade* si je foirais tout.

– Je sais, mon amour, je...

Je me fige, soudain mort de honte en réalisant qu'elle ne parlait pas de nous. Elle désignait son écran.

– Je travaille sur ce rêve depuis mes quinze ans. Je ne sais pas à quoi ressemblerait ma vie sans l'écriture et le dessin, pourtant hier matin, je voulais tout envoyer balader pour dormir parce que j'avais fait une nuit blanche. Je déteste travailler avec Austin et Langdon. Je déteste avoir du retard. Mais c'est ce dont j'ai toujours rêvé. Maintenant que j'ai obtenu ce que je désirais, je gâche tout.

Je me sens de plus en plus mal à l'aise.

– Nous ne sommes pas obligés de dormir ensemble toutes les nuits, mon cœur. Je ne te demanderai jamais de faire passer la création au second plan. Je suis venu parce que j'étais étonné de ne pas avoir de tes nouvelles, après la nuit que nous avons passée ensemble. J'étais inquiet.

Lola s'assied sur le bord de son lit.

– Je sais. Je suis désolée.

Je m'assieds à côté d'elle et lui prends la main.

– Tu n'as pas à t'excuser. Je suis désolé que tu sois aussi stressée.

Elle acquiesce, lentement, comme pour avouer un échec. Elle tourne les yeux vers moi. Ses paupières sont bordées de rouge, ses yeux injectés de sang.

– *Devrait*-on appuyer sur pause ?

Je ne comprends pas tout de suite.

– Quoi ?

Elle déglutit, explicite sa pensée.

– Devrait-on prendre nos distances ?

J'avale ma salive pour pouvoir parler. Je respire un bon coup.

– Que veux-tu dire ?

– Je veux dire que j'ai envie d'être avec toi, mais je pense que ce n'est pas le bon moment.

Je ne comprends pas.

– Le bon moment ?

Elle acquiesce. Je fronce les sourcils en faisant un effort pour suivre son raisonnement.

– Donc tu veux travailler tranquillement pendant une semaine ? Pas de problème.

Lola fixe ses mains.

– Je ne sais pas. On devrait peut-être redevenir amis et voir comment ça évolue d'ici l'été.

J'ouvre la bouche, avec la sensation que mon cœur est attaqué par de l'acide.

– Lola, nous sommes en *mars*.

– Je sais. (Elle se remet à acquiescer frénétiquement, en ravalant un sanglot.) Je sais. Mais je n'arrive pas à faire les deux. Je n'y arrive pas et je n'ai pas envie de tout perdre. (Elle me pointe du doigt puis désigne son ordinateur.) Je dois me préoccuper uniquement de la BD. Si tu es tellement... disponible, ça ne fonctionnera pas.

– Je sais que tu as passé une semaine horrible à L.A., que ton travail te stresse, mais ce n'est pas la solution. Tu as des sentiments pour moi. (Ma voix est rauque de frustration et d'impatience. Je *sais* que c'est le cas.) Des sentiments *profonds*. Je ne me fais pas des idées tout seul, Lola.

– J'ai des sentiments pour toi, avoue-t-elle en me regardant, les yeux pleins de larmes. Je suis folle de toi. Mais la bande dessinée doit passer d'abord. Je n'étais pas prête. Je n'aurais jamais dû venir chez toi pour jouer au poker. J'aurais dû attendre d'avoir tout réglé.

Je me frotte le visage.

– Lola, c'est une très mauvaise idée. Les gens ne mettent pas leurs relations en *pause* pour rattraper leur retard au travail.

Elle ferme les yeux.

– Il n'y a pas de bonne solution. (Elle tourne la tête vers moi.) Tu pourrais attendre ? Juste... (Elle secoue la tête.) Le temps que j'y réfléchisse.

– Pendant *trois mois* ?

– Ou moins. Je ne... (Elle regarde ailleurs.) Je ne sais même pas ce que je veux.

Je me tourne, scrute son bureau chaotique, blessé, furieux, confus. Toutes les émotions s'emmêlent dans ma poitrine.

– Je t'en prie, ne te mets pas en colère. Je ne voulais rien te dire mais tu es là, et je ne compte pas disparaître. *Pas du tout.* Je t'explique juste qu'il faut que je termine tout ça.

Je hoche la tête en souhaitant très fort me transformer en statue de pierre.

– Oliver, dis quelque chose.

Je lui réponds d'un ton blessé, la voix tremblante :

– Tu aurais pu me dire que tu avais besoin de temps pour toi cette semaine. *Ça,* j'aurais compris.

Elle se frotte le visage et lève lentement des yeux suppliants vers moi.

– Je ne peux pas me permettre d'avoir l'esprit ailleurs. Il faut que ce soit la seule chose qui m'occupe.

Je marche vers la porte et me tourne pour la dévisager.

– Tu es sûre que c'est ce que tu veux ? Nous mettre en *pause* ? Prendre de la distance ?

*La vignette le montre, brisant une vitre, la poitrine en feu, putain.*

Elle hoche la tête.

– Je dois me persuader que je n'ai aucune distraction. Que je ne peux pas venir te voir quand je dois travailler.

– Alors nous ne sommes plus ensemble, fais-je platement. Parce que c'est trop bon, et trop troublant pour toi.

– Nous le *serons* à nouveau.

– Tu t'entends ? Ce n'est pas aussi simple, Lola.

– Il suffit juste...

Je l'interromps :

– D'appuyer sur pause. J'ai compris. (Je laisse échapper un petit rire sec.) Lola, je t'aime. Tu le sais. Et tu veux me faire attendre quoi... des mois, jusqu'à ce que tu sois prête ?

Elle me regarde, l'air désorienté.

– Je dois faire passer mon travail d'abord.

– En tant qu'amie – meilleure amie –, tu devrais trouver cette décision ignoble. Ce ne sont que des excuses. Tu es stressée à cause de ton travail en retard, mais tu racontes n'importe quoi.

Elle a l'air désolée mais aussi *soulagée*, comme si j'avais enfin accepté cette putain de distance qu'elle souhaite mettre entre nous.

– Donc, c'est fini.

– On pourra peut-être se parler dans quelques jours ? demande-t-elle quand j'ouvre la porte. (Sa voix se brise sur la dernière syllabe et je ne prends pas la peine de m'attarder.) J'ai peut-être seulement besoin de...

Je ferme la porte avant d'entendre la fin de sa phrase.

# Chapitre 14

## Lola

– COMPTES-TU VRAIMENT M'OBLIGER À TE TIRER de force hors de ta chambre pour prendre le petit déjeuner et discuter de ce qui t'arrive ?

Je me réveille en sursaut. Je m'étais assoupie la tête sur mon bureau. Harlow se trouve dans l'embrasure de ma porte, les bras croisés. Ses yeux lancent des éclairs, elle a l'air remontée. Quand Harlow a décidé quelque chose, elle ne plaisante pas.

Nous sommes lundi et la lumière éclatante du matin envahit ma chambre.

Je lance mollement en plissant les yeux :

– J'étais sur le point de t'appeler.

Je regarde autour de moi pour retrouver mes marques. En dehors des dix affreuses minutes avec Oliver hier, j'ai travaillé sans m'arrêter depuis samedi soir. Mon écran s'est mis en veille. Je me suis endormie sur mon stylet, un bloc de Post-it collé à mon bras.

– Donc, tu es au courant ?

– Ouais, répond-elle sèchement. Je suis au courant. (Elle marche jusqu'à mon armoire et sort des vêtements.) Prépare-toi.

Je m'affale sur mon bureau.

– Harlow, j'ai encore tellement à faire.

– Tu peux me consacrer une heure. Il faut bien que tu manges.

En temps normal, je me réfugierais dans mon lit et je l'ignorerais. Aujourd'hui, je m'exécute sans demander mon reste. J'ai terminé plusieurs vignettes et l'esquisse du reste de l'intrigue hier, mais mon esprit est embrumé, je respire juste assez pour me maintenir en vie. La distance que j'ai mise entre Oliver et moi a transformé une fille distraite et malade d'amour en robot productif, mort de l'intérieur. Honnêtement, je ne sais pas ce que je préfère. La douleur que j'ai lue sur son visage me donne envie de mourir de honte. Je ferme les yeux, respire un bon coup en luttant contre l'envie de l'appeler pour m'excuser.

Harlow conduit en silence, la mâchoire serrée. Nous savons tous ce que les silences d'Harlow signifient. La seule chose qui reste à déterminer est si elle est en colère contre moi ou contre... quelqu'un d'autre.

*Tu t'entends ?*

*En tant qu'amie, tu devrais trouver cette décision ignoble.*

*Tu racontes n'importe quoi.*

Ouais, elle doit être en colère contre moi.

– Ça va ? me demande-t-elle en descendant Washington.

La réponse est *non*, bien évidemment. Je suis loin d'avoir terminé *Junebug*, et je ne sais pas comment tirer le meilleur de l'histoire dans un état pareil. En outre, j'ai l'impression d'avoir fait le bon choix au prix de ma rupture avec Oliver. Quand est-ce que les scientifiques inventeront une pilule de la sagesse ? Quand se décideront-ils à implanter une puce dans nos cerveaux pour nous aider à équilibrer vie amoureuse et vie professionnelle ?

Pour couronner le tout, je ne peux pas me trouver dans cette rue sans avoir le ventre noué au souvenir de l'accident de Mia. Je la revois, couverte d'écorchures, la jambe en sang, coincée sous le camion pendant des heures.

Je finis par répondre d'une voix rauque :

– Ça va.

Harlow me jette un petit coup d'œil, je sens qu'elle meurt d'envie de me passer à la question. L'ambiance s'alourdit dans l'habitacle. Elle se gare sur le parking du Great Harvest et éteint le contact en me dévisageant.

– Tu préfères en parler ici ou là-bas, avec tout le monde ?

Je tousse plus que je ne ris.

– Entrons. Je n'ai qu'une heure devant moi.

L'air décidé, Harlow hoche la tête et avance sur le parking.

Mia et London sont déjà installées sur une banquette quand nous arrivons. Elles m'adressent un grand sourire. Je devine, à l'expression de Mia, qu'elle s'efforce de ne pas paraître choquée par mon apparence. Avant de partir, un petit coup d'œil dans le miroir de la salle de bains a suffi à m'apprendre que je ressemble à un zombie de film d'horreur.

– Salut ! (Je m'assieds et pose une serviette sur mes genoux.) Quoi de neuf ?

London siffle, l'air amusée. Harlow lui jette un regard signifiant *hors de question de la laisser s'en sortir avec une plaisanterie* ; son visage se referme immédiatement.

– Oliver a dîné avec nous hier soir, lance Mia en allant droit au but. (Elle a une voix basse de conspiratrice.) Il nous a dit que tu avais rompu.

– Je n'ai pas *rompu.*

Je souris à la serveuse qui me verse du café. Ce sourire doit ressembler à une grimace. Je cligne des yeux, me lèche les lèvres et les mordille pour me retenir de demander à Mia ce qu'il a dit, s'il avait l'air en forme.

Comment il va.

– Je te le dis, ajoute Mia. Il pense que vous avez rompu pour de bon.

Je bois une gorgée de café avec la sensation que tout dans ma poitrine se pétrifie. Il n'a pas compris ce que je lui ai expliqué. Certes, je ne suis même pas sûre d'avoir compris ce que *je* lui ai expliqué. Je n'avais rien prévu de tout cela. Mais j'estime avoir eu raison de lui demander du temps pour m'assurer que je ne commettais pas une erreur. Quand ma mère est partie, mon père s'est effondré. Ça n'a pas été facile. Des amis nous apportaient des provisions en faisant comme si ce n'était rien, mais pour nous, ça comptait. Hors de question d'être à nouveau confrontée à de tels problèmes. Hors de question de douter de ma capacité à m'assumer ou d'avoir l'impression d'abandonner quelque chose d'important à mes yeux. Si Oliver n'est pas capable de le comprendre, alors il n'est pas celui que je crois.

– Donc tu n'as *pas* rompu avec lui ? demande Harlow.

Elle tente de trouver un angle d'attaque. Va-t-elle m'épauler (ce dont j'ai besoin) ou tenter de me faire entendre raison ?

– Je lui ai dit que j'avais besoin de faire une pause.

– *Sérieusement* ? s'écrie Harlow.

Elle serait déjà en train de me pincer si nous n'étions pas en public.

– Je ne comprends pas pourquoi vous en faites tout un plat. (J'inspire profondément, en fixant la table devant moi.) Je suis très en retard sur mes délais parce que j'ai tout négligé – sans raison apparente. Je dois apporter un tas de modifications au scénario sous dix jours, j'ai passé une semaine à L.A. à me crêper le chignon avec ce connard de scénariste. Je suis aussi censée fourmiller d'idées pour la suite de *Junebug* et envoyer les premières pages de cette suite une semaine après la remise de *Junebug*... il y a deux semaines. Ce qui signifie que j'ai déjà une semaine de retard sur les premières pages de la toute nouvelle bande dessinée. Je pars dans deux semaines en signature. Je... (Je commence à me ronger un ongle.) J'étais déjà très occupée entre les voyages et l'écriture. Depuis le début de ma relation avec Oliver, je me suis pris une grande claque. J'étais très désorganisée à L.A., mes échéances me sont sorties de la tête. J'ai compris avec quelle facilité on pouvait tout perdre. (Je finis par les regarder en face.) J'aimerais reprendre les rênes avant de m'octroyer... du bon temps.

Elles échangent des regards angoissés avec l'air de ne pas savoir quoi répondre.

– Tu as beaucoup de choses à gérer, dit London. Je comprends.

– Mais c'est Oliver, renchérit Mia. Ce n'est pas comme si...

Elle ne termine pas sa phrase et

je sais

je sais

*je sais.*

C'est Oliver. Ce n'est pas comme s'il était du genre insistant. Ce n'est pas comme s'il voulait prendre toute la place.

Je me fais du mal toute seule.

– Même quand tu as beaucoup à faire, tu nous vois tous les deux jours. Pourquoi ce serait si différent avec lui ? demande Mia.

Je n'ai aucune réponse à cette question. Je ne pensais pas avoir à expliquer à une fille aussi folle de son jeune mari qu'être amoureux et passer du temps avec ses copines n'a rien à voir. J'aimerais être auprès d'Oliver à chaque seconde. Je ne pense pas être capable de trouver l'équilibre. Je veux être tout contre lui, qu'il soit tout contre moi, *tout le temps.*

– Comment as-tu réagi quand Ansel travaillait constamment à Paris ?

Elle hausse les épaules, remue les glaçons de son verre avec sa paille.

– Je le laissais seul le soir pour travailler.

*Mais... Seigneur... Comment, comment, comment ?* ai-je envie de lui demander. C'est un mystère, à s'en arracher les cheveux. Si Oliver était dans la même chambre que moi, ou même en bas de la rue dans sa librairie et que nous étions toujours *ensemble*, je n'arriverais à rien. Je serais capable d'abandonner *Razor* et *Junebug* et tous mes autres êtres chers. Je le sais pertinemment.

– Tu es tellement dure avec toi-même, renchérit calmement London. N'es-tu pas en train de te punir toute seule ?

Eh oui, elle a raison. C'est le cas. Mais je ne peux pas m'efforcer de l'aimer avec moins d'intensité. Je le *sais*. Mes trois amies me dévisagent comme si j'étais une erreur de la nature. Mia a été confrontée aux mêmes problèmes, Harlow serait capable de plier le monde pour le faire entrer dans la paume de sa main.

Je suis tellement naïve que je n'ai pas réalisé à quel point ma proposition était indécente.

J'ai envie de crier très fort que je viens de comprendre que j'ai demandé à Oliver quelque chose de monstrueux, de déraisonnable même. Des excuses suffiraient-elles ? Je n'ai pas envie de délaisser ma carrière. Je ne peux rien contre la force qui me pousse à tout laisser tomber depuis qu'Oliver est mon amant. Je dois me laisser le temps de grimper au sommet de cette petite colline pour me sentir plus sûre de moi, être à nouveau en confiance. Je me sentirai mieux, notre relation ne pourra qu'y gagner.

Je sors un stylo de mon sac, un reçu froissé et me mets à dessiner.

*La vignette montre la fille, recroquevillée sur son bureau. Des boules de papier par terre tout autour d'elle. Le bureau est recouvert de croquis au stylo.*

– Tu penses qu'il est déjà passé à autre chose ?

Je pose cette question la tête basse, le cœur en miettes.

Les filles se taisent soudain, la pointe de mon stylo se fige sur le morceau de papier. Ma carapace de protection vacille, menace de se fissurer. J'ai besoin d'Oliver en tant qu'ami. Je veux le garder comme ami parce que je l'aime. Suis-je une imbécile ? Je n'ai pas l'impression de lui avoir demandé l'impossible, je ne cherchais qu'à retrouver un peu de calme, pour rembobiner. Comment réagirais-je si j'apprenais qu'il considère cette rupture comme définitive ?

– Hier soir, il était en colère, dit Mia en haussant les épaules. Il n'avait pas envie d'en parler. Nous avons passé la soirée à faire le tour de la maison. Ansel et Oliver planifiaient les rénovations qu'ils pouvaient faire eux-mêmes.

En temps normal, il m'aurait appelée ensuite pour me raconter sa soirée. Non, *en temps normal,* j'y serais allée avec lui. Ces derniers mois, Oliver n'allait nulle part sans moi. Il était tout à moi. Maintenant, je ne peux plus coucher avec lui ni rien partager comme avant.

– Les gens ne font jamais ça ? Les gens ne demandent jamais de faire une pause dans une relation même si tout se passe bien ?

– Lola, ça s'appelle *rompre,* articule Harlow.

Je grince, sur la défensive :

– Donc, ma question était stupide ?

Exaspérée, elle lève les yeux au ciel.

– Pourquoi ne pas lui avoir simplement dit que tu as une semaine de folie devant toi et que tu l'appelleras si tu as du temps ?

– Parce que la possibilité de le voir m'empêche de créer quoi que ce soit. Avec lui, je n'ai jamais envie de travailler. Je n'ai jamais ressenti mon travail comme un fardeau. Et désolée, mais ça passe avant tout le reste. J'ai construit ma vie professionnelle *d'abord.* Je ne peux pas tout laisser tomber parce que j'ai un petit ami et parce que je n'arrive pas à encaisser la charge de travail.

C'est visible, Harlow a envie de me gifler, mais elle n'en fait rien. Elle se contente de hocher la tête et de me prendre la main.

---

J'ENVOIE À OLIVER UN SIMPLE **salut, ça va ?** après le petit déjeuner, mais il ne répond pas. Le lendemain matin, j'éteins mon téléphone pour m'empêcher de le regarder toutes les deux minutes.

Je reste enfermée dans ma chambre à travailler jusqu'au mercredi soir avant de céder et d'aller à pied jusqu'à Downton Graffick. J'ai pris ce chemin tant de fois que je me sens nostalgique en arrivant devant la vitrine. Il y a moins d'une semaine, je descendais d'un taxi et je me jetais dans les bras d'Oliver. Maintenant, je me sens nauséeuse en imaginant y entrer et me comporter comme si tout était normal.

Ces deux derniers jours, j'ai réalisé que j'étais peut-être la pire imbécile du monde.

Supprimer la tentation ne m'aide peut-être pas. Et si cette *pause* signifie qu'il ne m'appartient plus ? C'est peut-être pire.

La sonnette d'entrée tinte, quelques clients lèvent les yeux, me saluant vaguement avant de retourner à leur lecture. Derrière le comptoir, Not-Joe me sourit avant de reprendre un air sérieux.

– Salut, dit-il en posant le livre qu'il parcourait.

– Salut.

Et maintenant, je fais quoi ? Je fais semblant d'être venue pour acheter une bande dessinée ?

– Oliver est là ?

Autant laisser tomber les faux-semblants.

Not-Joe semble mal à l'aise, il jette un coup d'œil en direction de la porte.

– Tu viens de le rater.

*Merde.*

– D'accord, merci.

Je me dirige vers l'aile des mangas en me demandant si je vais me décider à l'appeler, à aller chez lui ou à lui dire que je suis une idiote, que je n'ai pas vraiment envie de rompre, ou même de faire une pause, et peut-on s'il te plaît faire comme si nous n'avions jamais eu cette conversation ?

Je feuillette distraitement une bande dessinée quand je sens une présence derrière moi.

– Bon, lance Not-Joe. Que se passe-t-il ?

Je repose l'ouvrage sur l'étagère et me retourne pour le regarder en face.

– Pardon ?

Il secoue la tête en fronçant les sourcils.

– Lola...

– Entre Oliver et moi ? (Je lui pose la question... ça ne regarde pas Not-Joe mais il n'est pas du genre à ne pas se mêler des affaires des autres. Il acquiesce.) Je ne sais pas. Nous nous sommes disputés, j'ai envie de lui parler.

– Je te pose la question, réplique-t-il, l'air soucieux. Je suis *confus*, clarifie-t-il, parce qu'il vient de partir avec Allison le Canon.

Je le dévisage d'un air ahuri.

– Ils dînent ensemble ce soir.

---

JE RENTRE CHEZ MOI COMME UN ZOMBIE, grignote des Rice Krispies à même le paquet et écoute de la musique dans mon casque, en travaillant d'arrache-pied jusqu'à trois heures du matin. Il semblerait qu'il existe un interrupteur me permettant de ne pas du tout penser à ce que Not-Joe m'a dit, parce que dans le cas contraire, je m'effondrerais.

Je me réveille aux alentours de sept heures, chancelle jusqu'à mon ordinateur et fixe l'écran. Je ferme les yeux, les rouvre, en tentant d'y voir un peu plus clair.

Rien. Rien du tout. J'ai besoin de manger. De prendre l'air.

London fait du café dans la cuisine, elle me verse une tasse quand j'arrive et me la tend sans un mot.

Je marmonne :

– Merci.

Mon téléphone vibre dans ma main, je regarde le message de London pour le groupe de discussion entre Mia, Harlow et nous deux : **Elle est réveillée.**

Je jette un coup d'œil à London.

– Il est 7h30... Vous avez attendu que je me réveille ?

– Quelque chose comme ça, répond London en souriant.

Harlow répond : **Lola, ce soir, rendez-vous au Regal Beagle.**

Je fixe mon téléphone, le pose sur la table basse et récupère mon mug. Aucune envie d'argumenter avec Harlow.

London fait le tour du comptoir et entre dans le salon.

– Tu vas venir ?

Je m'assieds.

– Je ne pense pas.

– Ça signifie oui ?

– Ça signifie probablement pas. (Je grimace.) J'ai du travail.

Elle me rejoint sur le canapé, et pour la première fois depuis que je la connais, les yeux de London ne sourient pas.

– Tu es sortie de cette chambre une heure et demie en tout et pour tout depuis samedi soir. Nous sommes *jeudi.*

Je hoche la tête en buvant une gorgée de café.

– Je suis à fond. Ça fait du bien.

– Écoute... tu n'as pas le droit de faire comme si tout allait bien sans parler à quiconque. Si tu es triste, demande-moi de rester à la maison et raconte-moi tes malheurs. Si tu ne veux pas nous en parler, continue de prétendre que vivre comme une ermite folledingue et obsédée par le travail est normal, mais ramène tes fesses dans un bar de temps en temps.

– Oliver y sera ?

– Oui. Ton *ami* Oliver y sera.

Je m'affale sur le canapé et ferme les yeux. Mon cœur bat si vite que j'en ai la nausée.

---

CE SOIR, JE METS UNE ÉTERNITÉ à me préparer. Suis-je furieuse ou est-ce de la culpabilité ? Aucune idée.

Mon armoire est remplie de vêtements neufs, achetés pour des signatures, des apparitions publiques et autres, mais je les trouve tous laids. L'une des robes est trop courte, l'autre trop longue, la dernière trop serrée. Dois-je opter pour un décolleté ou pour cacher mes atouts ? Dois-je avoir l'air volontairement négligée pour lui montrer que je me fiche de savoir avec qui il sort ou faire un effort pour lui en mettre plein la vue ?

Finalement, j'opte pour un pull noir col en V (un peu décolleté), mon jean préféré et une paire de bottes. Je n'ai jamais eu les cheveux aussi longs – ils me tombent au milieu du dos –, au lieu de les remonter en queue de cheval ou en chignon, je les lâche. Même glissés derrière mes oreilles, ils pourront me permettre de me cacher si nécessaire. Je ne suis pas du genre à beaucoup me maquiller – je n'ai jamais mis de fond de teint ou de poudre –, ce soir, je ne porte que du gloss.

Je déteste embrasser quelqu'un avec du gloss, c'est comme une ceinture de chasteté qui m'empêchera de me jeter, ivre, sur l'homme que j'aime désespérément mais qui en a peut-être embrassé une autre hier soir.

En entrant, je repère le groupe installé à notre table habituelle. Je vois Ansel, Mia, Finn, Not-Joe, London et Oliver dont le dos et les larges épaules me cachent Harlow, que j'entends rire de là où je me trouve.

Le ventre noué, je salue Fred de la main et me tiens au bout de la banquette en attendant qu'Oliver me remarque et se décale. J'ai l'impression de voir des dominos s'effondrer : ils me regardent à tour de rôle, me sourient machinalement avant de se *souvenir*. Ils se tournent ensuite vers Oliver.

Mon cœur va exploser.

*Pour l'amour de Dieu.* Il semble retenir son souffle en me voyant là, il me fixe pendant ce qui me semble être une éternité.

Je me prends une énorme gifle. Il me manque, mais surtout, j'ai *besoin* de lui. Je n'ai pas envie de mettre de la distance entre nous. Je n'ai pas envie que ce soit fini. Je n'ai pas envie de le perdre. Bordel de merde, comment tout concilier ?

Finalement, il se décale et me laisse m'installer, un vague sourire aux lèvres.

– Je t'en prie.

Il porte un T-shirt vert foncé des Preacher et le même jean noir que la dernière fois où je l'ai déshabillé, où je l'ai sucé pour la première fois.

Je sens encore sa peau sur mes lèvres, ses mains tremblantes dans mes cheveux.

Je me souviens de ses gémissements dans la douche. De ce que nous avons *fait.*

*La vignette montre la fille, debout devant un miroir. Les mots JE NE SUIS PAS PRÊTE. JE NE SUIS PAS PRÊTE DU TOUT tournoyant autour d'elle.*

Je parviens à articuler :

– Salut.

– Salut.

Il avale sa salive, les yeux fixés sur ma bouche avant de se reprendre. Son expression devient indéchiffrable. C'est la première fois que je le vois depuis dimanche après-midi, j'en ai le cœur tout retourné.

Seigneur, si c'est difficile pour moi, je ne peux pas imaginer ce qu'il ressent. Affreux. Et dire qu'il est si calme, imperturbable. Je n'ai jamais admiré personne comme je l'admire.

– Salut Lola ! lance Ansel, avec un si grand sourire que ses fossettes se creusent.

Je lui rends son sourire.

– Alors, comment avance le livre ? demande Harlow, un peu trop fort.

Je lui lance un regard qui signifie : *Vraiment ? On va en parler ici ?* et réponds simplement :

– Bien.

– *Bien*, répète-t-elle.

Finn lui donne un léger coup de coude.

C'est le moment le plus gênant qu'il m'ait été donné de vivre. Je suis là, je m'en veux à mort, et mes amis se lancent dans une discussion pleine de banalités. Instinctivement, je m'affaisse sur la banquette et me penche sur une serviette en papier. Je sens le regard d'Oliver sur moi, il me regarde dessiner. C'est *son* premier réflexe, je suis bouleversée.

Le mur entre nous, cette barrière invisible, a disparu à la seconde où nous nous sommes embrassés. Avant, j'avais des sentiments pour lui, il avait des sentiments pour moi, mais nous parvenions à continuer à respirer, à parler, à plaisanter, à boire. Maintenant je suis... un câble mis à nu, bien trop proche de l'étincelle. J'aimerais le gifler pour le punir d'être sorti avec Allison, le rouer de coups et le supplier de me pardonner. Entre nous, l'air se déforme, tournoie. Je sens presque sa main, trop chaude, sur sa cuisse à côté de la mienne. Du coin de l'œil, je vois ses doigts se crisper.

*Moi aussi,* lui dis-je silencieusement.

Je pensais prendre une décision difficile mais indispensable. La Lola de dimanche est la fille la plus naïve de l'univers. Je ne sais pas quoi faire – dois-je me tourner vers lui et m'excuser tout de suite ? Assise à côté de lui, je ne sais même pas comment j'ai pu envisager de le quitter. Sortie de ma caverne pour un soir, si près de lui – je distingue l'odeur de son assouplissant, la proximité de ses mains fermes, de ses jambes, de son cou à la peau douce, son rire discret... –, je sais qu'il a raison. Ça ne peut pas fonctionner ainsi. *Je l'aime.* J'ai envie d'être avec lui. Lui demander de faire une pause était une idée de *merde.*

Seigneur, je suis une imbécile.

Oliver sursaute, se redresse, inspire profondément et semble décider de briser le lourd silence autour de la table.

– Joe, tu regardes quoi ?

Not-Joe écarte les cheveux de son visage.

– Des vidéos de vaches que l'on trait.

Je lève les yeux. Tout le monde fixe Joe, sans voix, les sourcils relevés.

Harlow lève une main pour signifier son mécontentement.

– Je ne veux pas savoir. (Elle désigne Fred au bar.) Trois faits très importants aujourd'hui. Un, je n'en peux plus des avions. Deux, je n'en peux plus des *bateaux*.

Je remercie le ciel d'avoir créé Harlow et son don pour attirer l'attention.

– Et trois, une sombre salope a tenté de coucher avec mon mari aujourd'hui.

Nous dévisageons Finn, ébahis. Il marmonne en buvant une gorgée de bière :

– Faux.

Harlow se tourne vers lui, les yeux écarquillés.

– A-t-elle ou non posé la main sur ton bras et *gloussé comme une pute* ?

– C'est le cas, avoue-t-il en riant.

– A-t-elle ou non pincé ton vigoureux biceps ?

Il acquiesce.

– Oui.

Elle se penche et gronde :

– T'a-t-elle ou non *tendu sa clé de chambre d'hôtel ?*

– Que je lui ai immédiatement rendue, lui rappelle-t-il. Ce n'est pas tenter de coucher avec moi. C'est échouer lamentablement.

Finn lève la main et tape dans celle d'Ansel.

– Dégueulasse. (Harlow sirote son verre de vin.) Elle avait les faux seins les plus énormes que j'ai jamais vus, nous explique-t-elle. Ce qui me rappelle... (elle lève un doigt devant son visage, il le mordille)... je ne suis pas très fan des moments où ils te demandent d'enlever ton T-shirt pendant le tournage.

– Tu perds la tête, dit Mia.

– Tu n'aimes pas me voir torse nu ? demande Finn avec un sourire malicieux.

Harlow repose son verre si brusquement qu'elle renverse un peu de vin.

– Pas en public !

– Elle perd la tête, confirme Oliver à l'attention de Mia.

– Tu savais que ce ne serait pas facile, rappelle Ansel à Harlow.

– Bien sûr que je perds la tête ! crie-t-elle. Tout le monde a envie de coucher avec mon mari !

Des gens nous jettent un coup d'œil curieux, mais Harlow leur lance un regard si noir qu'ils se retournent vers le bar.

– Pas moi, lui dis-je.

Finn lève sa bouteille dans ma direction.

Mia avale une gorgée et hoche la tête.

– Moi non plus.

– Tu me plais, Finn, dit Oliver. Mais je n'ai pas non plus envie de te baiser.

Lentement, lentement, la tension se dissout autour de la table, j'ai presque envie de chanter à tue-tête. La voix d'Oliver, profonde, parfaitement virile, me donne la chair de poule.

– Moi, je le baiserais, lâche Not-Joe sans quitter son téléphone des yeux.

Nous le fixons tous pendant quelques secondes avant de décider de laisser tomber.

– Harlow, commence Ansel. Tu as épousé l'un des hommes les plus fidèles que la Terre ait jamais porté. Je baise Mia. Finn baise Harlow. Oliver baise Lola. Ainsi va le monde.

Mon cœur cesse soudain de battre ; à côté de moi, Oliver se fige.

– Hey ! s'écrie London, en feignant de se sentir insultée.

Nous sommes apparemment les seuls à avoir remarqué le dérapage d'Ansel. Oliver commence à déchirer lentement sa serviette.

– Tu peux coucher avec Not-Joe, propose Ansel.

London jette un coup d'œil à Not-Joe et éclate de rire en secouant la tête.

– Ça vous semblerait étrange si je vous disais que je ne suis pas sûre de pouvoir le gérer au lit ?

Le silence se fait, nous nous dévisageons tour à tour. Finn nous regarde, puis Mia et enfin Harlow. Tout le monde semble avoir réalisé ce qu'Ansel vient de dire. Il plaque une main sur sa bouche.

– *Merde*[6]. Je ne voulais pas...

– Ce n'est rien, l'interrompt Oliver, la voix rauque. À mon tour d'aller aux toilettes.

Il s'excuse doucement, en grimaçant parce que je dois me lever pour le laisser passer. Sa main effleure accidentellement la mienne, il s'écarte instantanément, en s'excusant encore.

J'ai l'impression d'avoir été brûlée.

---

6. En français dans le texte. (NdT)

Nous le regardons s'éloigner. Une fois à l'abri des regards, je laisse tomber ma tête entre mes bras.

– Qu'est-ce que je fais ici ? Je suis en train de gâcher votre soirée.

– Je suis stupide, grogne Ansel. Désolé, Lola.

– Non, lui dis-je. Je n'aurais pas dû venir. Il passerait un bon moment si je n'étais pas là.

– C'est faux, réplique Finn d'une voix ferme. Vous devez discuter tous les deux. Toute cette histoire est ridicule.

– Toi, tu as le droit de donner ton avis ! jette Harlow.

– Il te regarde avec une telle intensité... murmure Mia. Comme s'il voulait mettre le feu à ta peau.

– Il a toujours fait ça. (Harlow boit une gorgée de vin.) Il t'a toujours regardée comme s'il tentait désespérément d'entrer en télékinésie avec toi pour ne pas avoir à parler à haute voix.

– Non.

– *Si.*

– Non quoi ? demande Not-Joe en levant les yeux de son téléphone.

– Je disais à Lola qu'Oliver la regardait toujours comme s'il était sur le point de la dévorer.

– Pas de la dévorer, la corrige Not-Joe. Il veut simplement posséder une part d'elle à laquelle personne n'a accès. Et c'est clairement le cas.

Il lève le menton en désignant l'autre bout de la salle, où Oliver est parti.

Le silence se fait, nous sommes tous abasourdis.

Il n'est pas comme Rogue, marmonne Not-Joe en touchant le bras de Mia, et en faisant semblant d'absorber sa force comme Rogue, avant de revenir à son téléphone. Dis-lui que tu lui appartiens toujours. Arrange-moi ça.

Ansel et Finn jouent avec leurs dessous de verre, Mia, Harlow et London ne me quittent pas des yeux.

– *Quoi ?*

– Pour une fois, je suis d'accord avec Not-Joe, fait Mia avec une grimace d'excuse. Tu dois faire *quelque chose.* Vous êtes malheureux tous les deux. Va lui parler. Dis-lui ce que tu ressens, même avec maladresse.

– Ce n'est probablement pas le meilleur moment.

Je ne peux pas imaginer expliquer à Oliver ce que j'ai fait ou lui parler de son dîner avec Allison dans un bar. La seule pensée de cette conversation en public me retourne l'estomac.

Je jette un coup d'œil vers les toilettes, en espérant qu'Oliver en émergera, et en redoutant ce que je ressentirai quand ce sera le cas. Mais autre chose attire mon attention... un visage que je n'ai pas vu depuis une éternité.

Il me faut quelques secondes pour le reconnaître. Je jette un coup d'œil à Harlow qui sourit à ce que Finn raconte. Je regarde plus attentivement Mia, concentrée sur le téléphone de London. Ansel me dévisage et jette des coups d'œil à la personne que j'ai repérée au bar. Ansel sait que quelque chose se passe... mais il ne peut pas deviner pourquoi mes yeux sont écarquillés. Parce qu'il n'a aucune raison de reconnaître Luke Sutter.

De l'autre côté de la salle, Luke me repère, son visage se décompose. Je devine qu'il évite notre table du regard, il ne veut pas *savoir*. Mais il ne peut pas s'en empêcher, ses yeux se dirigent dans notre direction, sans s'arrêter sur Not-Joe, London, Harlow, Finn... ils se fixent sur Mia. La surprise se peint sur son visage.

– Qui est-ce ? demande Oliver en revenant à notre table.

Il a l'air jaloux. Je sursaute en entendant sa voix, en sentant la chaleur de son corps, et m'écarte pour le laisser s'asseoir. Mia lève les yeux et pâlit en repérant Luke. Je ne sais pas quand elle l'a vu pour la dernière fois, mais leur dernière conversation ne s'était pas bien terminée. C'était toujours *étrange.*

– Hum, c'est Luke. (Ansel se raidit à ces mots.) L'ex de Mia.

Aucune idée de ce qu'il connaît de Luke, s'il sait qu'ils ont été inséparables à partir de leurs onze ans, que nous étions toutes persuadées qu'ils allaient se marier. Mia a-t-elle raconté à Ansel leur pire dispute ? La fois où Luke a murmuré, en larmes, qu'il avait l'impression que Mia était morte sous le camion qui l'avait renversée ?

Ces dernières années, Luke n'est plus un type que je fréquentais, mais je lui porte toujours une grande affection même si, en surface, il ressemble en tous points à un connard arrogant. L'accident a ruiné deux rêves : la danse pour Mia, sa vie avec elle pour Luke. Il s'en est remis comme il a pu, c'est-à-dire en couchant avec toutes les filles qui passent.

Je regarde à nouveau Ansel et Mia. Je n'ai jamais vu la colère se peindre sur les traits d'Ansel, c'est inédit. Ses joues délicates rougissent, son regard devient perçant. Mia lui prend la main, murmure quelque chose dans son oreille, prend son visage entre ses mains en lui demandant de la regarder. Il refuse au début, continue de lancer des regards mauvais à Luke, puis acquiesce, ferme les yeux et se tourne vers elle pour l'embrasser.

Il chuchote :

– *Je t'aime*[7]. Je t'aime tellement que j'oublie parfois que tu n'es pas une petite chose fragile.

Je finis par détourner le regard pour respecter leur intimité. Luke serre les dents en les voyant s'embrasser, puis il sourit à nouveau, se tourne vers deux filles avec qui il flirte.

– Donc, *voilà* Luke, murmure Oliver dans mon oreille. (Je frissonne de la tête aux pieds.) Le type qui vous emmenait à des concerts.

J'acquiesce. J'apprécie l'effort qu'il fait pour me parler.

– Mia et lui étaient en couple au lycée et un peu... après.

---

7. En français dans le texte. (NdT)

– Après. Tu veux dire après l'accident ? demande-t-il calmement.

– Ouais. Ce n'était pas une bonne période pour Mia, Luke avait le cœur brisé parce qu'elle n'est jamais vraiment redevenue elle-même.

– Tu l'aimais bien, n'est-ce pas ?

Je jette un coup d'œil à Oliver puis plonge mon regard dans le sien pour la première fois ce soir. Toutes les émotions que j'ai retenues se déchaînent en le voyant s'efforcer de conserver une expression neutre. J'ai envie de me jeter sur lui, de l'embrasser. Je lis la douleur dans ses yeux bleus, et je *déteste* ça, mais sinon, il est toujours le même. L'Oliver placide de toujours.

– Je l'apprécie. Il a déconné, mais c'est un type bien.

Il fronce les sourcils. Avant qu'il puisse me répondre, Ansel lance :

– Cette soirée a été merveilleuse, les amis, mais je ressens soudain le besoin de ramener ma femme à la maison et de la mettre enceinte du premier de mes dix-sept robustes rejetons.

Oliver saisit son portefeuille, je m'approche imperceptiblement de lui quand il le glisse dans la poche arrière de son jean.

– Tu pars aussi ? Je viens d'arriver.

Il hoche la tête.

– Je sais. Désolé. J'ai passé une super soirée, mais il est temps que je rentre chez moi. J'ai du ménage à faire.

J'éclate d'un rire qui sonne faux. Je ne suis pas prête à le voir partir tout de suite.

– Je vois ce que tu veux dire.

Je me lève pour le laisser quitter la banquette. Instinctivement, je saisis son bras. Il me regarde l'air surpris mais s'éloigne avec moi sans m'opposer de résistance. Je l'attire un peu plus loin, dans l'obscurité.

Je lâche son bras, m'écarte un peu et respire profondément. Je n'avais pas prévu de lui en parler ce soir. Je déteste improviser, mais je ne peux pas le laisser partir ainsi.

– Bon, donc. (Ma voix tremble, il reste silencieux.) C'était dur ce soir.

– Un peu, acquiesce-t-il.

Je suis son regard de mes yeux à ma bouche.

*Je veux, je veux, je veux...*

– Je suis réellement désolée. Je sais que c'est difficile...

Oliver hausse les épaules puis hoche la tête. Je grogne intérieurement. *Seigneur,* c'est terrible. Je tente de trouver un moyen de m'expliquer sans savoir comment. J'aimerais continuer de coucher avec lui, de pouvoir lui parler, sans négliger tout le reste. Comment l'exprimer ? Sa présence m'obsède tant que j'en perds mes mots.

Finalement, je commence :

– Je suis venue à la librairie pour te voir hier soir.

Son visage se contracte.

– Ah oui ?

– Es-tu sorti avec Allison ?

Il se gratte la joue sans paraître pris de court par ma question.

– Ouais.

*La vignette montre une fille recroquevillée par terre.*

Mes yeux lancent des éclairs.

– Était-ce... (*Seigneur.* Je regarde ailleurs, sentant l'angoisse déferler.) Était-ce un rendez-vous ?

Quand mes yeux reviennent vers lui, il soupire et me fixe froidement.

– Tu es déjà passé à autre chose ?

– Tu te sens menacée par Allison ? *Sérieusement,* Lola ?

– Je ne savais pas si c'était un rendez-vous, et je n'ai aucun droit de te poser la question...

– En effet.

J'ajoute rapidement :

– Je sais. Mais ça me tue de t'imaginer en draguer une autre.

Il ne répond pas, mais sa mâchoire se contracte. Toutes mes pensées se figent.

Il grogne :

– N'est-ce pas ce que je suis censé faire ? Essayer de passer le temps jusqu'à ce que tu sois prête à appuyer sur *play* ?

Il n'a toujours pas répondu à ma question. Je sais qu'il souffre – que je l'ai blessé et pourquoi il me répond ça –, mais je n'ai jamais vu Oliver aussi sarcastique. Je me hais tellement à l'instant, et je le hais un peu, aussi, parce que je ne peux retenir l'impression qu'il m'a trompée... même si tout est de ma faute.

Ma poitrine se contracte de plus en plus, je halète pour aspirer une bouffée d'oxygène. Les sanglots montent dans ma gorge. J'acquiesce en tentant de sourire mais je craque, me détournant pour ne pas me donner en spectacle.

Je me rue vers les toilettes en ravalant mes larmes. Je l'entends courir derrière moi puis je sens sa main sur mon épaule.

– Bordel, non. Lola, ne t'en va pas. Je suis un enfoiré.

Je m'essuie les joues avant de me tourner vers lui. C'est mortifiant. Je déteste pleurer seule, je déteste encore plus avoir un témoin, et à l'instant, je n'arrive pas à me contrôler : mon visage est trempé de larmes.

– Tu n'es pas un enfoiré. Moi si. (Ma voix est pleine de larmes.) J'avais tellement peur de tout gâcher avec la BD, et maintenant, j'ai tout gâché entre nous.

Il me retourne délicatement, je le regarde, en l'imaginant dans ma chambre, retirant tous mes vêtements, effaçant le souvenir de ces derniers jours, redevenant mien.

– Je ne l'ai pas embrassée. Nous avons dîné ensemble, rien de plus.

J'acquiesce en ravalant un sanglot de soulagement.

– Mais t'attends-tu à ce que je n'*essaie* pas de passer à autre chose ? Tu m'as dit que je devais attendre que tu te reprennes en main sans moi. C'est une chose terrible à demander, Lola.

Je pose une main sur son torse, les mots s'échappent de ma bouche :

– Je pense que nous ne pensions pas à la même chose, je bégaie, ou plutôt je ne pensais pas dire ce que tu as pensé que je disais. Ou ce que j'ai dit. Je suis tellement désolée.

Il s'écarte un peu.

– Je ne pense pas que la pause soit seulement un... malentendu. Ce que tu disais était assez clair.

– J'ai besoin d'en parler. (J'essaie d'organiser mes pensées mais la musique est trop forte, le regard de nos amis pèse dans mon dos.) Pas ici, comme ça. Mais bientôt ?

Il acquiesce, les yeux rivés sur ma bouche. Puis il secoue la tête :

– Je ne sais pas, Lola. Je ne sais pas. C'est un bordel sans nom.

La panique m'étreint.

– Je n'ai pas envie qu'on se quitte.

Oliver m'interrompt avec un « chhh », replace une mèche de cheveux derrière mon oreille. Il fixe sa main comme s'il avait agi instinctivement avant de la laisser retomber mollement sur le côté.

Mon cœur bat la chamade, il cogne, cogne, cogne. Mon amour ne diminuera jamais d'intensité, j'en suis persuadée. Je ne peux pas remonter le temps ni l'arrêter.

Je murmure :

– Tu me manques.

Il sourit, le regard adouci derrière ses lunettes.

– Tu me manques aussi, Lola love.

Un mélange de douleur et de soulagement m'envahit.

– Je pensais que tu allais me dire que tu avais embrassé Allison le Canon.

Oliver me regarde avec une grimace adorable et triste.

– Je savais que j'en serais incapable. Je n'arrive pas à la désirer. (Il se gratte la joue, cligne des yeux.) J'étais en colère, j'avais besoin d'une distraction, mais j'aurais été incapable de trahir ainsi mes propres sentiments. (Il éclate d'un petit rire jaune.) Mon amour pour toi est gravé dans mon cerveau. Tu es la seule personne que j'ai envie d'embrasser.

Le poids de mes sentiments m'écrase soudain, je murmure hâtivement :

– Veux-tu venir chez moi ce soir ?

Oliver ferme les yeux, essaie de sourire, mais les coins de sa bouche se relèvent à peine.

– Je ne pense pas...

Seigneur. Horrifiée, je me sens m'effondrer.

– Merde, laisse tomber. Désolée. Bien sûr que tu ne veux pas.

Oliver recule d'un pas, regarde autour de lui avant de se frotter le visage et de se retourner vers moi.

– Ne joue pas avec moi. (Il me dévisage longuement.) Je t'en prie. Ton attitude montre que tu n'es pas encore tout à fait toi-même. Je sais aussi que tu regrettes. Mais... après des jours de silence, c'est un peu tard. Je n'arrive pas à me convaincre que tu ne me demandes pas ça seulement à cause d'Allison.

– *Non*, Oliver, ce n'est pas...

Il continue à parler en secouant la tête :

– Je ne sais pas si tu craignais vraiment que cette relation interfère avec ta carrière ou si tu espérais simplement gagner du temps jusqu'à ce que tu sois certaine de tes sentiments pour moi. Dans les deux cas, je ne sais pas comment réagir. Ces deux options me déplaisent. (Il m'embrasse juste sous l'oreille et continue calmement, les lèvres à quelques centimètres de mon visage.) Je t'aime Lola. Mais cette relation pourrait me détruire.

# Chapitre 15

## Oliver

JE NE SAIS ABSOLUMENT PAS COMMENT me comporter avec Lola. Et Joe non plus.

Je ne l'ai pas vue à la librairie pendant une semaine quand elle y entre finalement le lendemain matin, après notre discussion gênante chez Fred's. Elle se dirige vers la section Marvel en me faisant signe de loin. Joe ne la salue pas, il ne la demande pas en mariage devant tous les clients comme à l'ordinaire. Je sens son regard sur moi, il jauge ma réaction.

– Lola est ici, finit-il par dire en désignant du menton le coin vers lequel elle s'est dirigée.

Mon cœur bat très lentement.

– Oui.

Elle m'a proposé de la raccompagner chez elle hier soir – et putain, j'ai bien failli tout oublier et me ruer dans son lit pour la baiser –, mais il était hors de question que j'accepte. Je percevais sa culpabilité, ses regrets hier soir, mais

Lola n'a aucune idée de ce qu'elle veut en ce moment ; c'est un champ de mines émotionnel.

Joe contourne le comptoir pour s'approcher de moi.

– Tu ne vas pas y aller ?

– Ça ne te regarde pas, Joe, mais non. Peut-être dans quelques minutes, mais on dirait qu'elle est venue pour regarder des livres.

– Je ne vous comprends pas, tous les deux.

– Je ne compte pas m'attarder sur le jugement d'un type qui a passé la majeure partie de la soirée à regarder des vaches se faire traire avant de passer à des vidéos d'hommes tirant des camions en nouant des cordes à leurs bites.

Facile de plaisanter, car que puis-je dire ? À cet instant, je ne comprends rien moi non plus.

Une part de moi – la part qui l'adore, qui sait que Lola est incapable de vouloir du mal – me pousse à prendre la responsabilité de toute cette affaire, me souffle que j'aurais dû anticiper sa crise d'angoisse, lui pardonner plus facilement son affolement et avouer que dîner avec Allison était un peu prématuré. Mais la conversation dans sa chambre – quand elle m'a expliqué qu'elle voulait prendre de la distance pour se concentrer sur son travail – m'a montré à quel point elle est jeune. Naïve, même. Je le savais, certes, mais je n'avais jamais anticipé que cela pourrait me nuire.

Moi aussi, j'étais naïf.

Je souhaite à Lola tout le succès du monde, mais je reste perplexe : comment peut-elle penser que j'aurais pu l'empêcher de faire quoi que ce soit ?

Et je suis blessé. J'ai soutenu Lola comme une pom-pom girl extatique depuis le début. Bordel, je porte même le T-shirt Razor Fish chaque fois qu'il sort de la machine à laver. J'ai été l'amant le plus dévoué... même si ça n'a duré qu'une semaine. Difficile d'accepter d'être si facilement mis de côté.

Pourtant, chaque fois qu'elle est là, je suis forcé d'admettre que je n'ai jamais désiré quelqu'un avec une telle force. Un élan m'attire irrémédiablement vers elle. Depuis qu'elle est entrée dans la librairie, ma poitrine bourdonne, je tremble de l'intérieur. Elle a lâché ses cheveux, il n'y a aucune trace de rouge à lèvres sur sa belle bouche charnue. Je revois la manière dont elle penchait la tête, en me regardant l'embrasser partout, je me souviens de ses cuisses sur mes épaules, du miel de son sexe sur ma langue.

Lola lève les yeux de sa bande dessinée, me prend en flagrant délit de contemplation mal placée et esquisse un geste vague dans ma direction. J'agite la main, me tourne pour trouver Joe derrière moi, ses yeux vont d'elle à moi. Il secoue la tête.

– C'est vraiment nul.

– Tout va bien.

J'ouvre un rouleau de centimes et verse les pièces dans le tiroir-caisse.

– Bien ? demande-t-il. La semaine dernière, elle est entrée et t'a sauté dessus comme si tu étais un arbre. Aujourd'hui elle se comporte comme si tu étais le documentaliste de service.

– C'est compliqué.

Je soupire. Je l'aime, mais je n'ai pas envie d'être avec elle maintenant. Il faut qu'elle prenne un peu de recul.

– Elle est toujours folle de toi, tu sais.

Je ferme la caisse et lui lance un regard exaspéré. *Ce ne sont pas tes oignons.*

– Je sais, Joe.

Il semble atterré.

*– Et ?*

– Je me demande si elle n'a pas eu raison de prendre ses distances. Nous avons peut-être tout foutu en l'air. Il vaudrait sûrement mieux redevenir amis.

Je salue un client qui marche jusqu'au comptoir, Joe s'écarte pendant que je l'encaisse. Je lui tends un sac en souriant. Joe me dévisage toujours, ouvertement désapprobateur.

– Tu oublies peut-être que tu es amoureux d'elle.

Je m'appuie contre le comptoir et me frotte le visage.

– Je n'ai pas oublié.

– Alors que fais-tu ici alors qu'elle est là-bas ?

Je secoue la tête et la regarde de loin. Elle feuillette une bande dessinée, le téléphone contre l'oreille.

– Joe, ça ne te regarde pas et ce n'est pas si simple.

– Vas-tu revoir Allison ?

Mon ventre se noue.

– C'était juste un dîner.

Il hoche la tête.

– C'est comme si tu avais grandi en mangeant du chocolat Hershey. Tu es persuadé que c'est délicieux jusqu'à ce que tu goûtes du Sprüngli et là, tu te dis : « Seigneur, Hershey, c'était de la merde. »

Je lui jette un coup d'œil.

– Du Sprüngli ?

– Du chocolat suisse. (Il esquisse un geste vague de la main.) Ma famille possède un chalet dans les Alpes.

Je me tourne et le dévisage.

– Mais qui *es*-tu ?

Il rit :

– Je ne suis certainement pas un mec qui s'appelle Joe.

– Ne me dis rien. (Je lève une main.) Ça ruinerait le mystère.

Il hausse les épaules et retourne dans le bureau. La sonnette d'entrée tinte, Finn et Ansel entrent.

– Salut Finnigan, fais-je. Je ne savais pas que tu étais encore là aujourd'hui.

Il me lance un regard exaspéré en enlevant sa veste. Il déteste ce surnom.

– J'ai pris une semaine de vacances.

Ansel interrompt les formules de convenance :

– On va déjeuner ? Je meurs de faim.

Finn et moi échangeons un regard amusé. Quand il a faim, Ansel est toujours de très mauvaise humeur.

– Ouais, laisse-moi juste...

Je commence à parler au moment où Lola se décide à se diriger vers moi.

– Salut, leur dit-elle avant de me regarder. (Ses joues rosissent, elle sourit plus largement.) Salut.

– Salut.

Mon cœur bat plus fort, ma gorge se serre, mon corps se contracte.

*Je t'aime, putain.*

Finn se tourne vers Lola.

– Aurais-tu par hasard parlé à ma femme aujourd'hui ?

– Je ne m'habituerai jamais à vous entendre les appeler comme ça. (Elle secoue la tête.) Mia est la *femme* de quelqu'un. Harlow est la *femme* de quelqu'un.

Et Lola a été la mienne, pendant douze heures. Puis elle est devenue quelque chose d'encore mieux, pour quelques jours seulement.

Finn la dévisage, les lèvres pincées, en attendant sa réponse.

– Pour tout dire, oui, se souvient-elle en se frappant le front. (Il me regarde comme si je lui avais suggéré cette réponse.) Elle va à Del Mar pour obtenir des signatures de... quelqu'un... et tu sais à quel point on capte mal là-bas.

Finn hoche la tête, passe la main derrière le comptoir pour récupérer un paquet de Snickers dans mon tiroir secret.

Ansel ne perd rien de ce geste et manque le faire tomber à la renverse pour en attraper un.

– Lola, lance Finn en déchirant le paquet. Puis-je te demander quelque chose ?

Elle lève les sourcils, son expression est si attendrissante que je dois regarder ailleurs pour me retenir de la prendre dans mes bras.

– Je pensais emmener Harlow à Sequoia ce week-end. Faire du camping, au calme, tu vois le genre. Sais-tu si elle a du travail ?

L'air amusé, Lola sourit. Mes yeux s'écarquillent.

– En voiture ?

Il acquiesce.

Lola me jette un coup d'œil et pendant un instant, toute gêne s'évanouit entre nous. Nous sommes dans le même camp.

– Un trajet de *six* heures pour emmener Harlow *camper* dans les *bois* tout un week-end ?

Il fronce les sourcils et se retourne pour me regarder.

– C'est à peu près ça.

Lola demande :

– Parle-t-on de la *même* Harlow ?

Finn sourit d'un air arrogant.

– Elle s'y fera.

– Si tu le dis ! réplique-t-elle avec un clin d'œil. (*Putain.* Mon ventre se retourne en la voyant si joueuse.) Et non, je pense qu'elle n'a rien prévu ce week-end.

– Lola, tu es toujours ici, s'écrie Joe en sortant de la réserve, une banane à la main. (Il la pèle d'un air suggestif.) Prête à t'enfuir avec moi ?

– Toujours pas, répond-elle en souriant.

– Que faisais-tu au fond de la librairie ?

Elle le fixe puis me jette un coup d'œil rapide.

– Je parcourais des BD. Benny m'a appelée. J'ai une grosse échéance la semaine prochaine. Donc... je décale le séjour que j'avais prévu à L.A. à la semaine suivante.

Je retiens l'information. Je ne savais même pas que Lola devait à nouveau partir là-bas, encore moins qu'elle avait besoin de décaler ce voyage. Je déteste sentir cette distance entre nous – qui n'a aucun sens, c'est *absurde* –, et le fait que nous ne partageons plus tout, que nous évoluons dans deux mondes parallèles sans nous dire un mot. Elle me manque.

*Putain.* Il faut que j'arrange ça.

– Eh bien, je suis content de te revoir ici. Je voulais te montrer quelque chose. (Il avance jusqu'à l'endroit qu'il vient de quitter, attirant l'attention de Lola sur une étagère.) Regarde ce qui vient d'arriver.

– Oh Seigneur ! (Elle s'approche pour regarder de plus près.) Je peux voir ?

Joe me sourit.

– Oliver ? Peux-tu attraper la boîte ?

– Je l'ai, se propose Finn en avançant vers l'étagère, mais Joe l'arrête d'une main sur le torse. Oliver sait de quoi je parle.

Je lui jette un regard d'avertissement. Aucune idée de ce qu'ils regardent, mais il a une idée derrière la tête. À l'instant où j'arrive devant l'étagère, je comprends. Joe est parvenu à dégoter des figurines représentant les personnages de la bande dessinée de Lola et les a posées sur l'étagère pour elle. Je commence à lui dire que je n'avais pas réussi à les trouver avant et me tourne pour les lui tendre – ses yeux ne sont pas posés sur la boîte mais sur mon ventre nu, découvert par la chemise.

Je m'éclaircis la gorge, Lola cligne des yeux et son attention revient sur mon visage. Ses joues passent par six nuances différentes de rose. Joe, hilare, semble crier *je te l'avais dit.*

– Tu es un tel connard, souffle-t-elle à Joe, toujours mort de rire.

Elle lui frappe l'épaule avant de me prendre la boîte des mains. Son insistance m'irrite et m'amuse.

– Où les as-tu trouvées ? demande-t-elle en évitant mon regard.

Je secoue la tête. Je ne les avais encore jamais vues en vrai. Elles sont introuvables sur Internet.

– Je ne savais pas que nous en possédions.

– Je les ai achetées aujourd'hui, explique fièrement Joe. Ce sont les premières que je vois.

Je demande :

– Quelqu'un les vendait ?

Même Finn – un type qui, malgré sa ressemblance avec Superman serait incapable de faire la différence entre Catwoman et Batgirl – s'est rapproché. Ansel aussi semble intéressé.

Joe hausse les épaules comme si ce n'était rien d'important et mord dans sa banane.

– Ouais.

– Ils ont fait ça pour la sortie de la BD ? interroge Ansel en s'approchant pour les regarder de plus près.

Lola acquiesce.

– Ça fait partie de la promotion en vue de la sortie en poche. *Je* n'ai même pas encore reçu le moindre échantillon. J'attendais d'en tenir une dans ma main depuis des semaines.

Sa joie la rend magnifique, je suis heureux d'en être témoin. Son travail a été très difficile ces derniers temps, elle a grand besoin d'une petite victoire. Je saisis une figurine et la glisse dans un sac en tissu avec le logo du magasin.

– Elle t'appartient maintenant.

Bouche bée, elle réplique :

– Je ne peux pas l'accepter.

Joe secoue la tête.

– Le type a apporté pas mal de choses. Il voulait vendre un assortiment de goodies qu'on a dû lui envoyer sans savoir que celles de *Razor* ne sont pas encore en vente. Je ne les ai pas payées cher.

– Je pourrais vous *embrasser,* les garçons !

Lola regarde dans le sac et se rend compte de ce qu'elle vient de dire. Elle se mordille les lèvres et fixe le sol.

Malgré toute ma souffrance, un sentiment primaire prend le dessus. Je détourne les yeux.

– Je serais totalement partant. Mais j'ai un rendez-vous. Je laisse ma part à Oliver.

Un éléphant vient d'apparaître au milieu de la pièce. Tout le monde trouve soudain quelque chose à observer.

Joe grogne.

– *Je vous en prie.* Je ne sais pas pourquoi vous vous disputez comme ça. Vous n'arriverez jamais à redevenir de simples amis.

Sur ces mots, il récupère ses clés et son portefeuille Greenpeace avant de sortir de la librairie.

Personne ne dit mot. Ce sont les dix secondes les plus gênantes de l'histoire de l'humanité.

Finalement, Ansel s'éclaircit la gorge.

– Donc... Le déjeuner. Lola, tu veux venir avec nous ? lui demande-t-il avec douceur.

Elle écarquille les yeux, me regarde comme si elle s'attendait à ce que je lui dise quoi faire. Je souris avec le plus d'honnêteté possible, en espérant avoir l'air sincère parce que je ne sais pas où j'en suis. Je veux la garder près de moi, mais je veux d'abord qu'elle sache exactement où elle en est.

Le téléphone de Lola se met à sonner dans sa main, elle jette un coup d'œil au message. Nous la dévisageons tous, ses épaules s'affaissent, elle marmonne :

– *Putain.*

– Quoi ?

Mon instinct protecteur reprend le dessus avec la violence d'un coup de fouet.

– C'est Greg. (Elle verrouille l'écran avec un soupir.) Ellen vient de rompre avec lui. (Elle jette un coup d'œil à Ansel.) Merci pour l'invitation, mais je dois passer un ou deux coups de fil avant de rejoindre mon père.

– J'espère que ça va.

Finn et Ansel hochent la tête à côté de moi. Elle me sourit timidement en désignant le sac.

– Encore merci, Oliver. Ça compte beaucoup pour moi.

La sonnette de l'entrée tinte. Nous la regardons tous les trois s'éloigner sur le trottoir.

– Rappelez-moi de virer Joe la prochaine fois que je le vois.

La librairie est vide, cet après-midi, il n'y a personne. Je prends mes clés et retourne l'écriteau FERMÉ en leur faisant signe de passer devant.

---

NOUS MARCHONS QUELQUES BLOCS JUSQU'À BUB, à côté de Petco Park, et nous nous installons à une table près du patio.

– Comment ça va avec Lola ? demande Finn en buvant une gorgée de bière. Vous aviez l'air...

– Hésitants, termine Ansel pour lui. Ce qui est très perturbant de l'extérieur.

– Toujours pareil. (Je fais tourner ma paille dans l'eau glacée. Je n'ai pas envie d'en discuter mais je leur en ai assez dit pour qu'ils sachent que les choses ne sont pas au mieux avec Lola.) Nous sommes toujours en pleine pause. Mais j'ai l'impression qu'elle regrette. Chez Fred's, hier soir, elle m'a demandé d'aller chez elle.

La serveuse s'arrête à notre table, nous commandons des burgers et des oignons frits. Elle s'écarte d'un pas, ils me regardent tous les deux, l'air d'attendre quelque chose.

– Bien sûr, j'ai dit *non*.

Le silence se fait.

– Parce qu'il faut qu'elle réfléchisse à notre relation.

– Et elle ne peut pas le faire ta bite dans la bouche ? demande Ansel. (Finn lui donne un coup d'épaule.) Quoi ?

C'est une question sérieuse.

Finn lève le menton :

– A-t-elle déjà envisagé qu'elle pourrait être encore plus occupée dans quatre mois ? Ils n'ont pas encore commencé le tournage. En ce moment, je ne vois Harlow qu'en coup de vent, ça craint, mais je sais que ça ne durera pas toujours.

– Je ne sais pas. Je n'arrive pas à savoir ce qu'elle pense.

– J'ai toujours cru que vous aviez un langage secret, dit Ansel.

– Moi aussi. (Notre serveuse pose un énorme panier d'oignons frits au centre de la table.) Et parce que je suis un connard absolu, j'ai tout fait empirer en sortant avec Allison mercredi soir.

Ansel écarquille les yeux.

– Allison le Canon ? (J'acquiesce, il soupire et attrape sa bière.) Comment as-tu osé faire ça ?

Je hausse les épaules.

– J'ai agi sur un coup de tête. Elle est passée à la librairie et m'a invité à dîner. J'étais en colère contre Lola, donc j'ai dit oui.

– Elle pensait que tu étais intéressé ?

– Probablement.

Finn m'examine.

– Tu ne l'as pas baisée.

– Non. Ça n'avait rien à voir avec ça. Mais j'ai tout de même l'impression d'avoir trompé Lola parce que je savais que ça la rendrait jalouse. Je m'en suis voulu à mort en rentrant chez moi.

– Et si Lola avait fait pareil ? demande Finn.

Je rougis à l'idée que Lola puisse sortir avec un type.

– J'éclaterais la tête du mec.

– Lola est au courant ? lance Ansel en grimaçant.

– Ouais, elle est venue à la librairie ce soir-là. Ce maudit Joe le chirurgien du cerveau le lui a tout de suite dit.

– Mais tu aurais fini par le lui avouer, non ? demande Ansel avant de froncer les sourcils. N'est-ce pas ?

– *Bien sûr,* fais-je, exaspéré. J'ai failli l'appeler en plein dîner tellement je me sentais coupable. Mais je ne l'ai pas fait. Je me suis dit *: Si tu l'appelles alors qu'elle est en train de travailler pour lui raconter que tu dînes de manière platonique avec une autre femme et qu'elle se met en colère...* C'est n'importe quoi. Je m'en veux certainement plus qu'elle. Je ne sais plus non plus comment me comporter avec Lola, tout semble... compliqué.

– Vous êtes deux imbéciles. Lola ne va pas bien non plus, si tu veux tout savoir.

– C'est normal quand on tombe amoureux, explique Ansel en souriant. Je suis un imbécile heureux, grâce à Mia.

– Je... (J'ai soudain envie d'éclater de rire. Malgré tout, la simple présence d'Ansel me remonte le moral.) Lola est l'une des personnes les plus intelligentes que je connaisse, mais je crains que, pour emprunter une expression d'Harlow, elle soit extrêmement déstabilisée par tout ce qui possède une bite.

– Mia m'a dit qu'elle a toujours eu tendance à faire passer son travail avant le reste. (Ansel croise les bras sur sa poitrine.) Elle est comme ça depuis l'adolescence.

Un élan protecteur me pousse à la défendre :

– Elle n'a pas eu la vie facile. Ça n'a jamais été simple pour elle, voilà tout.

– Eh bien, merde, Oliver, ça explique peut-être tout, réplique Finn. Elle a peut-être besoin de savoir que votre relation ne fonctionne pas sur le principe du tout ou rien. Que tu ne la repousses pas simplement parce qu'elle n'a pas encore pris ses marques.

J'attrape un oignon frit et lui souris :

– Il est très rafraîchissant d'entendre tant de sagesse sortir de ta bouche, Finn.

Il lève le menton vers moi en souriant.

– Il est très rafraîchissant de vous voir tout foutre en l'air, vous aussi, Oliver.

---

LA NUIT EST TOMBÉE QUAND JE ME DÉCIDE enfin à m'extirper de la librairie pour me diriger vers le loft. Je suis soulagé de repérer presque immédiatement la voiture de Lola – elle n'est pas encore partie chez son père. Je me gare sur la première place que je vois avant de me diriger vers la porte d'entrée.

À cette heure-ci, le hall grouille habituellement d'activité ; les gens rentrent du travail ou sortent dîner, mais ce soir, un calme étrange règne. Je suis seul dans l'ascenseur, les étages défilent, rien ne me sort de mes pensées : que vais-je lui dire exactement ?

Aucune idée. J'ai seulement envie de la voir. Peut-être simplement pour m'excuser encore une fois à propos d'Allison : j'ai déconné, surtout parce que je savais que Lola finirait par l'apprendre. Peut-être simplement lui dire, maintenant que je me suis calmé, qu'il m'a semblé brutal d'être aussi rapidement écarté, comme si j'étais une distraction, un obstacle.

Je ne pense pas être prêt à revenir là où nous en étions avant que tout change. Je voudrais qu'elle me *parle*. Aussi terrible que cela puisse paraître, j'ai été heureux de la voir aussi bouleversée chez Fred's. J'ai compris qu'elle souffrait, elle aussi. Avant, je me sentais toujours bien avec Lola. Même si nous ne parlions pas de nos sentiments, je savais exactement comment me comporter avec elle quand elle me demandait mon opinion, me regardait. Lola a toujours les idées bien en place, même sur notre relation. J'ai été pris de court quand elle a rompu comme une hystérique alors que tout allait merveilleusement entre nous.

Je sais que je n'ai pas été le seul à ressentir cet amour profond, cette nuit chez moi.

Je sais que je ne me fais pas des idées. Pour elle aussi, ç'a été exceptionnel au lit, toute la nuit, puis dans la douche.

Mes pas sont légers dans le couloir, je m'arrête en entendant la voix de Lola à travers la porte de métal. Je sors mon téléphone pour regarder l'heure. Je n'ai pas aperçu la voiture de London dehors, à cette heure, elle travaille. Harlow est censée avoir passé la journée à Del Mar, et si je ne me trompe pas, il me semble que Mia donne un cours le soir. À qui parle-t-elle ? À son père ? À Benny ?

Je me fige devant la porte, n'arrivant pas à décider si je dois frapper à la porte et courir le risque de l'interrompre alors qu'elle est avec quelqu'un ou si je ferais mieux de revenir, quand elle hausse le ton :

– Je sais, dit-elle, ostensiblement nerveuse. Et nous en avons parlé la semaine dernière. Comme je te l'ai dit, je dois respecter des échéances qui me sont propres. Je suis désolée que ça nuise à ton programme. Mais si Langdon ou toi vous étiez intéressés à ce que je vous disais chaque fois que j'essayais de parler pendant la réunion, tu n'ignorerais rien de ce que je t'explique maintenant.

Je suis paralysé. Je n'ai jamais entendu Lola parler sur ce ton à... quiconque. La part rationnelle de mon cerveau me crie de tourner les talons et de l'appeler plus tard, d'autant qu'écouter aux portes n'est jamais une bonne idée, mais je ne peux m'empêcher d'être intrigué. Je rêve de savoir à qui elle parle, sa nouvelle détermination me fascine.

J'entends les talons de ses bottes claquer en rythme sur le parquet de la cuisine, elle fait les cent pas. Je suis sur le point de partir quand le silence se fait brusquement.

– Non, je comprends. Mais ce que je t'explique, c'est que Razor ne ferait pas ça. Je sais que tu as une idée bien précise derrière la tête, mais ça ne correspond pas du tout au personnage principal.

J'écarquille les yeux, surpris. Elle parle à Austin. Seigneur. Elle se tait puis murmure « hum, hum », « ouais » et « je vois ». Je retiens mon souffle en me demandant si elle maintiendra ses positions ou si elle se laissera convaincre. Arrivera-t-il à la manipuler pour parvenir à ses fins ? Mon cœur bat si fort que je me demande brièvement si elle ne peut pas l'entendre tonner dans ma poitrine.

Je n'avais pas encore réalisé à quel point j'avais besoin de la voir prendre en main sa carrière. Elle se laissait dévorer. Elle change.

– Écoute, continue-t-elle. (Sa voix est volontairement calme, posée.) Je me trouve très souple, j'ai accepté la plupart des modifications que tu as suggérées et comme je te l'ai dit, je fais confiance à ton expérience en la matière. Vraiment. Tu t'y connais en films. Moi non. Mais je *sais* créer une histoire, des personnages, des mondes et les deux personnages de ce monde ne sont pas amoureux. On ne peut pas miser sur l'angle de la romance, ou de la tension sexuelle. Si tu changes ça, les motifs de Razor et toutes ses actions deviendront douteux. S'il épaule Quinn, c'est parce qu'il voit son potentiel, pas parce qu'il est amoureux d'elle.

Je m'appuie au chambranle en sentant mon corps se détendre progressivement. Malgré tout ce qui nous est arrivé ces derniers jours, je souris. Lola se bat pour ce qu'elle aime. Elle ne se laisse pas faire. Si Lola parvient à maintenir ses positions face à un studio plein de producteurs, elle pourra se battre pour me récupérer.

Les mots de Finn résonnent dans ma tête et même s'il a raison sur de nombreux points, je connais Lola. Elle n'a peut-être pas beaucoup d'expérience en matière de garçons, mais dès qu'elle veut quelque chose, elle se bat pour l'obtenir. Elle n'a pas besoin d'être secourue. Si j'entrais maintenant pour discuter avec elle, je me demanderais toujours si elle serait revenue vers moi sans que je l'y force.

Je m'éloigne de la porte et me dirige vers l'ascenseur. Le son de sa voix diminue à chaque pas.

# Chapitre 16

## Lola

JE N'AI PAS DORMI DANS LE LIT de mon enfance depuis si longtemps qu'il me faut cinq bonnes secondes pour réaliser où je me trouve.

La poignée transparente du placard me met la puce à l'oreille. Toutes les portes de la maison sont dotées d'énormes boutons en cristal. Ma mère les a achetés sur un coup de tête pendant l'un des déploiements de mon père et a passé un week-end entier à patiemment remplacer toutes les poignées de cuivre. Le cristal scintille comme un œil sur chaque porte. C'est ce que j'aime dans cette vieille demeure de style Crafstman : elle semble immuable alors que ses habitants évoluent, ploient sous les difficultés, sont sur le point de s'effondrer.

Un petit coup retentit à ma porte.

– Lorelei ?

– Ouais, papa ?

La poignée tourne, il passe la tête par l'embrasure de la porte.

– Je ne t'ai pas entendue arriver hier soir.

– Je suis venue voir comment tu allais, mais tu étais déjà profondément endormi. Je ne suis pas surprise que tu ne m'aies pas entendue.

Il rit, entre dans ma chambre. Il tient deux mugs de café à la main.

– Cela fait une éternité que tu n'avais pas dormi ici !

– C'est vrai.

Je m'assieds, les cheveux dans les yeux. Je les repousse derrières les oreilles. Un coup d'œil à l'horloge m'apprend qu'il est seulement six heures du matin. Après des années dans la Marine, mon père a conservé l'habitude de se lever tôt. Pour lui, six heures, c'est une grasse matinée.

– Tu n'étais pas obligée de venir.

Je prends la tasse de café.

– Bien sûr que si. Tu tenais à Ellen, je m'inquiète pour toi.

Mon père me dévisage d'un œil sceptique.

– Tu ne pouvais pas la voir en peinture.

– D'accord, je ne *l'appréciais* guère, mais je veux être là pour toi, imbécile.

– Ça va. (Il sourit.) Tu avais peut-être besoin d'un changement de paysage.

L'odeur du café me chatouille les narines, mon cerveau s'éveille lentement.

– Peut-être.

Mon père s'assied au bord de mon lit et sirote son café en fixant le mur. Je sens qu'il va bientôt se mettre à parler d'Ellen, ou me demander comment se passe mon travail, comment je vais. Je me sens tellement fébrile que je ne suis pas sûre d'avoir envie d'être ici, mais l'idée de rentrer chez moi n'est guère plus séduisante.

Je ne sais plus où j'en suis : j'aimerais continuer à construire la carrière à laquelle je travaille depuis si longtemps, mais pouvoir la gérer de A à Z. Je voudrais qu'Oliver fasse partie de ma vie, mais sans être à *ce point* dépendante de son amour. Je voudrais pouvoir respirer sans avoir l'impression d'être entravée par des cordes. Et surtout, je voudrais savoir comment réparer mes erreurs. Ça fait beaucoup d'un coup.

Mon père jette un coup d'œil à mon sac de voyage, que j'ai rempli à la hâte hier soir et jeté dans un coin en arrivant.

– Tu sais, on parle mais on ne se *parle* pas, dit mon père.

Sa voix tremble et devient un peu nasillarde, comme toujours quand il est ému. Nous avons du mal à exprimer nos sentiments. Comme un gosse qui monte sur un vélo pour la première fois et regarde ses parents avec l'air de dire *je suis censé faire quoi, maintenant* ?

Comme nous, quand il s'agit d'exprimer nos émotions.

Je lui rappelle :

– Nous nous appelons presque tous les jours.

– Je sais tout ce que tu fais, mais pas ce que tu *ressens.*

Je grogne en buvant mon café.

– Je pensais que nous étions censés parler d'Ellen et toi.

Il m'ignore.

– Tu travailles beaucoup trop, devine-t-il. Je suis sérieux. J'ai envie de te parler. Tu es une épave.

Mon père connaît tout de ma vie, le meilleur comme le pire. Il sait ce que j'ai traversé avec Oliver, donc j'ai toujours supposé qu'il savait ce que je ressentais, simplement parce qu'il *me* connaît. Mais il a raison : nous ne parlons jamais de nos sentiments. Nous plaisantons et nous utilisons le sarcasme pour rire de ce qui nous arrive sans nommer nos émotions. Je fais de même avec Oliver : est-ce supposé me réconforter ou me faire peur ?

– Viens dans la cuisine pour prendre le petit déjeuner. Allons discuter.

Je cherche mes affaires du regard. J'ai tout laissé en plan hier soir.

– Si tu me dis que tout va bien, je ferais mieux de rentrer chez moi. J'ai énormément de travail.

Je ferme les yeux en refoulant la panique qui monte en moi.

– Non, répond mon père d'un ton décidé.

Je ne l'ai plus entendu me parler comme ça depuis l'époque où il me grondait. Je sursaute, l'envie de m'éloigner pour respirer plus tranquillement me submerge.

Je pose mon mug sur ma table de chevet.

– Cuisine. Dans dix minutes.

---

– TU RESSEMBLES À UNE ÉPAVE, MA FILLE.

– Tu l'as déjà dit. (Je lui passe devant pour refaire du café.) J'ai beaucoup de travail. Raconte-moi exactement ce qui s'est passé avec Ellen.

Il s'installe sur un tabouret de bar et tourne machinalement sur lui-même en me parlant.

– Apparemment, elle s'est amourachée d'un type avec qui elle bosse.

– Amourachée ? Tu utilises ce terme pour éviter de me choquer ?

Je m'appuie contre le comptoir en le dévisageant.

– Par respect pour la sensibilité de ma fille, oui. Pour être exact, elle baise avec un type du bar.

Je grimace.

– Elle te l'a dit ?

Il rit et répond d'une voix rauque :

– Non. Je les ai surpris en venant la retrouver à la fin de la journée. Sa langue était enfoncée très profondément dans sa bouche. Ils m'ont paru assez intimes.

– Tu veux que je lui casse la gueule ?

Il éclate de rire et secoue la tête.

– J'aimerais que tu me fasses des œufs et que tu me racontes quelque chose pour me remonter le moral.

Je me tourne vers le réfrigérateur, sors une boîte d'œufs et une plaquette de beurre.

– Rien de neuf.

– Rien du tout ? rit-il. Comment va Oliver ?

Je hausse les épaules, heureuse de lui tourner le dos pour récupérer le pain dans le placard.

– Nous vivons à peu près la même chose qu'Ellen et toi.

– Oliver t'a *trompée* ? s'écrie-t-il.

– Non ! (Je suis immédiatement sur la défensive.) Rien de tout cela, c'est... c'est une longue histoire.

– Comme tu l'auras sûrement deviné, je n'ai pas de petite copine en ce moment. J'ai tout mon temps.

Il me regarde sortir deux tranches de pain du sachet et retirer la mie pour casser un œuf au milieu dans la poêle. C'est son petit déjeuner préféré. Il m'a toujours regardée faire avec émerveillement, comme si je lançais un sort vaudou. Il est mignon : le secret, c'est de faire cuire le pain et les œufs en même temps dans la poêle. Parfois, je me demande comment il peut survivre sans moi.

– Que s'est-il passé ? Tu es venue l'autre soir avec lui, vous n'arrêtiez pas de vous caresser. Et maintenant tu es là, tu dors dans ton ancien lit pour la première fois depuis des mois. Parle-moi.

Je pose les œufs et le pain sur le comptoir et sors une poêle.

– Je n'ai pas envie de parler d'Oliver. (Les larmes qui me montent aux yeux, sortant de *nulle part,* m'aveuglent. Mon père me voit m'essuyer les yeux, je marmonne.) Désolée, je suis anéantie. Je gâche tout : le film, la nouvelle bande dessinée. Oliver. Tout.

– Ça ne te ressemble pas, surtout en ce qui concerne Oliver.

Je ris en ouvrant le gaz.

– Ça ne me ressemble pas ? Tu te souviens de la première fois où il est venu à la maison ? Tu l'as regardé comme s'il était une espèce en voie de disparition.

– J'étais surpris. Tu ne m'avais jamais présenté personne.

– J'ai paniqué à cause du travail et je lui ai dit que j'avais besoin de prendre mes distances. Donc il a dîné avec une autre fille. (Je m'essuie les yeux.) Il était en colère, ça a dû lui faire du bien. (Je fais glisser une noix de beurre dans la poêle et la regarde fondre.) Je regrette de lui avoir dit ce que je lui ai dit, et maintenant, je ne sais plus comment arranger les choses.

– Mais il suffit que... (Il se tait et secoue la tête.) Je dois avouer, Lola, que cette histoire me bouleverse plus que ma rupture avec Ellen.

Soudain, le soulagement me submerge. Je craignais inconsciemment que sa rupture avec Ellen plonge mon père dans la même apathie que le départ de ma mère, il y a si longtemps. Je ne voulais pas le voir à nouveau dans cet état. Dieu merci, il ne semble pas au bord de la dépression.

– Maintenant, on rembobine. Que s'est-il passé avec la bande dessinée ?

– Je n'ai pas envoyé mon manuscrit à temps. J'ai raté trois interviews.

Mon père lève les sourcils.

– Je n'ai jamais été du genre à m'éparpiller et maintenant, je suis tellement distraite que je prends du retard, je suis incapable de me concentrer sur mon travail...

Je tartine du beurre sur la tranche de pain de mie.

– Mais... ne t'énerve pas, dit-il en levant les mains. J'essaie de comprendre : quel rapport avec Oliver ?

Mon ventre se contracte, en discuter avec mon père me met mal à l'aise. Mais à y être...

– Depuis quelque temps, chaque fois que j'essaie de travailler, mon esprit part à la dérive. Je me demande ce qu'il fait, ce qu'il pense, je réfléchis à quelque chose qu'il a dit. J'étais persuadée qu'il me restait une semaine pour terminer *Junebug*, en partie à cause de ça.

– Je devine que ce n'était pas le cas.

– J'ai trois semaines de retard. J'ai commencé par rejeter la faute sur ma relation avec Oliver au lieu de... je ne sais pas...

Il ne me laisse pas le temps de finir :

– Au lieu d'admettre que tu es *surbookée* ? Ce qui aurait semblé normal à n'importe qui dans ta situation. (Les raisons de ma crise d'angoisse lui semblent évidentes.) Lola, ma chérie, tu vis à cent à l'heure. Et ça n'a rien à voir avec Oliver.

Je casse deux œufs dans la poêle, baisse le feu pour éviter qu'ils n'éclatent. Mon père est tellement attentif que j'en ai les larmes aux yeux.

– Je sais.

– Tu as pris plus d'avions ces derniers mois que le pilote United qui vit en bas de la rue.

– Je sais.

– Te souviens-tu de la première fois où tu as dessiné ? demande-t-il.

J'y réfléchis un instant en m'essuyant les yeux.

– Non.

– Normal, parce que tu as toujours dessiné. De petits gribouillages ça et là, les coloriages du centre commercial. Quand ta mère est partie, tout a changé. Avant, c'était ta manière de t'amuser. C'est devenu ta raison d'être. Une compulsion. Je ne dormais pas beaucoup à l'époque. Si je passais devant ta chambre en pleine nuit, je te trouvais recroquevillée sur ton bureau. C'était ton refuge. Je n'étais pas très bavard quand tu étais petite, je ne t'offrais pas beaucoup d'occasions de parler de tes émotions. Tout ce que tu ressentais, tout ce que tu voulais dire, tu l'exprimais en dessinant.

Je ne réponds rien en regardant les œufs cuire. Les jaunes brillent comme des soleils. La mie de pain absorbe progressivement le blanc. Une odeur agréable envahit la cuisine.

– Tu avais besoin de *Razor Fish*. Tu avais besoin de créer un monde que tu contrôlais, dans lequel tu n'étais pas obligée de parler, où tu ne risquais pas de faire un faux pas parce que les personnages t'appartenaient. Ils exprimaient ce que tu pensais tout bas. Ils se fichaient que tu sois différente. Razor n'aurait jamais pu te quitter. Il faisait partie de ta famille. (Il se tait.) Aimer quelqu'un comme tu aimes Oliver doit être effrayant pour toi.

Je lui jette un regard vide.

– Papa.

Il me lance un regard doux.

– Je suis sûr que c'est bouleversant. Que tu as peur, que tu as l'impression de te partager entre deux choses que tu aimes. Tu n'as pas envie de te mettre en danger. Tu n'as pas envie de laisser tomber. Et tu connais Razor depuis plus longtemps.

Je regarde à nouveau la poêle, retourne le pain et les œufs.

– Tu t'es comportée comme une gamine et Oliver n'a pas été le roc à tout épreuve auquel tu es habituée. Il a fait ce que tu lui as suggéré et t'a laissé de l'espace. Il a dîné avec une fille pour souligner ce point.

Je sens qu'il se penche vers moi.

– J'ai bien compris ?

Je pousse les œufs du bout de la spatule en ignorant son sourire. Cette conversation rouvre les cicatrices laissées par ma dispute avec Oliver au bar.

– Ouais.

Il se lève, avance jusqu'au placard pour récupérer une assiette.

– Mais au moins, il t'a quittée parce que tu le lui as demandé. Ce n'était pas une surprise.

Je tousse.

– Es-tu en train de sous-entendre que j'ai intentionnellement sabordé ma relation avec Oliver ?

Mon père secoue la tête.

– Tout ce que je dis, c'est que tu es une fille compliquée. Tu as un bagage émotionnel et même si tu as l'impression d'avoir réglé tous tes problèmes, ce n'est pas le cas. J'ai toujours pensé que tu souffrirais du complexe de l'abandon, et c'est le cas. (Je le dévisage, la bouche ouverte en réfléchissant à une réplique, mais il continue.) Mais Lola, je viens de réaliser que tu n'as pas peur d'être abandonnée. Tu as peur que la vie te force à *abandonner* les choses que tu aimes.

Quelque chose se détend en moi.

– Papa...

– Donc, tu choisis de les abandonner. Ou, si je te connais aussi bien que j'en ai l'impression, tu t'empêches de tomber réellement amoureuse.

Je déglutis difficilement en disposant la tranche de pain aux œufs sur l'assiette qu'il me tend.

Je lève brièvement les yeux, il plonge son regard dans le mien et murmure :

– Tu n'es pas ta mère, ma chérie.

Ma respiration s'étrangle dans ma gorge.

– Je sais.

– *Non.* (Il m'effleure la joue et me force à le regarder bien en face.) Écoute-moi. *Tu n'es pas ta mère.*

J'acquiesce en ravalant de nouveaux sanglots.

– Tu dois apprendre à gérer la présence d'Oliver dans ta vie en plus de la carrière que tu as toujours voulue. Parce que tu perdras les deux si tu t'entêtes à faire un choix.

---

EN SORTANT DE L'ASCENSEUR, je trouve London de l'autre côté du couloir. Elle porte un short et un débardeur, je distingue le nœud du bikini noué dans son cou.

Elle verrouille la porte et se redresse en me voyant juste derrière elle.

– Salut la déserteuse ! J'ai essayé de t'appeler mais tu ne répondais pas.

– Désolée. J'étais chez Greg.

Elle acquiesce et glisse ses clés dans son sac.

– C'est ce que je me suis dit. Ta brosse à dents avait disparu et tu n'étais pas avec Oliver.

J'acquiesce en remontant mon sac sur mon épaule.

– Ellen a rompu avec lui, je suis allée voir comment ça allait.

Son visage reflète l'incompréhension, elle sait que je ne l'appréciais guère.

– Et comment va-t-il ?

– Ça va. (Je me mords les lèvres pour m'assurer que je n'aurais pas l'air folle, jalouse ou... quoi que ce soit, en demandant.) Comment savais-tu que je n'étais pas avec Oliver ?

Les fossettes de London sont à croquer. Elle me sourit, l'air rassurant. J'ai envie de la prendre dans mes bras.

– Je suis tombée sur lui au Regal Beagle.

Oliver, sans moi chez Fred's ? Mon cœur se serre.

– Ah oui ?

– Je suis allée voir Fred pour lui demander s'il avait un job pour moi et quand je suis sortie de son bureau, j'ai trouvé Oliver au bar.

J'évite son regard en cherchant mes clés.

– Était-il... avec Finn, Ansel ou quelqu'un d'autre ?

London me lance un regard entendu, croise les bras et s'appuie contre le mur.

– Non. Il était assis tout seul, l'air triste et pathétique. J'ai discuté avec lui pendant quelques minutes. Quand je lui ai dit que tu n'étais pas là, il m'a proposé de passer la soirée avec lui.

– Oh.

L'idée qu'Oliver ait besoin de compagnie me rend triste. Je suis heureuse qu'il ait croisé London, toujours si joyeuse. Si quelqu'un est capable de remettre les choses à leur place, c'est bien elle. London est allergique au drame.

Elle a remonté ses cheveux en queue de cheval. Elle hoche la tête, ses cheveux bougent avec elle.

– Il devait avoir envie de passer du temps avec quelqu'un, pour ne pas boire seul. C'était parfait parce que je n'avais rien à faire. (Elle rit et désigne la porte de la tête.) D'ailleurs, il est toujours là.

Mon sang se met à bouillir.

– Il est *quoi* ?

– Ce garçon est un poids plume. Deux bières, trois épisodes de *The Walking Dead* et c'en était fini. (Elle désigne la porte d'un haussement d'épaule.) Il dort sur le canapé.

Je regarde les clés dans ma main. Je comptais appeler Oliver en rentrant, peut-être même passer à la librairie, mais je pensais avoir un peu plus de temps pour réfléchir avant.

– Merci de lui avoir tenu compagnie.

– Pas de problème. Il est très sympa. Si vous n'étiez pas ensemble et si je n'avais pas juré de ne plus jamais coucher avec un type avant la ménopause... (Elle glousse.) Bon, j'y vais.

– Plage ?

– Marée haute dans quarante-cinq minutes. Je rentrerai pour dîner, si tu veux te joindre à moi.

J'acquiesce et la regarde s'éloigner.

– Ouais, j'ai du travail, mais je serai là.

London prend les escaliers, j'attends qu'elle soit partie pour me tourner vers la porte, insérant finalement la clé dans la serrure.

L'appartement est silencieux, frais et plongé dans l'obscurité à cause des stores baissés. Je ferme la porte aussi doucement que possible et attends que mes yeux s'accoutument à l'obscurité. J'entends une respiration régulière sur le canapé, pose mon sac avant d'entrer dans la cuisine pour boire un verre d'eau et peut-être un shot de vodka.

La poubelle recyclage est pleine de bières vides, mon ventre se réchauffe : Oliver, ivre, est toujours si mignon. Ses yeux sont dans le vague, il sourit d'un air profondément heureux. Je suis triste d'avoir raté ça. Mais quand je me rappelle pourquoi il était là – parce qu'il avait besoin de compagnie –, toute ma satisfaction s'évapore immédiatement, remplacée par la sensation qui me hante depuis des jours.

Je me sers un verre d'eau et l'avale en quelques gorgées.

Étrangement, la scène m'est familière. Oliver, à nouveau sur le canapé, un pied qui pend, l'autre tordu dans un angle bizarre, coincé sous sa jambe. Il est allongé sur le dos, un bras sous le cou, l'autre sur la poitrine. Sa chemise est de travers, le tissu bleu froissé dévoile son ventre et ses hanches. Ses lunettes sont posées sur la table à côté de son téléphone, une couverture a été jetée par terre.

Après une nuit sur le canapé, il aura des courbatures. Dois-je le réveiller ou continuer à le regarder ? La deuxième option me plaît beaucoup plus, je le dévore des yeux, après des jours d'absence.

Ses mains fermes et avides me manquent. Son ventre, sa peau douce, ses cheveux soyeux. Ses longues jambes, ses hanches, ses...

– Lola ? marmonne-t-il.

Je sursaute, fixant mon attention sur son visage.

– Salut.

Il passe une main dans ses cheveux et regarde autour de lui.

– Salut... Désolé, je me suis endormi. Je ne t'ai pas entendue entrer.

– Je suis un Ninja. (Il sourit faiblement.) Tu peux dormir ici, tu sais.

Ma proposition semble flotter dans l'air ; plus le silence s'étire et plus il se charge d'électricité. Il se frotte les yeux et récupère ses lunettes. Nous n'avons jamais été aussi mal à l'aise, Oliver et moi. C'est douloureux. Nous sommes tellement gênés que j'en ai des crampes à l'estomac.

– London m'a croisé chez Fred's, explique-t-il en se penchant pour récupérer la couverture par terre. Elle m'a demandé ce que je faisais ce soir, si je voulais boire un coup, elle a insisté...

– Ça va, je le coupe, en m'efforçant de ne pas sourire. (Je me sens soulagée de l'entendre se justifier parce qu'il est parti avec une autre femme, même s'il agit de ma colocataire.) Je l'ai croisée au moment où elle partait à la plage. Elle m'a dit qu'elle était tombée sur toi.

Il hoche lentement la tête.

– Tu n'es pas rentrée hier soir.

*Oh. A-t-il oublié... ?*

– J'étais chez Greg.

Il grimace en se frappant le front.

– Bordel, c'est vrai ! (Le soulagement dans sa voix est communicatif.) Ellen a rompu avec lui. Comment va-t-il ?

J'acquiesce.

– Ça a l'air d'aller. Ce n'était rien qu'une paire de faux seins prête à se donner au plus offrant.

Il rit, avant de demander plus doucement :

– *Et toi,* comment vas-tu ?

Seigneur, c'est une bonne question.

– Je ne sais pas trop.

Le silence pèse entre nous. Compte-t-il me forcer à parler ? Je lui explique que j'ai tenu tête à Austin, que je refuse de transiger sur la romance entre les personnages.

Oliver se penche et pose les coudes sur ses cuisses.

– Comment l'a-t-il pris ?

– Pas très bien. Il a répondu qu'on en rediscuterait, mais il est hors de question que je change d'avis. Ils voulaient mon opinion, ils ont plutôt intérêt à la prendre en compte.

Il acquiesce.

– C'est bien, je suis fier de toi. Et si tu veux mon avis, je suis persuadé que tu as raison.

– J'ai aussi beaucoup réfléchi. À propos de nous.

Le silence qui suit est lourd de signification, mais j'attends. J'ai besoin d'un signe de sa part.

– D'accord, finit-il par dire. À quelle conclusion es-tu arrivée ?

– Je suis vraiment désolée pour l'autre nuit. J'ai eu peur.

Il plisse les yeux puis m'examine. Il semble épuisé, avec sa barbe mal rasée. Ces derniers jours n'ont pas non plus été faciles pour lui.

– Tu n'as pas à t'excuser d'avoir eu peur, Lola.

Je secoue la tête.

– J'ai déconné.

Oliver se lève, récupère sa veste sur le fauteuil et l'enfile. Il remet ses chaussures et saisit son téléphone.

– Tu as travaillé toute ta vie pour ça. Ta réaction est compréhensible. Je conçois que tu n'aies pas envie de sacrifier ta vie professionnelle, après tous tes efforts.

Il s'approche si près que je dois lever la tête pour le regarder.

– Ce qui m'a fait *mal*, continue-t-il calmement, c'est que tu penses que la rupture te faciliterait la vie. À quel point il semblait facile pour toi de prendre cette décision.

Les larmes envahissent mes yeux.

– Ce n'était pas facile. C'était affreux.

Il acquiesce.

– J'ai déconné, moi aussi. (Il soutient mon regard.) Être sorti avec quelqu'un d'autre, même si je n'avais aucune intention de la toucher, était un acte méprisable.

Mon cœur se serre. Je murmure, en retenant un sanglot :

– J'aimerais revenir en arrière.

– Je ne sais pas si c'est possible. (Il regarde ses mains puis saisit une mèche de mes cheveux, la fait glisser entre ses doigts. Les larmes me brûlent la gorge et les yeux, ma poitrine se contracte.) Je ne pense pas qu'on *devrait*.

– Oliver, *non*.

Je m'essuie le visage, mais il me prend la main.

– Non, dit-il très rapidement. *Je pense* que nous ne devrions plus rien nous cacher. (Il me masse la main.) Je pense que nous devrions faire en sorte que tu aies assez confiance en moi pour discuter de tout, sans m'obliger à te tirer les vers du nez.

J'avale ma salive, en essayant de mesurer ses propos.

– Tu veux dire qu'on pourrait réessayer ? (Il lève ses yeux bleus vers moi.) Tu veux toujours être avec moi ?

Il me sourit.

– Je n'ai jamais cessé d'avoir envie d'être avec toi. J'attendais seulement que tu sois sûre de tes sentiments.

Je laisse échapper un petit rire à travers mes larmes. Je tremble de bonheur. J'acquiesce rapidement, m'essuie les yeux en m'efforçant de me reprendre.

– Stop, dit-il calmement. Je ne voulais pas dire que tu devais refouler tes émotions. Je voulais dire que tu devrais savoir que je suis l'homme qui a envie de connaître tous tes sentiments. Et t'entendre en parler.

J'ai le hoquet, j'articule d'une voix rauque :

– Je me sens soulagée. Très, très soulagée.

Il mordille mes lèvres, me caresse la joue.

– Écoute, Lola. Je pensais ce que je te disais en t'expliquant que je ne cherchais ni une relation facile ni une relation parfaite. Mais j'ai besoin de savoir... (Il fronce légèrement les sourcils.) Je voudrais t'entendre dire que tu ne paniqueras plus comme ça. J'étais une épave.

– Jamais plus. (Cette idée me donne la nausée. Je pose une main sur son torse pour me rassurer. Je sens les battements calmes de son cœur sous ma paume.) Je ne pourrais pas le supporter.

Le silence se fait, je sais que nous avons encore énormément à nous dire, mais je sens que l'essentiel a été abordé. À l'instant, tout va bien, parce que le poids du silence ne nous suffoque plus. Oliver et Lola viennent de se retrouver, ils savent à nouveau communiquer en silence.

– Comment ça avance avec *Junebug* ? demande-t-il, en replaçant une mèche derrière mon oreille.

Je regarde par-dessus son épaule.

– J'en suis aux trois-quarts.

– Tu en es contente ?

Je grimace.

– Pas encore. Mais ça viendra.

– C'est un début. (Oliver serre ma main puis la laisse aller.) Tu peux m'envoyer un message quand tu veux ou m'appeler si tu as besoin d'en parler.

Je cligne des yeux. Je n'ai pas envie qu'il parte tout de suite.

– Où vas-tu ? Tu peux rester si...

– Je serai chez moi ou à la librairie, dit-il doucement.

– Et moi ?

Je ne sais même pas ce que je veux dire.

Ou si, mais je n'ai aucune idée de ce qu'il me répondra.

Même si j'ai énormément de travail, j'ai besoin de *lui.* Ma question est un aveu en soi, il penche la tête avec un petit sourire.

– Tu m'appelleras tous les jours. Tu répondras à mes messages. (Il m'embrasse brièvement, juste une fois, avant de s'écarter.) Si tu as faim, je t'apporterai à déjeuner. Si tu as besoin de quoi que ce soit... (Il me scrute.) Appelle-moi.

– Si *tu* as besoin de quoi que ce soit, toi aussi...

Les émotions tempêtent dans ma poitrine. Oliver sourit.

– D'accord. Maintenant, tu vas te remettre au travail. (Il passe deux doigts sous mes yeux pour les essuyer.) Ce n'est pas une pause pour nous, mais tu as besoin d'avancer, de finir. Gérer ton programme de travail fera partie de notre vie de couple. Parfois, je dormirai avec toi toutes les nuits... Parfois, je serai obligé de te laisser partir pendant une semaine ou deux.

Il doit encore essuyer mes larmes.

Il rit, m'embrasse sur le nez.

– Maintenant, *au travail,* Lola Love. J'ai envie de retrouver mes nuits au plus vite.

# Chapitre 17

## Lola

JE DÉTESTE CHAQUE MOT, chaque vignette.

Sur le bureau de mon ordinateur se trouve un dossier appelé « Merde », qui contient quatre fois plus d'illustrations que celui qui s'intitule « À conserver », mais c'est normal. J'ai retenu la leçon – ces derniers jours, j'en ai même retenu plusieurs. J'ai compris : parfois, il faut accepter de tout faire à l'envers et attendre que les choses s'arrangent d'elles-mêmes.

Je ne vois pas Oliver pendant un jour, puis deux ; une semaine passe, il me manque terriblement. Mais nous nous appelons tous les soirs, il lit chaque ligne, chaque mot que je couche sur le papier – il voit le bon comme le mauvais, le plus nul et le meilleur – parce que je lui envoie tout. J'ai besoin d'une deuxième paire d'yeux.

Ainsi, je garde le contrôle. Ces yeux appartiennent à un homme mesuré et juste, qui parvient toujours à me rassurer, sans cesser de me donner ce dont j'ai le plus besoin : une critique honnête.

*La vignette montre la fille, les paumes des mains orientées vers le ciel, attendant la pluie. La silhouette de l'homme la protège des brûlures du soleil.*

---

– QUE FAIS-TU ? ME DEMANDE-T-IL.

Nous sommes mardi soir, le délai que j'ai négocié expire dans deux jours et Oliver m'a appelée pour me demander des nouvelles après avoir dîné avec Harlow et Finn. Sa voix est un peu graveleuse, comme lorsqu'il est allongé dans son lit. Je l'imagine seul chez lui, une main sur la poitrine, le regard fixé sur le plafond blanc.

*Est-il encore habillé ?*

*Ou porte-t-il seulement son boxer ?*

*Combien de fois par jour imagine-t-il m'embrasser, me caresser, me prendre ?*

– Je suis devant mon bureau. Face au néant.

Il se tait, je sais d'instinct qu'il pense à la même chose que moi.

– As-tu terminé la dernière scène de combat ? finit-il par demander.

Je secoue la tête en avalant une gorgée de thé.

– Pas encore. Mais j'y arrive bientôt. En dehors de cette scène, tout est fini. (Je me frotte les yeux.) J'apporte les dernières finitions aux vignettes.

– J'aime particulièrement celles que tu m'as envoyées avec le fond vert. (Sa voix lente, paresseuse, me fait penser à du sirop chaud qui coule sur ma peau.) Ça donnait à Junebug l'air encore plus triomphale, comme si elle émergeait d'une forêt.

Je souris.

– Je trouve aussi. Je vais les retravailler. Mais j'ai vraiment besoin d'une pause.

– Oui, dit-il. (Un petit grognement lui échappe quand il se rassied.) Je vais regarder ce qu'il y a à la télé.

J'entends ses pas résonner sur le parquet, le frottement du combiné contre son épaule.

– Tu as le choix entre *Die Hard*, hum, *Paul Blart : Super Vigile* ou *Matrix*.

Je tourne mon sachet de thé dans l'eau chaude plusieurs fois.

– C'est une vraie question ?

Il se tait un instant avant de dire, l'air incertain :

– Oui ?

– *Matrix*.

Je l'entends sourire.

– C'est sur FX. Maintenant, va chercher une bière, éteins ton ordinateur et prends deux heures pour regarder un film.

Je comprends ce qu'il veut me dire : la créativité a parfois besoin de souffler.

– Pourquoi ne viens-tu pas le regarder avec moi ?

Ma voix est suppliante – je ne l'ai pas vu depuis une éternité.

– Parce que je te sauterai dessus à la seconde où je passerai la porte, et tu dois travailler.

Mon cœur bat plus fort, un rayon de soleil imaginaire m'enveloppe.

– Oh.

Il rit.

– Bonne nuit, Lola Love.

J'aimerais qu'il me dise qu'il m'aime. J'aimerais entendre sa voix prononcer ces mots avec son accent adorable, mais ce sera ma récompense. Nous le savons tous les deux.

À la fin du film, je pose ma bouteille de bière vide dans la poubelle recyclage et me dirige vers ma chambre. Je termine la scène en une heure.

---

J'AI IMPRIMÉ SEULEMENT DEUX EXEMPLAIRES complets de *Junebug*, je ne peux m'empêcher de les toucher. J'ai dépensé une fortune pour la couverture en papier glacé sur laquelle le titre noir mat ressort. Sur les pages épaisses, à l'intérieur, c'est une explosion de couleur. La couverture est également très colorée, je ne sais pas si Erik sera d'accord pour la conserver, mais je ferai tout pour le convaincre : des bleus iridescents, du vert, du rouge, du jaune qui tourbillonnent autour de ma June ailée et de son cher Trip. Le chaos derrière eux est flou, promettant qu'ils triompheront, malgré toutes les difficultés.

Je suis très fière de la bande dessinée, j'ai hâte de la montrer à Oliver.

Je me gare devant chez lui, le ronron du moteur s'apaise lentement. Sa pelouse essaie désespérément de pousser, mais Oliver refuse de l'arroser autant qu'elle en a besoin, à cause de la sècheresse. La peinture de la façade est un peu abîmée, le sentier est craquelé par endroits. C'est discret et parfait. Je m'y vois. Je *nous* y vois.

Mon cœur semble remonter dans ma gorge quand je pense à ma vie avec lui au quotidien. Nos discussions sans importance me manquent. Mais, surtout, le temps passé seule avec lui, à l'aimer, être aimée, *faire* l'amour, me manque.

Je saisis les deux livres, les tiens dans la lumière éclatante. L'un des exemplaires est pour moi, l'autre pour Oliver. Je n'ai pas besoin de l'entendre me dire que le pari est réussi, je sais que c'est le cas. Mais je veux qu'il soit le premier à lire l'album en entier, parce qu'il raconte aussi notre histoire. Il l'a parcouru par morceaux, je me demande si ça lui sautera aux yeux s'il le lit de la première à la dernière page. Je sais qu'il n'y a qu'ainsi que je peux créer, du moins pour l'instant :

je déverse ma vie sur des pages, en me transportant dans un monde différent, en observant comme je réagis, comment je survis, comment je m'épanouis.

Je soulève le heurtoir R2-D2 et le laisse retomber sur la lourde porte de bois. Oliver est habillé décontracté : il porte un T-shirt, un jean, ses cheveux sont ébouriffés, il tient une banane à moitié mangée à la main. Malgré tout ce qui est arrivé entre nous ces dernières semaines, il est toujours le seul homme que j'aie jamais aimé.

Il me sourit, heureux de me voir, ouvre la porte plus grand et je ne peux m'empêcher de me demander si j'aurais pu être avec quelqu'un d'autre *que* lui. Oliver Lore : transparent, franc, merveilleux.

– Salut ! C'est une bonne surprise.

– Salut.

Je manque m'étouffer.

– Je ne pensais pas te revoir avant vendredi.

Ses yeux tombent sur ce que je tiens dans ma main, je lui tends un exemplaire de la bande dessinée.

– Mon billet d'entrée.

Il rit en observant avec attention la couverture. Mon cœur s'envole quand ses yeux s'écarquillent, il lâche :

– Bordel de merde.

*La vignette montre la fille, des gouttes de pluie glissent entre ses doigts.*

– Je t'aime, dis-je soudain.

Soudain, il ne regarde plus la couverture, il me scrute, l'air profondément étonné.

Oliver avance sous le petit porche, fait tomber la banane par terre et glisse le livre sous son bras. Il prend mon visage entre ses mains, plonge ses yeux dans les miens.

– Ouais ? murmure-t-il.

J'acquiesce, en le répétant.

– Je t'aime.

Ses yeux bleus sont mâtinés de vert : l'océan contenu dans un iris. Avec un petit sourire, il pose ses lèvres sur les miennes, m'embrasse délicatement en murmurant :

– Elle m'aime.

Je retrouve enfin mon souffle.

– Oui.

Mais respirer ne me suffit pas. Je veux plus : je veux être contre lui. J'ai passé la semaine à travailler pour arriver à ce moment précis, motivée par la perspective d'être pardonnée en un baiser.

Mais il m'embrasse seulement une fois, un peu plus longtemps. Ses lèvres s'ouvrent, sa langue effleure la mienne.

– Laisse-moi entrer...

Je prends un air suppliant, monte sur la pointe des pieds pour l'embrasser dans le cou et sur la joue.

– Je vais te faire l'amour toute la nuit, promet-il en m'embrassant une dernière fois sur la bouche. Mais pour commencer, nous allons discuter.

Il attrape son manteau, me prend la main et ferme la porte derrière lui. Nous avons parlé de choses et d'autres – la librairie, mon livre, Not-Joe, Harlow et Finn, les sorties du moment sur lesquelles je n'ai pas eu le temps de jeter un coup d'œil – mais rien de très intéressant. Nous avons enveloppés nos cœurs d'un papier cadeau, et nous les avons déposés avec précaution sous le sapin.

Oliver vit à trois blocs de la plage, à cette heure, il n'y a aucun surfeur sur l'eau. Seulement une ou deux silhouettes solitaires se promenant sur la plage, et un chien qui court devant eux.

Nous trouvons un coin tranquille sur la plage, à quelques mètres seulement de l'océan. Il y a du vent, il fait frais, mais je porte un T-shirt à manches longues, un manteau, et la présence d'Oliver me réchauffe. Nous observons les vagues s'écraser sur le sable. Il s'éclaircit la gorge, comme s'il voulait dire quelque chose.

Il s'approche lentement de moi, le sourire aux lèvres, comme dans un ralenti. Au-dessus de nos têtes, le ciel bleu éclatant vire au rose. La nuit tombe très tôt près de la côte. Au loin, les lumières de la ville s'éclairent partout.

– C'est ici que nous discutons ?

Je lui pose la question avec un sourire et un air de provocation dans les yeux ; je n'ai honnêtement aucune idée de la raison pour laquelle nous sommes sur la plage et pas sur le canapé de son salon, l'un en face de l'autre.

Moi sur ses genoux.

Ses mains sous mon T-shirt.

Sa bouche dans mon cou.

– Je ne sais pas vraiment quoi te dire. (Il hausse les épaules.) Mais si nous étions restés chez moi, nous serions déjà en train de baiser. Et j'ai simplement envie d'être avec toi pendant un petit moment, avant.

Quand je le regarde à nouveau, notre façon de plonger dans le regard de l'autre me semble plus intime que n'importe quel baiser, n'importe quel acte sexuel, n'importe quoi. Le fantasme de lui monter dessus, de m'accrocher à lui, de chercher à entrer en lui d'une manière ou d'une autre persiste. J'ai besoin de me sentir *connectée.*

– Es-tu toujours en colère contre moi ? (J'ai mal à la poitrine.) Même un petit peu ?

Il secoue la tête, des larmes se forment derrière mes cils. Je ne sais pas pourquoi. Peut-être est-ce du soulagement. De l'épuisement. Une petite victoire.

Il essuie la première larme qui coule.

– Je ne suis pas en colère.

J'acquiesce, en espérant parvenir à ravaler mes sanglots à force de déglutir.

– Je ne compte pas te quitter. Tu le sais, n'est-ce pas ?

Une rivière de sanglots s'ensuit. Le barrage est rompu.

– Ce n'est pas ça.

En réalité, si. Je crains que ces deux dernières semaines aient abîmé son amour, l'aient brisé de la même manière que ma mère a détruit mon affection pour elle – et un mètre entre nous ne suffit pas à calmer mon désir de le toucher.

– Lola, dit-il plus fort. Je ne peux pas vivre sans toi. Je ne te quitterai pas. Même si tu es surbookée. Même si tu as peur. Même si tu deviens déraisonnable ou folle. Je ne te quitterai pas.

– Ce n'est pas...

– Mais je dois savoir avant tout que *tu* ne comptes pas non plus partir. Je ne supporterai pas d'avoir l'impression de passer au second plan. Tu es la chose la plus importante pour moi. Je ne t'empêcherai jamais de créer, mais je ne veux plus avoir la moindre raison de croire que je suis une *distraction* pour toi.

Il fait un pas vers moi, son manteau se plaque contre ma poitrine et je me laisse aller contre lui, en passant les bras autour de sa taille et en collant mon visage au creux de son cou. Il sent tellement bon. Une odeur familière de propreté. Il dégage une odeur de livres, d'adoucissant et d'océan. Il me prend par les épaules, pose une main dans mon dos, l'autre dans mes cheveux.

Oliver m'examine.

– Je sais.

– J'ai été dans tous mes états quand j'ai rompu avec toi. J'avais besoin de comprendre pourquoi. (Je hausse les épaules.) Maintenant c'est le cas.

Il m'embrasse sur le front en acquiesçant. Je lui rappelle :

– Tu as dit que tu savais que nous nous aimerions passionnément. Tu avais raison : je ne m'y attendais pas. Je n'avais jamais ressenti ça jusque-là.

– J'en suis heureux. Je veux être l'amour de ta vie. (Il incline la tête et réfléchit.) Du moins, je veux être l'amour de ta vie parmi les *humains*. J'accepte de te partager avec Razor.

J'essaie de rire, mais l'émotion me serre la gorge. La voix un peu étranglée, je lui demande :

– As-tu revu Allison ?

– Non, éclate-t-il en me regardant dans les yeux. *Lola.* Je t'aime. Je n'ai envie d'être avec personne d'autre.

Un énorme nœud se défait en moi.

– D'accord, d'accord.

Il soupire, son torse se relâche, sa culpabilité devient presque *palpable.*

– Je sais que tu as l'impression que je t'ai trahie. C'est aussi la mienne.

J'acquiesce en ravalant un autre sanglot.

– C'est minuscule en comparaison de ce que j'ai fait. Oliver, je suis une imbécile.

Il éclate de rire.

– Ça me fait beaucoup de bien de parler de nos sentiments, de notre relation. Et pas seulement pendant l'amour. Je veux dire, dehors, sur la plage.

– D'accord. (Je ris.) Tu avais raison de m'obliger à sortir.

– On serait en train de faire beaucoup de bruit, mais rien d'intelligible n'en sortirait.

Il appuie son front contre le mien. Un désir désespéré explose en moi, je sens la douleur se répandre comme du liquide dans ma poitrine.

– Oliver...

Il s'écarte, le regard lourd de désir, déterminé à continuer à parler.

– Je te désire depuis si longtemps. Parfois, c'était comme un poids énorme qui me donnait la nausée. Je suis sorti avec une fille après notre rencontre, au début à San Diego, c'était affreux. Je suis rentré chez moi, j'ai écouté plusieurs fois le message que tu m'avais laissé. Un monologue décousu à propos de ta haine des Pringles, qui ressemblait à une lettre d'amour pour ces mêmes Pringles.

J'éclate de rire : je vois tout à fait de quel message il parle.

– Je me suis branlé en écoutant le son de ta voix cette nuit, avoue-t-il en me regardant, l'air sombre.

Mon cœur sautille, la chaleur explose dans ma poitrine et se répand dans mes jambes.

– J'ai fait des choses très très cochonnes avec toi dans ma tête.

– Comme quoi ?

– Te lécher, te mordre, te baiser. Jouir en toi. Sur toi. Juste après toi, parfois *avant* toi, pour t'obliger à jouer avec moi jusqu'à ce que je bande à nouveau.

Je n'arrive pas à reprendre mon souffle : comment parvenir à déglutir ?

Ses yeux s'obscurcissent :

– Et ce que nous avons fait dans la douche.

Je suis soudain très très torturée par le fait qu'il ne m'a pas embrassée depuis notre départ de la maison. En deux semaines, il ne m'a pas caressée, cela fait encore plus longtemps que je ne me suis pas abandonnée contre lui.

Il incline la tête, m'embrasse sur la joue.

– À toi de faire un résumé.

– Tu m'as tout de suite plu à Vegas mais j'ai plus ou moins réussi à t'oublier quand je me suis convaincue que tu n'étais pas intéressé. Ensuite, j'ai été si occupée par le lancement de *Razor* que j'ai juste... j'ai juste fantasmé sur toi.

– Ah oui ?

– Ouais. Lécher, mordre, baiser. Et ce que nous avons fait sous la douche. (Il rit silencieusement, je sens son torse onduler contre moi.) Mais quand je t'ai dessiné presque nu, le fantasme ne suffisait plus. J'ai dû esquisser vingt fois ta bite !

– Difficile de trouver de la place sur ton tableau de liège pour ces dessins, dit-il en souriant.

– Bien sûr. C'était grandeur nature ou rien.

Il glisse les mains sous mon manteau, puis sous mon T-shirt. Ses doigts glacés contrastent avec la chaleur de mon ventre, de mes seins qui débordent légèrement de mon soutien-gorge. Nos yeux se croisent pendant quelques secondes. Il m'embrasse.

– Salut, petite copine.

Je souris de toutes mes dents.

– Salut.

– Ça va ?

J'acquiesce.

– Tellement, *tellement* bien.

La communication silencieuse n'est pas une nouveauté pour nous, mais le message dans ses yeux, oui. Aucun mot n'existe pour exprimer ce que ses yeux révèlent, du moins, aucun dans les langues que nous connaissons. Il a l'air désespéré mais sur un petit nuage, son corps est tendu, mais il ne s'agit pas de baiser pour baiser, ou d'effacer nos différends par le plaisir. C'est cette *connexion* intense et parfaite. Je ressens la même chose.

J'ouvre le premier bouton de son jean, il me regarde, me donnant silencieusement la permission. Je déboutonne les trois autres très facilement. La respiration d'Oliver est rapide et brûlante contre ma joue.

– Que fais-tu, Lorelei ?

– Je te caresse.

Je baisse les yeux, j'observe ma main qui plonge dans son boxer. Il regarde loin derrière moi, vers la plage, pour s'assurer que nous sommes bien seuls.

J'incline le visage vers le sien, en lui demandant silencieusement de m'embrasser.

– Cet énorme, *énorme* amour... murmure-t-il dans ma bouche.

Mes doigts glissent sur son gland gonflé.

Oliver nous entoure de son manteau, masquant mon bras plié quand j'extirpe son sexe de son boxer. Sa bouche s'ouvre, sa langue glisse sur la mienne, il garde les mains dans mon dos pour ne pas nous faire repérer. Il y a tellement de manières de déclarer son amour, de *faire* l'amour. J'avale ses sons, je le caresse paresseusement, il va et vient dans ma main, jusqu'à trembler, cesser de m'embrasser, trop concentré sur son propre plaisir. Ses lèvres s'entrouvrent, se plaquent sur les miennes. J'ai envie d'entendre encore ses petits grognements quand il approche de l'orgasme, bandant à faire éclater sa verge, les doigts contractés. Nous sommes presque silencieux : un couple qui s'enlace, qui s'embrasse sur la plage dans l'obscurité mais quelque chose s'ouvre en moi – soulagement, bonheur, tension qui s'évacue –, un sanglot paradoxal monte dans ma gorge et Oliver se penche, laissant échapper un long grognement dans mon oreille.

Il est brûlant dans ma main, mouillé, glissant. Il écarte un peu les hanches, me demandant d'arrêter de bouger les doigts. Mais je ne veux pas le lâcher ; j'aime sentir ses baisers languides, son poids dans ma main, la chaleur de son corps qui m'entoure alors que l'océan se déchaîne derrière nous.

Finalement, j'écarte la main. Il reboutonne son pantalon en riant. Une fois rhabillé, il m'embrasse sur le nez, en me gardant tout contre lui sous son manteau. L'eau nous lèche presque les pieds, j'ai l'impression qu'Oliver et moi sommes ensemble depuis des années ; le calme entre nous est bien trop paisible pour ne pas avoir déjà duré une éternité.

Je lève les yeux, il fixe l'eau mais sent mon attention. Il me jette un coup d'œil en souriant.

– J'adore cet endroit, dit-il.

– Moi aussi.

– J'ai pensé... tu ne devrais peut-être pas acheter une maison. La mienne n'est pas mal.

Je suis enthousiaste et mal à l'aise.

– Je pensais la même chose quand j'essayais de me convaincre de taper à ta porte. Puis je me suis dit, chaque chose en son temps.

Ses yeux se mettent à sourire, puis sa bouche.

– Chaque chose en son temps. Mais n'achète pas une maison. Ce serait une énorme perte d'argent.

Je me redresse pour l'embrasser sur le menton. Ce doit être le moment de lui dire que je ne suis pas sûre d'avoir envie d'être mariée à nouveau, parce que je ne sais pas comment je réagirais et que je suis persuadée que je vais échouer.

– Mais je ne veux pas...

Il pose un doigt sur mes lèvres avant de m'embrasser.

– Chut... Nous ne sommes pas nos amis. Nous avons notre propre histoire, d'accord ? Je suis optimiste.

Avec un sourire, je l'attire dans le sable, et nous nous asseyons pour regarder la lune illuminer les vagues. Oliver me raconte ses premières années aux États-Unis. Je lui raconte l'année où ma mère est partie. Puis nous nous taisons, nous nous endormons presque sur la plage avant de sursauter et de réfléchir, presque à contrecœur, à ce que nous pourrions faire à dîner.

J'ai tellement de chance.

J'ai tellement de chance.

*La vignette montre la fille et son amoureux, les mains levées vers le ciel, pleines de sable. Ils comptent les étoiles.*

# Remerciements

La leçon de Lola a aussi été la nôtre : parfois, il faut tout faire de travers avant que la solution s'impose à nous.

Vous ne pouvez pas savoir que nous avons écrit ce livre deux fois. La première fois, nous avons mis trois mois. C'était un bon livre, mais ce n'était pas l'histoire d'Oliver et Lola. La seconde fois, nous avons mis seulement cinq semaines, mais nous savions à chaque page que

*ça*

*ça*

*ça* c'était Loliver.

Nous remercions Adam Wilson d'avoir su le voir. Tu ne nous as pas dit ce que nous devions écrire, plutôt ce que nous ne devions pas écrire. Comme toujours, tu avais raison. As-tu bu quelques shots avant de passer ce coup de téléphone ? Nous en avons bu après. Mais nous sommes heureuses que tu connaisses ces personnages aussi bien que nous, et que tu leur accordes autant d'importance.

Merci, Holly. Tu as dit que ce roman était une pépite, tu as chanté les louanges d'Ansel, tu es disponible et présente à chaque instant, dans les moments les plus insignifiants ou les plus essentiels. Pour nous, c'est exceptionnel et tu le sais, parce que tu es Holly.

Erin, tes critiques sont toujours intelligentes et détaillées, nous avons beau nous relire, tu découvres toujours une scorie, c'est impressionnant. Ton cerveau est magique, nous ne pourrions pas vivre sans ton enthousiasme. Merci, merci, merci.

Écrire nous amuse beaucoup, en partie parce que nous décrivons la vie de gens sexy au lit, mais surtout parce que nous avons Kristin Dwyer, Kresley Cole, Alice Clayton et Nina Bocci toujours prêts à nous faire des plaisanteries du plus mauvais genre. Que ferions-nous sans vous ? Nous ne voulons même pas l'imaginer.

Merci à nos premiers lecteurs Erin Service, Tonya Irving, Sarah J. Maas et Alex Bracken. Votre avis est essentiel, vous n'avez *jamais* tort. Marion Archer, merci d'avoir pris le temps de nous lire avec tant d'attention. Tes impressions nous ont aidées à apporter la touche finale à notre roman, à assembler toutes les pièces du puzzle. Merci, Lauren Suero, pour ton travail acharné au quotidien, Jen Grant pour faire partie de l'équipe CLo depuis le premier jour, Heather Carrier pour ces graphismes qui nous éblouissent toujours. Merci, Caroline Layne, pour les illustrations incroyables qui ont donné vie à Loliver.

Nous aimons tous les membres de la famille Gallery : Jen Bergstrom, Louise Burke, Carolyn Reidy, Adam Wilson, Kristin Dwyer, Theresa Dooley, Jen Robinson, Sarah Lieberman, Liz Psaltis, Diana Velasquez, Melanie Mitzman, Paul O'Halloran, Lisa Litwack, John Vairo, Ed Schlesinger, Abby Zidle, Stephanie DeLuca, Lauren McKenna, et Trey.

Nous avons dédié ce livre à Eddie Ibrahim, notre modèle pour Oliver qui nous a poussées à nous inspirer de notre propre expérience de fan, qui a offert à Lo tous les grands classiques des comics, et qui est toujours là pour nous. On t'adore, Superman. Vraiment.

À Blondie, Dr. Mr. Shoes, Carebear, Cutest et Ninja : la meilleure famille du monde.

Enfin, nous ne serions pas là sans nos lecteurs. Sans vous, nous ne serions que deux filles qui inventent des histoires sur leurs ordinateurs. Grâce à vous tous, nous avons donné naissance à des best-sellers. Nous sommes tellement reconnaissantes de tout ce que vous faites pour nous : écrire un article ou simplement conseiller notre livre à une amie. Nous espérons être dignes de votre estime et nous attendons de vos nouvelles.

Merci de partager cette aventure avec nous.

## À PROPOS DES AUTEURS

**Christina Lauren** est le nom de plume d'un duo d'écrivains, de meilleures amies, d'âmes sœurs – de jumelles de toujours ! Christina Hobbs et Lauren Billings sont les auteurs de *Beautiful Bastard* et de la série *Beautiful*, en tête des listes de best-sellers du *New York Times*, de *USA Today* et à travers le monde. Dans la plupart de leurs romans, aussi romantiques qu'empreints d'une sensualité torride, on s'embrasse. On s'embrasse beaucoup. On les retrouve sur le web – christinalaurenbooks.com – ou sur Twitter – @seeCwrite et @lolashoes –, et sur Facebook : www.facebook.com/HugoNewRomance.

NE RATEZ PAS LES DEUX PREMIERS TOMES
DE LA **SÉRIE *WILD SEASONS***
**DE CHRISTINA LAUREN**,
DÉJÀ DES BEST-SELLERS DANS LA LISTE
DU *NEW YORK TIMES*.

*Sweet Filthy Boy* - Saison 1

*Dirty Rowdy Thing* - Saison 2

La série Wild Seasons continue en février 2016 avec
*Wicked Sexy Liar* - Saison 4

Mais, tout d'abord, retour à la **série Beautiful**
avec les deux derniers titres parus :
*Beautiful Beloved*
et
*Beautiful Secret*
Où l'on retrouve tous les personnages de
*Beautiful Bastard, Beautiful Stranger, Beautiful Player*...
et un personnage de la série *Wild Seasons*.

# CHRISTINA LAUREN

## NOUVELLE SÉRIE : WILD SEASONS

**SWEET FILTHY BOY**
**SAISON 1 - AVRIL 2015**

**DIRTY ROWDY THING**
**SAISON 2 - JUIN 2015**

**À PARAÎTRE**

**DARK WILD NIGHT**
**SAISON 3 - OCTOBRE 2015**

**WICKED SEXY LIAR**
**SAISON 4**
**À PARAÎTRE EN 2016**

**Hugo Roman**

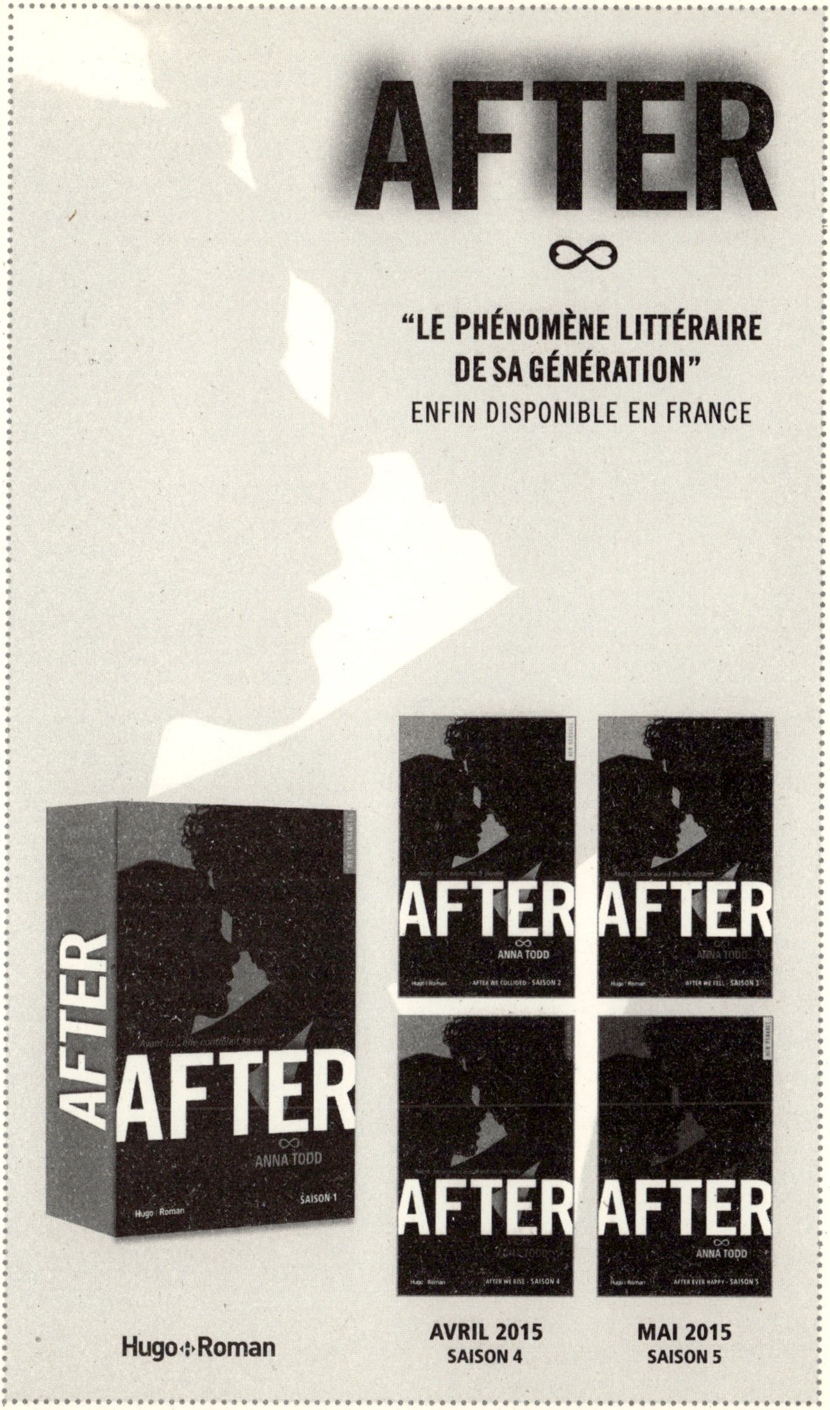
AFTER
"LE PHÉNOMÈNE LITTÉRAIRE
DE SA GÉNÉRATION"
ENFIN DISPONIBLE EN FRANCE
AFTER
AFTER
ANNA TODD
Hugo Roman
SAISON 1
AFTER
ANNA TODD
AFTER WE COLLIDED - SAISON 2
AFTER
ANNA TODD
AFTER WE FELL - SAISON 3
AFTER
AFTER WE RISE - SAISON 4
AFTER
ANNA TODD
AFTER EVER HAPPY - SAISON 5
Hugo Roman
AVRIL 2015
SAISON 4
MAI 2015
SAISON 5

**Hugo Roman**

Romans parus et à paraître
dans la collection « Hugo New Romance »

Du même auteur, Christina Lauren :
The Beautiful Series
*Beautiful Bastard*
*Beautiful Stranger*
*Beautiful Bitch*
*Beautiful Sex Bomb*
*Beautiful Player*
*Beautiful Beginning*
*Beautiful Beloved*
*Beautiful Secret*

Série Wild Seasons
*Wild Seasons* - saison 1 *Sweet Filthy Boy*
*Wild Seasons* - saison 2 *Dirty Rowdy Thing* : mai 2015
*Wild Seasons* - saison 3 *Dark Wild Night* : octobre 2015
*Wild Seasons* - saison 4 *Wicked Sexy Liar* : février 2016

De Anna Todd :
*After* - saison 1 : janvier 2015
*After we collided* - saison 2 : février 2015
*After we fell* - saison 3 : mars 2015
*After ever happy* - saison 4 : printemps 2015
*After* - saison 5 : avril 2015

De Lexi Ryan :
*Unbreak Me* - tome 1
*Unbreak Me* - tome 2, *Si seulement...*
*Unbreak Me* - tome 3, *Rêves volés*

De Emma Chase :
*Love Game* - tome 1 [*Tangled*]
*Love Game* - tome 2 [*Twisted*]

*Love Game* - tome 3 [*Tamed*] : janvier 2015
*Love Game* - tome 4 [*Holy Frigging Matrimony*] : avril 2015

De C.S. Stephens :
*Thoughtless* - tome 1 *Indécise*
*Thoughtless* - tome 2 *Insatiable*
*Thoughtless* - tome 3 *Intrépide*

De Katy Evans :
*Fight for Love* - tome 1 *Real*
*Fight for Love* - tome 2 *Mine* : janvier 2015
*Fight for Love* - tome 3 *Remy* : mars 2015
*Fight for Love* - tome 4 *Rogue* : mai 2015
*Fight for Love* - tome 5 *Ripped* : juillet 2015

De Maya Banks :
*Slow Burn* - 3 tomes : mai, août, novembre 2015

De Laura Trompette :
*Ladies' Taste* - 3 tomes : avril, juillet, septembre 2015

De Jay Crownover :
*Marked Men* - 2 tomes : mars, juin, octobre 2016

De Laurelin Paige :
*Fixed* - 3 tomes : septembre, novembre 2015, janvier 2016

De Kay Bromberg :
*Driven* - 3 tomes : octobre, novembre 2015

De Colleen Hoover :
*Maybe Someday* : 2015
*Ugly Love* : 2015